孩子们必读的诺贝尔文学经典

已故的帕斯卡尔

【意】L.皮兰德娄◎著 谢幕娟◎译

· 皮兰德娄卷 ·

图书在版编目（CIP）数据

已故的帕斯卡尔／（意）皮兰德娄著；谢幕娟译．
——北京：北京联合出版公司，2015.2（2023.2重印）
（孩子们必读的诺贝尔文学经典）
ISBN 978-7-5502-4501-3

Ⅰ．①已… Ⅱ．①皮… ②谢… Ⅲ．①长篇小说－意大利－现代 Ⅳ．①I546.45

中国版本图书馆CIP数据核字（2015）第010891号

已故的帕斯卡尔

作　　者：（意）皮兰德娄／著；谢幕娟／译
选题策划：王成国　郎爱民
责任编辑：王　巍
封面设计：尚世视觉
版式设计：许　可

北京联合出版公司出版
（北京市西城区德外大街83号楼9层　100088）
福州俊丰彩印有限公司　新华书店经销
字数190千字　650毫米×950毫米　1/16　16.75印张
2015年2月第1版　2023年2月第2次印刷
ISBN 978-7-5502-4501-3
定价：30.00元

未经许可，不得以任何方式复制或抄袭本书部分或全部内容。
版权所有，侵权必究。
本书若有质量问题，请与本公司图书销售中心联系调换。
电话：010-64243832　4006586676

目录 Contents

第一章　我叫马提亚·帕斯卡尔 / 1
第二章　唐恩·艾利戈的怂恿 / 4
第三章　房子里的鼹鼠 / 9
第四章　马拉格纳的故事 / 20
第五章　我的成熟 / 40
第六章　转动的象牙球 / 58
第七章　马提亚·帕斯卡尔死了 / 73
第八章　阿德里亚诺·梅伊斯 / 87
第九章　阴暗的日子 / 103
第十章　圣水钵和烟灰缸 / 114
第十一章　夜晚的河 / 128
第十二章　我的眼睛 / 150
第十三章　红灯笼 / 166
第十四章　麦克斯的玩笑 / 181
第十五章　我和我的影子 / 192
第十六章　米妮瓦的画像 / 207
第十七章　复活 / 230
第十八章　已故的马提亚·帕斯卡尔 / 243

第一章 我叫马提亚·帕斯卡尔

我对这个世界知之甚少,事实上我唯一确切知道的就是我的名字:马提亚·帕斯卡尔。对于这一点,我常常加以利用。每当我的朋友或熟人有所困扰并就某些重要事情征询我的意见时,我都会耸耸肩,冲对方眨眨眼睛,然后回答:"我叫马提亚·帕斯卡尔。"

"不错,老伙计!不过这是我早就知道的事情啊!"

"你觉得知道这些还不够吗?"

事实上,确实不够。可当时我并没有意识到这一点。我无法做出恰如其分的回答,我只是会一本正经地说:

"我叫马提亚·帕斯卡尔!"

我这样的一个人,人生一片空白,不知道父亲是谁,也不知道母亲是谁,就连在哪儿出生、什么时间出生、怎样出生的都不知道,好似我以前从未在这世界存在过。有些人可能会想这样一个可怜人定然承受了巨大的痛苦,他们或许会对我表示同情(人们的同情心一向泛滥)。其他人或许还做好了指责社会的准备(指责也是人们做惯了的事),他们会指责社会的不道德和残忍,认为一个无辜的人不应遭受这样的对待。

很好!感谢他们的同情心和如此高尚的愤慨之情!但我必须得说,事实并不是这样。实不相瞒,如果有需要的话,我其实可以给出我的家庭族谱,把我的祖祖代代都罗列出来。我还可以证明,我知道我的父亲和母亲是谁,我还知道祖父母和上几代的亲人是谁,家族祖先曾做过的事情我也都如数家珍。(不过我得承认,我知道的那些事情并非总是能增添他们的光辉形象。)

所以,究竟是怎么回事呢?

好吧,让我告诉你。我的故事并不普通,实际上我的故事可以算得上惊天地泣鬼神,现在我决计把它讲出来。

有那么两年时间,我待在一个名叫博卡蒙扎(Boccamazza)的图书馆里,也说不清自己究竟是个抓老鼠的还是个管理图书的。据说在1803年,一个名叫博卡蒙扎的主教在临死之际将他的藏书赠给了镇里,于是就有了这个图书馆。我一直认为,这位值得尊敬的主教实际上对他的同胞的秉性不甚了解。我想,他可能是希望这一善举能够在某个时刻,激起人们学习的热情。只不过直到现在,他的这番好意却连一丝学习的热情火花都没点着——这点我可以很肯定——这样说或许还算是对我的同乡们的某种褒扬。实事求是地说,我所在的乡镇对博卡蒙扎这一馈赠并不重视,到今天为止,镇里也不愿出一分钱为博卡蒙扎主教塑身立像,而那些藏书,自主教的葬礼之后也就年复一年地堆在那阴冷潮湿的库房里发霉，无人理会。直到后来，这些藏书又被转移到了废弃的圣·玛利亚自由教堂（你可以想象一下当时的狼藉状况），这座教堂不知道出于什么原因，被改为俗用。之后，镇政府又找了一个人来看管这些藏书，其实管与不管全凭看守人的兴致。看守人每天赚两个里拉也轻松得很，只不过天天得呼吸书本的霉臭味儿就是了。

　　后来，这桩差事阴差阳错地落到了我头上。我得说，从一开始，我就对这些书本和手稿之类的东西不感兴趣（尽管有人跟我说，其中有些书稿相当珍贵），所以我从来没有想过自己要写本书之类的东西。但正如我前面所说，我的这个故事真的很不寻常。兴许某天会有一些人走进图书馆，拿起我的这份手稿，并对它生出兴趣，那样也算不辜负博卡蒙扎主教的虔诚凤愿。不过我有一个条件，这本手稿只能等到五十年之后，等到我第三次也即最后一次死亡之后，才能打开。

　　对，你没看错！到现在为止，我已经死过两次了（我可以肯定地告诉你，只有上帝知道我有多么遗憾）——第一次的死是个错误；而第二次的死亡——也就是我的故事，且听我娓娓道来。

第二章　唐恩·艾利戈的怂恿

让我萌生写下这本书的想法，或者说提出这个建议的，是我很尊敬的一位朋友——唐恩·艾利戈·佩乐格里诺图，博卡蒙扎的赠书现在就是由他看管。完成这部书后（如果我能把它写完的话），我会把手稿交给唐恩，至于是将书稿束之高阁还是悉心看管就在于他了。

此时的我，就在这个不再是圣地的教堂里写作；头顶，有微弱的光透过教堂天窗落下来。以前这儿是一个破旧的教堂圆室，用木头栏杆隔开，现在这儿就作为图书管理员的"办公室"。在我写下这些文字的时候，唐恩·艾利戈也没闲着，他勇敢地承担了整理这些乱七八糟的书的任务。

我担心，他永远也不可能完成这个任务。

在此之前，没有一个人留心书脊，看看老主教留下来的藏书究竟有哪些（我们都理所当然地认为这些书大多是与宗教相关）。出乎意料的是，唐恩·艾利戈发现事实完全相反，这批藏书所涉范围之广让人惊叹（用唐恩当时的原话说就是："哦，我真是走狗屎运了！"）由于这些藏书都是乱糟糟地堆着，就跟之前在库房里一样，乍一望过去，甚是吓人。有些书表面上看着像是同一类的，实际内容却相去甚远。唐恩·艾利戈跟我说，他花了好久才弄清《爱女人的艺术》是一本艳书，而《福斯蒂诺·马特鲁奇的生与死》这本书却是1625年曼图亚出版的一本传记作品，可由于库房潮湿，这两本书的书皮竟粘在了一起。

唐恩·艾利戈从镇上点路灯的人那里借了一架梯子，整天爬上爬下，不过他倒真在那堆满灰尘的书架上发现了不少有趣而古怪的书籍。每找到一本好书，他就会在梯子顶端立定，然后以优美的姿势将书扔到房间正中的大桌上。年久失修的教堂每次都会在扔书的声响中震颤，书本扬起的灰尘也飘满整个空间，而桌子上的蜘蛛也会在这突然的动静中慌忙逃窜。我从书桌前站起身，穿过栅栏，走到桌子旁站定。然后我把唐恩扔下来的书拿起，用那书将刚才被震得发晕的害虫碾死，接着随意地翻开，快速浏览。

渐渐的，我竟喜欢上了这种翻看古书的感觉。另外，唐恩·艾利戈还跟我说，我应当模仿下他挑出来的这些书的写作风格，这样子写出来的东西也会有"古典美感"。我耸耸肩，表示我写不出那样的东西。然后，我的视线又落到书上，继续我的阅读。

当身上满是汗水和灰尘的唐恩·艾利戈从梯子上下来时，我会和他一起去外面的花园里呼吸一下新鲜空气。园子位于教堂的一个角落，这是我们放松的地方。

我在一堵矮墙上坐下，用手杖柄支着下巴。唐恩·艾利戈正在给几棵莴苣松土。

"唐恩·艾利戈，"我说，"我亲爱的朋友，现在似乎不是写书的时候，尽管我想写的东西并不高明，但我还是觉得困难重重。关于文学，我还是得说我经常说的那句话：'该死的哥白尼！'"

"哦，打住。"唐恩·艾利戈嚷起来，他直起身，两颊通红（中午的气温本来就高，他又装模作样地戴了一顶宽沿帽，怎会不热呢），"哥白尼和这有什么关系？"

"他跟这关系可就大了，可能远超过你的想象。因为在地球围绕太阳转之前……"

"你又来了！地球总是绕着太阳转的，人就是活在……"

"胡说，不是这样的！谁敢说过去的地球就一定是绕着太阳转？谁知道？所以，地球有可能以前是不转的，现在或许也是这样。现在仍有许多人不承认地球绕着太阳转这件事。前几日我碰到一个老农民，你知道他跟我说什么吗？他说：'那倒是醉鬼的好借口！'即便是你，一个备受尊敬的神父，也不敢怀疑约书亚让太阳停在当空。这些暂且不说，我要说的是，在地球静止不转的时代，那些希腊人或罗马人有理由相信他们就是造物主最重要的创造，所以他们将自己的日常故事郑重地写下来也在情理之中。"

"但事实是，"唐恩·艾利戈说，"地球绕太阳转以后——像你声称的那样——无用的书比之前更多。"

"这点我不否认。"我说，"'每天八点半，伯爵先生准时起床……''百万富翁的妻子穿着一件荷叶边的低领大衣……''在豪华酒店里的早餐桌前，他们相对而坐……''卢克雷提亚正在前厅的窗户边缝补衣服……'现在他们写的净是这样一些东西。毫不讳言地说，这是一些毫无价值的垃圾作品。不过最大的问题也不在这儿。最大的问题在于，我们是否都是上帝手中陀螺的一部分，上帝以此取乐——阳光或许就是那抽动陀螺的鞭子？或者说，我们是依附在一个疯狂转动的泥球上，不停地在空间里旋转，旋转，却不知道也不关心它为何旋转——难道只是为了好玩吗？旋转的过程中，有时我们会感觉到一丝温暖，并且每次旋转还隐隐有一种总算玩了一把的满足感。

"我跟你说，唐恩·艾利戈，哥白尼算是彻底毁灭了人类，无法挽救地毁灭。从他提出日心说开始，我们就逐渐意识到人类在浩瀚宇宙间其实是无足轻重的，甚至是不值一提，尽管在科学和创造方面我们有所成就。哎，如果说一场毁灭千万人的灾难，就相当于蚂蚁窝的坍塌，人如草芥，那个人的艰辛和困苦又还有什么好激动的呢？"

但唐恩·艾利戈认为，无论我们如何蔑视或毁灭自然在我们心中植下的美好幻想，这些幻想都会或多或少地留下一些。幸运的是，人的注意力很容易就能转移。

他说的没错。我就注意到，我们这个镇上有那么几天街灯是不亮的。这时候，要是碰巧天上乌云密布，那我们就全都处在了黑暗之中。我敢笃定地说，即便是到了现在，我们中的许多人还是会认为月挂中天，就是为了照亮我们的黑夜，就跟太阳在白天带给我们光明一样，而星星也是为了让我们看到满天星斗的美景才存在的。我们总是容易得意忘形，尤其是在人与人互相吹捧彼此恭维的时候，总是会忘记我们人类在浩瀚宇宙中其实是渺小如草芥。我们会为了土地或钱财这种小事而争斗不休，为物喜，为己悲，可要是我们能悟出人本身的微不足道，或许就会发现这些曾让我们痛苦万分的事其实并没那么重要。

言归正传,我基本上认同唐恩·艾利戈的想法,所以我决定把自己的这些想法说出来。我的经历确实特殊,写下这些也是为了让更多的人分享。当然,我会尽量简洁,只挑重要的事情说,并且绝对坦诚。尽管有些事未必会为我增添光彩。

我现在是处于特殊的境地之中——我是一个超出生活或者说生命之外的人。简单说,我是一个已经死去的人,因此也就没有理由再隐瞒或顾忌任何事情。

所以,我会把我的故事写下去。

第三章 房子里的鼹鼠

在书的开头我说，了解我的父亲，这种说法有些为时过早。其实，我对他的了解并没有那么多。我四岁的时候，父亲就已经过世。当时父亲乘坐一艘两桅船前往科西嘉岛，他是船长，也是船的主人，可是却一去不回。父亲在途中患上了恶性疟疾，不到三天就夺走了他的生命，而当时父亲还只有三十八岁。父亲死了，不过留了一笔不小的遗产给妻子和两个孩子，也就是我和大我几岁的罗贝尔托。

镇上的老人们说我父亲的财产来历可疑，反正说什么的都有。我不明白他们为什么要这样说我父亲，因为那些财产早就落到了别人手上。

他们说，我父亲的钱是靠打牌赢来的。当时是在马赛，父亲同一个英国蒸汽商船的船长打牌，结果父亲赢了。英国商人的船上装了一整船的货物，确切地说，是从西西里岛装船的硫黄，一个利物浦商人租赁这艘商船来运货。（你看，他们知道所有的细节——利物浦商人呵！要是再给他们一点时间，恐怕连商人的名字和他住哪一条街道都能说出来！）船长输光了手头上所有的现金，红了眼的他又用一整船硫黄做赌注，结果又输了。绝望之余，船长跳海身亡。船到利物浦的时候，已经是空空如也。（我想，要不是有这些同乡们的流言蜚语压着，那条船恐怕永远都靠不了岸！）

我们家拥有很多房产和地产。父亲是一个随心所欲并且富有冒险精神的人，他从来都不会死守着一个地方做生意。父亲总是开着他的船在各个港口间穿梭，买卖不同种类的货物。为了平衡投机生意的风险，父亲拿出不少的钱投资在家乡附近的房地产上。我想，他是想年老后在家乡定下来，与妻子孩子共享他这一生奋斗的果实，安渡晚年。

父亲买下了一个名叫"Le Due Riviere"的地方，那是一片溪地，上面长满了橄榄树和桑树。后来又买下了一个我们称为"鸡笼"的农场，那个农场里头有一个池塘和一个磨坊。再后来，父亲又将整个斯波尔山丘收于名下，那可是我们这个地区最好的葡萄园。父亲还买下了圣·罗西诺庄园，并在那儿建了一幢漂亮的渡假屋。除此之外，父亲还在镇上买了一栋别墅，我们当时就住在别墅里头；父亲在镇上另外还有两处房产，其中一处如今已经成了军工厂。

父亲突如其来的死亡对于我们来说是一个致命的打击。母亲对生意上的事情一窍不通，不得已只好把我们的财产委托给另一个人打理。那个人过去曾在我父亲那里得了不少好处，甚至可以说是我父亲一手造就了他，所有人都认为他会出于感恩和忠诚来做好这件事；更何况母亲还付给了他不菲的报酬，即便是看在钱的份上，他也应该忠于职守。我的母亲有一个圣洁的灵魂。她生性胆小，从不愿跟别人争什么东西，她对这个世界和这世界的人其实是一无所知，就跟一个善良的孩子一样，没有一点心机。父亲死后，母亲的身体也是每况愈下，但她从来不会跟其他人抱怨，我想她是把所有的痛苦都藏在了心里，独自一个人承受。母亲似乎把这些身体的病痛看成了悲伤的必然结果。她可能是认为，父亲死了，那下一个死的就应该是她。所以呢，母亲觉得自己能比父亲多活几年是应当感谢上帝的——尽管她备受折磨，但为了孩子，她也得多活一些时光。

母亲待我们简直温柔到了无以复加的地步，这温情的母爱中同时又满裹着担忧与恐惧。母亲鲜少让我们离开她的视线，因为她实在太害怕失去我们。有时母亲从纷繁的事务中稍抽一下身，若发现我们两兄弟中有谁不在，她就会派仆人满世界地找我们（要知道我们当时住的别墅可是大得很，那也是父亲曾经辉煌的见证），直到仆人把我们带到她身边，她才会放心。

母亲这一生是和父亲捆绑在一起的，所以父亲死后，她的整个世界也就随之崩塌。母亲几乎不怎么出家门，只有星期天上午会到附近的教堂做弥撒。做弥撒时也是由两个老女佣陪着，母亲一直把那两个女佣当亲人看待。母亲深居简出，只住了大别墅里头的三间屋子，而其他的房间就全部让给了下面的仆人，任他们去糟蹋，而我们两兄弟也乐得无法无天。

那些房子里摆满了各式古董家具，这一刻，我仿佛还是能感受到那种迫人的气息。屋子里的窗帘都已经褪色，散发出一股老房子特有的霉味，所有这些都给我们一种古怪的感觉，仿佛我们又回到了过往的旧时代。我曾不止一次地打量周围，多年来那些稀奇的物件就那样静静地待在那儿，一动不动，无人问津，而这总是让我陷入一种古怪的沮丧心情。

父亲的姐姐经常来看望母亲，她叫斯克拉斯提卡，我应该称她为姑妈。但她是一个脾气古怪阴晴不定的老处女，高个子，皮肤黑黑的，总是一脸严肃，还长着两只雪貂一样的眼睛。她每次到我们家都待不了多久，每次都是说着说着就大发雷霆，然后气冲冲地离开，也不跟人道别，甩门而去。我很怕她，尤其是她发脾气的时候，通常我都是坐在自己的椅子上一动不敢动，只是睁着眼睛定定地望着她。她一边用脚跺着地板，一边朝母亲大声嚷嚷："难道你没听到吗？那儿，那儿，地板下面！下面有鼹鼠，鼹鼠！"

她说的那只鼹鼠就是巴提斯塔·马拉格纳，也就是帮母亲打理我们家财产的那个人。斯克拉斯提卡姑妈说，巴提斯塔正把我们家的财产一点点吞掉。多年后我才知道，当时姑妈一直劝我的母亲改嫁，说无论如何都要再嫁一个人。一般来说，小姑子是怎么也不会这样劝自己嫂子的。但斯克拉斯提卡姑妈对于伦理人情有她自己的看法，她特别反感所谓的公德。但她做这些并不是因为多么爱我们，只不过是因为她自己很讨厌巴提斯塔这种侵吞别人财产的行为而已。由于母亲看不到任何人的任何坏处，所以斯克拉斯提卡姑妈觉得除了让母亲再找一个丈夫，别无他法。为此，她甚至还亲自找了一个男人过来，那个男的名叫格洛拉莫·帕米诺，是个不折不扣的穷光蛋，尽管他曾经也辉煌过。

帕米诺是一个鳏夫，身边还带着个儿子（他的儿子现在还活着，名字也叫格洛拉莫，事实上他还是我的朋友，甚至超过朋友关系，个中原因容我以后再讲）。总之在那段时间里，米诺——我们都这么叫他——经常跟着他父亲到我们家来，这让哥哥罗贝尔托和我很是郁闷。

多年前,格洛拉莫·帕米诺追了斯克拉斯提卡姑妈很久,只是姑妈一直都不理会他。斯克拉斯提卡姑妈也不仅仅是不理会老帕米诺,事实上所有向她求爱的男人她都不理会。这并不是因为她不想去爱人,用她自己的话说,她只不过是害怕。她不相信男人,认为男人总有一天会背叛她,而对她而言,男人哪怕是精神上的稍稍出轨也能让她痛不欲生!这世道,谁还见过从一而终永不变心的男人呢?所有男人都是虚伪的,是骗子,是混蛋!

"也包括帕米诺吗?"

"不,帕米诺,哦,他不是这样的!"

总归是有一个特例!只不过等姑妈明白这一点时,已经太晚了。回顾那些曾向她求爱后来又与其他女人结婚的男人,她发现当中所有的男人都背叛了妻子——这个发现也多少让她有一些"我早知道"的满足感。但帕米诺却是从一而终,如果说他的婚姻真是一场错误,受责难的也应该是女方。

"那你现在怎么不嫁给他呢,斯克拉斯提卡?哦,亲爱的,就因为他成了鳏夫?"

"要知道他曾有过一个妻子,他或许把自己的整颗心都给了那个女人,心里再没有其他人的位置。我可不愿那样!再说了,你瞧他现在的那个样子。哪怕相隔一里的距离,你都能看得出他正沐浴在爱河中,他正追求的那个人也是我们大家都知晓的,哦,可怜的人儿!"

说得就跟母亲做梦都想再嫁似的!可事实上再嫁这件事在母亲看来,无异于一种亵渎。另外,我想母亲一直都没太把姑妈的话当真,她认为斯克拉斯提卡姑妈只不过是说着好玩的。所以当我的姑妈滔滔不绝地在母亲面前称赞帕米诺的好处时,母亲只是以她特有的方式笑笑而已。而这种时候,帕米诺也总是在场的。在我的印象中,每当斯克拉斯提卡姑妈用那些溢美之词对帕米诺百般称赞时,坐在椅子上的帕米诺总是显得不太自然,嘴里好似在念某种咒语以求解脱:

"亲爱的上帝,救救我吧!"

尽管身材较为矮小,但帕米诺总是穿得很整洁。他还有一双温柔的蓝眼睛,脸颊红红的,罗贝尔托和我一直都认为他的脸上是涂了胭脂。我想,在那样的年纪还能把头发打理得一丝不乱,他一定很为自己自豪;不过我也看得出,为了打理头发,他也算是不遗余力。即便是说话的时候,他也会不断用自己的双手抚平头发。

我不知道事情的结局是怎样,也不知道母亲后来是否听从了斯克拉斯提卡姑妈的建议嫁给了帕米诺。不过我敢肯定的是,即便母亲最后还是下嫁给了帕米诺,那也绝不是为了自己,而是为了给她的孩子们一个依靠。反正,怎么样也好过继续把家产交给马拉格纳打理,那可真是一只"鼹鼠"。

待到罗贝尔托和我长大成人,我们的大多数遗产已经付诸东流,但总算还是留下了一些。如果省着点花,下半辈子过日子还是没有后顾之忧的。可我们当时年少轻狂,对于未来根本谈不上什么打算。我们没有利用这剩下来的财产精打细算过日子,反倒还是继续过着母亲让我们过惯了的那种生活。

比如说,我和罗贝尔托两个人从来没有到学校上过学。母亲帮我们请了一个叫"大钳子"的私人教师,因为他长了一脸卷卷的胡须。"大钳子"的真名是德尔·克里克,但所有人都叫他"大钳子",我想他也已经习惯了这个称呼,因为后面他也是这样打手势来描述自己的。"大钳子"又高又瘦,高瘦得甚至有些离谱,要不是他的头和脖子前倾,把身体给压下来一截，还不知道他要长到多高呢。他另一个显著的特征就是，每当吞咽东西时他的喉结会一上一下动得特别厉害。"大钳子"总是咬着嘴唇，仿佛是要把他那特有的冷笑咀嚼下去或者掩藏起来。可尽管嘴唇紧闭，有时候他的这种冷笑意味还是会从那双戏弄人的眼睛里透出来。

那双眼睛一定看到了许多的事情，而那些事情都是母亲和我们两个小孩子看不到的。但"大钳子"总是声称他什么也没看到，也许这是因为他觉得自己无力干涉；或者更准确地说，是因为他期待我们两兄弟某天也变得和他一样穷困，这样他就能有一种受害者变态的满足感。因为罗贝尔托和我经常不留情面地取笑他。一般来说，我们想干什么，他都会让我们去干；可要是触犯了他的底线，或者有昧他的良心，他就会毫不留情地揭穿我们，给我们一个措手不及。

我记得，有一次母亲要他带我们去教堂。当时正是复活节前夕，我们要去教堂准备忏悔，然后去马拉格纳家拜访一下，对他那生病的妻子表示慰问。要我们两个小孩子去做这样的事，而且是在那样好的天气里，那可真是无趣透了！母亲交待我们时，我和罗贝尔托都是一个耳朵进一个耳朵出，满脑子里想的都是接下来这一天要怎么玩儿。我们对"大钳子"说，假如他能"忘了"带我们去教堂忏悔和去看望生病的马拉格纳妻子这件事，并带我们去森林里捕鸟的话，那我们就请他吃一顿丰盛的午餐，并且还有美酒奉上。听完，"大钳子"两眼放光，同意了我们的提议。"大钳子"享受了我们为他准备的午餐和美酒，的确也没有食言。后来他还同我们一道在树林里疯了整整三个小时，帮着我们爬树，最后自己也爬到树上去捕鸟。

回家之后，母亲问及马拉格纳夫人和忏悔的事，我和罗贝尔托两个正准备胡诌一顿,哪知道"大钳子"却把白天发生的事情和盘托出,一个细节都没落下。

　　对于类似这样的背叛,我们都会想方设法报复,尽管那些报复似乎并没有起到什么实质性的作用。往常快到用晚餐的时间,"大钳子"都会在前厅的躺椅上小憩一会儿。记得那是一个傍晚,我们两兄弟特意提前洗漱假装上床睡觉,然后趁人不注意时偷偷溜了出来。我们找了两根芦管,在洗脸池里蘸了些许肥皂水,蹑手蹑脚地走到"大钳子"身旁,然后用芦管对着他的鼻孔吹气。

　　"阿嚏!"他一蹦三尺高,头差点撞到天花板!

　　跟着这样一个家庭教师,我们自然是学不到多少东西,当然这也不全是他的错。"大钳子"肚子里其实还是有些墨水的,尤其是在古典诗歌方面有所造诣。我小时候比罗贝尔托要好动得多,但"大钳子"却成功让我记住了许多字谜和古老的巴洛克式诗歌。因为我可以流利地背出许多诗歌,母亲也就一直认为我们两个人学得很好。而斯克拉斯提卡姑妈却没被我们唬住,由于直接撮合帕米诺和母亲的计划不甚成功,她开始打我和罗贝尔托的主意。

　　不过我和罗贝尔托都知道,母亲是站在我们这一边的,所以我们也没把她放在眼里。这把斯克拉斯提卡姑妈气得不行,我想要是有办法瞒过母亲,她一定会把我们两兄弟用鞭子抽得皮开肉绽。

　　一天,斯克拉斯提卡姑妈和往常一样气冲冲地离开我家,不曾想却在一间废弃的房子里和我撞上。我记得她当时用手钳住我的下巴,狠命地拧,疼得我龇牙咧嘴,嘴里叫唤着:"好你个家伙!好你个家伙!"然后她俯下头,双眼死死地盯着我,从喉咙里蹦出一句低吼:

　　"你要是我的孩子……哦,你要是我的孩子……"

我不明白她为什么单单要对我说这样的话。同罗贝尔托比起来,我可算得上"大钳子"的好学生。也许是因为我天生就长得一副呆样,再加上我的眼有点斜视,为了矫正,我就被逼着戴上了一副硕大的圆框眼镜。

那副眼镜对我而言真是一个累赘,所以只要一逃离长辈们的视线,我就会把眼镜摘下,想看哪儿看哪儿,自由欣赏这世间的一切。在我看来,即便把斜视矫正过来,我的模样也不会比现在好看多少。既然是这样,为什么还要多此一举呢?我的身体好得很,有这一点就够了!

长到十八岁的时候,红色的卷曲胡须覆盖了我的大半张脸。这样一来,本就不大的鼻子更显其小,在浓密的胡须中若隐若现;而本就粗黑的眉毛则是更加醒目。要是我们能自由选择跟自己脸相配的鼻子该多好呀!要是一个骨瘦如柴的人长着一个大鼻子,我可能会对他说:"嘿,朋友,你的鼻子给我最适合。我们交换吧!这样我们各取所需,对我们两个都好,何乐而不为呢。"除了鼻子之外,身体的其他器官我也愿意和人交换。不过我很快也就明白,这不过是异想天开,怎么可能有这么好的事呢?所以,渐渐地我也接受了上帝赐给我的这具躯壳,不再为此介怀。

但我的哥哥罗贝尔托却跟我不同,他有一张英俊的面孔。跟我相比,他算得上一个身形好看的俊小伙儿,不幸的是,他很早就意识到了这一点。罗贝尔托能在镜子前面连着站好几个小时,变着花样地折腾他的头发,修饰那张脸。他所有的钱都用在买领带、香水和衣服上。有次为了配一套新的晚礼西装,他特意买了件白色的天鹅绒马甲。为了气他,第二天早上我便把他的马甲穿到身上,跑到山林里头打猎。

其间,"鼹鼠"马拉格纳也没闲着。每一个收割季,他都会跑过来抱怨麦子收成不好，哄得母亲答允他更多的借款。一下子是要修缮房屋，一下子又是要在地里头架设排水管，或者呢，就是说"孩子们花销太大"。反正，只要看到他来，我们就知道另一场灾难又要开始了。

有一年，马拉格纳声称大雾摧毁了我们在"双溪"的橄榄树林，山嘴的葡萄林也遭到了虫害，我们得换另一种进口的美国葡萄（他说，这种葡萄能防虫）。总之，我们接二连三地被逼着卖掉了一个又一个农场。母亲也很清楚，马拉格纳总有一天会跑来说，我们在"鸡笼"的那口井也干了！至于罗贝尔托和我，我想我们的确乱花了不少钱，但这也改变不了巴提斯塔·马拉格纳是世界上最卑鄙最无耻最不要脸的混蛋的这个事实。最后他还跟我们家族里的一个人结了婚，成了我的亲戚，所以看在上帝的份上，我才没有把话说得更难听。

不过，只要母亲还活在世上一天，马拉格纳就不敢让我们两兄弟的日子过得艰难。老实讲，在我们两兄弟的花销方面，他确实没怎么为难。但是，他让我们过这种优裕的生活并纵容我们的胡作非为，其实也是为了起到麻痹的作用。母亲过世之后，我就不得不独自在这深渊里头挣扎，因为哥哥罗贝尔托足够精明圆滑，再加上他的外貌优势，所以很容易就定下了一门很不错的亲事。而我的婚姻大事……

"关于我的婚姻，我得说点什么，对吗，唐恩·艾利戈？"

唐恩·艾利戈这会儿已爬上了楼梯，继续鼓捣他的存书。只见他转过头，对我说："关于你的婚姻，那是自然！不过那些不那么光明正大的事情就不用说了……"

"光明正大！我还能有什么见不得人的呀，这个你知道得很清楚……"

唐恩·艾利戈闻言大笑，笑声在整个教堂回荡。接着，他说："换作我是你，马提亚·帕斯卡尔，我肯定会先读一点薄伽丘或者班德洛的作品……那会让你拥有某种精神格调……"

唐恩·艾利戈总是跟我讨论这所谓的"精神格调",所谓的节奏,味道,风格……他以为我是谁?邓农齐奥吗?可惜我不是!我只不过是想把事情还原成它本来的样子,我能做的只有这些。我从来都没想过要成为文学大师那一类的人……不过既然已经开始,我想,我应该要把我的故事讲完。

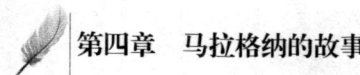
第四章　马拉格纳的故事

某天出去打猎的时候,我在一片空旷田野里看见了个稻草人。那个身形矮小的稻草人全部由稻草扎成,头上还顶着一个铁锅,算是帽子。我在稻草人面前停下,脑子里突然蹦出一个奇怪的念头。

"我以前见过你。"我说,"我们是旧相识了!"

沉默了一会儿,我又大声喊:

"尝下这种滋味吧,巴提斯塔·马拉格纳!"

当时我看到地上有一根生锈的铁棍,于是就把铁棍拾起,接着将那铁棍用力插进稻草人的肚子。因为太过激动,稻草人头上的铁帽子都差点被震得掉下来!是的,这个稻草人就是马拉格纳。午后,当马拉格纳身着长袍头戴硬帽满头大汗地走来时,看着就是这副滑稽模样。巴提斯塔·马拉格纳身上所有东西都是松松垮垮的，那张大圆脸上的眉毛好似是耷拉着的，鼻子也无力地垂在难看的小尖胡子上，脖子缩进肩膀里头，软绵绵的肚子好似是从胸部垂下来的。他长着这样一个大肚子，偏偏又生了一双短腿，这使得给他做衣服的裁缝很是伤脑筋，所以他的裤子都是吊在腰上，从来都没有合身过。远远看去，巴提斯塔·马拉格纳仿佛是穿着裙子，又像是肚子垂到了地上。

我不明白，巴提斯塔·马拉格纳怎么会生出那样一张像极了小偷的脸和身子。我始终认为，小偷们在外表或行为上都有他们独有的某些特征，不过巴似乎缺少这种特征。马拉格纳走路总是一副大摇大摆的样子，肚子也就跟着晃荡，双手交叠在背后。他说话的声音听起来瓮声瓮气，仿佛那口气是从肺部好不容易挤出来的，格外费力。我真的很想知道，他把我们的财产一点点掏空，良心怎么还能安呢？他这么做肯定是有很深层次的原因，因为他并不缺钱。也许他只是想做一件不同寻常的事，好让他的人生变得有趣一点，哦，可怜的魔鬼。

我一直深信一件事——他的内心肯定也是备受煎熬，因为他的妻子这一生最主要的事业就是钳制他，不准他逾矩半步。巴提斯塔·马拉格纳犯了一个错误，他选择娶一个社会地位比他更高的女人（他本身的社会地位确实很低）。如果他的妻子西格诺拉·瓜多尼娜嫁的是一个和她地位相当的男人，或许她会是一个贤内助，可惜她嫁给了巴提斯塔·马拉格纳。瓜多尼娜无时无刻不在提醒马拉格纳她出身上流社会，以及在她那个圈子里人们是怎样行事的。所以，她要求巴提也要那样子行事，而巴提斯塔·马拉格纳只能尽力照做。"绅士"可不是那么好当的，它需要许多艰辛的实践。这是一个大工程，所以你看马拉格纳总是汗如雨下，当然我是说夏天的时候。

更糟糕的是，瓜多尼娜在跟马拉格纳结婚不久就患上了一种胃病，可以说那是一种不治之症。之所以说它是不治之症，是因为要想把病治好就需要马拉格纳夫人付出难以接受的代价——禁食，也就是说她最爱吃的那种松露丸子，以及许多极富创意的甜点都不能再吃，最重要的是，她将不能再喝酒。其实，瓜多尼娜本来喝酒也不多，这点我很确定，因为她本来就出身大户人家，并且有很好的自制能力，但治这个病却需要她一滴酒都不能沾。

作为晚辈，罗贝尔托和我有时不得不留在马拉格纳家里用晚餐。巴提斯塔·马拉格纳通常在桌子旁坐定之后便开始大吃大喝，与此同时又跟他的妻子大肆宣扬节食的好处（这当然是有些故意报复的意味在里头）。

"就我而言，"他总是说（往往这时候要往餐刀上弄一些东西），"其实不明白用食物挑逗味蕾有什么快乐可言（接着就把东西送到嘴里），还不如用这点时间在床上躺一会儿呢。真是没有意思！可以很肯定地说（此时拿起一块面包抹餐盘），要是我哪天对自己的胃屈服，我肯定会觉得自己枉为男人。天啊，今天的沙司太美味了，瓜多尼娜。我再尝一点——就一调羹，放心！"

"不行，你不能再吃了。"这时，他的妻子会生气地制止他，"你说的这是什么话！我真希望上帝也让你体会下我现在的滋味！那可能会让你学会如何体谅自己的妻子！"

"怎么了，这是什么意思，瓜多尼娜？体谅你？"

（这时，马拉格纳会给自己斟上一杯酒）。

于是，瓜多尼娜会从座位上站起来，一把夺过马拉格纳手中的酒杯，把杯子中的酒倒到窗子外面。

"怎么了……这是干什么？你为什么要把我的酒倒掉？"

"为什么，哼！"瓜多尼娜气冲冲地说，"你明知道酒对我是毒药，毒药！要是你再看到我端着酒杯，行，你也可以跟我刚才一样，把我的酒倒掉。夺过我的酒杯，然后也把酒杯扔到窗外！"

这时的马拉格纳会不太好意思地看看罗贝尔托，然后看看我，看看窗户，再看看酒杯，接着说："哎呀，亲爱的，我最亲爱的，你还是孩子吗？你怎么能期待我逼着你学好？哦，我说，你得自己意志坚定一点儿，控制自己的小缺点。"

"你坐在这儿大吃大喝，却让我控制自己！你在我面前吃得津津有味，开怀畅饮——这不是折磨我吗？哦，我受不了！我嫁给你，难道就是为了受这份罪吗？"

没有办法，马拉格纳只能戒酒以取悦他的妻子，以身作则！我可以这么跟你说，一个能做出这种事情的人很有可能会是个小偷，因为他需要说服自己，他活在这世界上是有意义的。

可惜不久之后，巴提斯塔就发现他的妻子在背着他喝酒，并且喝得很放肆，好似她已经忘了喝酒对她的身体不好这回事。于是，巴提斯塔也重新喝起了酒，不过他担心妻子会恼羞成怒，所以也只敢在酒馆里头喝。而一个这样的男人会做出什么事，大家自可想象……

巴提斯塔·马拉格纳甘心忍受这些煎熬，也是想着有一天瓜多尼娜能为他生一个儿子。这样一来，不管是在他自己还是在其他人看来，他窃取我们家的财产或许也就想得通了，毕竟谁不想自己的孩子能过好日子呢？不过他妻子的身体却是每况愈下，也许马拉格纳从未跟她提过这件急迫的事吧。毕竟这样的情况下，他也不能再增加瓜多尼娜的负担。首先来说，她的这个胃病就已经让她受了很多折磨；另外，生养孩子或许会给她造成生命危险！不行，那样子绝对不行。巴提斯塔最后还是屈服了！在这人世间，其实我们每个人都背负着自己的十字架。

但马拉格纳这样一份体贴真的是完全真心的吗？其实不然，否则瓜多尼娜过世的时候，他就不会是那样的表现了。实事求是地说，瓜多尼娜的离世的确让他很悲痛！哦，是的，他哭得肝肠寸断。对妻子的回忆占满了他的心，所以一开始他拒绝让其他女人替代瓜多尼娜先前的位置。不，我得说事情并不完全是这样。你得知道，当时他在镇上已经有了举足轻重的地位，并且聚敛了不少的财富。后来，他还是另娶了一个女人，那是一个农场主的女儿——身体强壮，性格温顺，是操持家务的一把好手——所以大家也就都明白了，他最想要的其实是孩子，以及一个能抚养孩子们长大的女人。这本来也是无可厚非的事，但一边瓜多尼娜还尸骨未寒，另一边马拉格纳已经另结新欢了，这多少还是让人有些唏嘘。但转念一想，马拉格纳的确也耽搁不起，毕竟他的年岁已经有那么大了。

我跟奥利瓦·萨尔沃尼（Oliva Salvoni）打小就认识。她是皮尔特·萨尔沃尼（Pietro Salvoni）的女儿，皮尔特一直在我们称为"鸡笼"的农场里干活。我的许多期待都是因奥利瓦而起，因为她，我才生出了要安家过日子的想法，才对家里的财产感兴趣，就连干农活也突然变得有趣起来。哦，我那亲爱的纯洁的妈妈一点也没发觉我的心思。最后还是那该死的斯克拉斯提卡姑妈把这一切挑明了。

"难道你没发现你儿子最近经常往萨尔沃尼家跑吗？"

"是呀，这有什么不妥吗？他在帮着打理橄榄林嘛！"

"帮着打理橄榄林！哼，那是为了萨尔沃尼家的姑娘——奥利瓦（这一名字意为橄榄），你个笨蛋！"

于是，母亲狠狠训了我一顿："引诱良家姑娘，毁掉一个我不可能迎娶的女子，那是造孽……"总之是这之类的话，你们明白的……

我毕恭毕敬地听着。其实母亲的这些担心都是多余。奥利瓦很会照顾自己，她很大一部分的魅力就在于天生就能从容并且独立地处理许多事情，这也让她少了一些无趣并多了一份惹人怜爱的谦逊。她笑起来的样子真是好看！我从没见过那样好看的上扬嘴角，她的颗颗贝齿也是莹如白玉。我不曾从她的唇上偷得一个吻，只是又一次让她咬了一口——当时我抓着她的手腕，想要抚摸她的头发！而那也是我们仅有的一次亲密经历。

现在，这样年轻漂亮的姑娘竟成了马拉格纳的妻子。哦，是的，一个年轻女孩儿碰上嫁给有钱人的机会，如何会不动心呢？但奥利瓦很清楚马拉格纳的钱财是从哪儿来的。有一天，她亲口跟我说过瞧不上马拉格纳的这种做法。但之后她却因为那些钱财而嫁给了他……不过，一年过去，两年过去——马拉格纳心心念念的继承人还是没有出世。

在第一段婚姻中，马拉格纳将没有生育的过错全都怪到瓜多尼娜和她的胃病上，但现在事实让他不得不怀疑问题或许是出在他自己身上。恼羞成怒的他开始把气撒在奥利瓦身上，他时不时地大吼：

"没怀上？"

"没怀上！"

到他们婚后的第三年年底，马拉格纳的这种愤怒更是不加掩饰。很快，马拉格纳开始虐打奥利瓦，冲她大吼大叫，说奥利瓦用外表欺骗了他，还叫嚣说奥利瓦是个不折不扣的骗子。马拉格纳说他之所以娶奥利瓦，将她抬举到上流社会夫人的位置，就是为了让奥利瓦给他生个孩子。还说要不是为了这个，他怎么也不会在他那尊贵的前夫人尸骨未寒的时候迎娶新人。

"可怜的奥利瓦一句话也说不出，事实上，她也不知道自己能说什么。奥利瓦只是跑到我家里，把这一切都告诉了我母亲，母亲则是尽力安抚她，让她相信事情还有希望，毕竟她还那么年轻……

"你今年是二十岁上下，对吧？"

"二十二岁！"

"哦，这么年轻，干嘛如此沮丧呢？生孩子这事儿急不来，有些人是结婚十年，十五年甚至二十年之后才生育的！至于说马拉格纳，不错，他的年纪是不小了……"

奥利瓦其实从一开始就有一些疑虑，她在想……哎，她是怎么说的了？……她说，也许是马拉格纳没有生育能力……是的，她是这样说的！但这种事情要怎么证明呢？奥利瓦是一个正派的女人。在她决定为了钱而嫁给马拉格纳的时候，她就已经下定决心要一心一意待他……所以即便是这种事关下半辈子幸福的事，她也没有动过背叛马拉格纳的念头……

"你怎么知道这些？"唐恩·艾利戈问。

"哈，我怎么知道！我刚才不是说了嘛，她跑到我家里跟我母亲说了这些呀。在此之前我也说过，我打小就认识她，对她可谓是了如指掌。而现在我只能眼睁睁地看着她伤心欲绝，这一切都是因为那个让人恶心的老贼！我能把这一切都讲出来吧？唐恩·艾利戈！"

"你把事情真相说出来就好了！"

"事情的真相是，奥利瓦拒绝了我的帮助！"

哦，我不介意被她这样直接地拒绝。在那一段日子里，我有许多事情要忙——或者我自以为是这样。钱，这是首当其冲的事情。而有了钱之后，自然会有一些没钱时不会有的想法。在花钱方面，小格洛拉莫·帕米诺可算是帮了我不少，他这个人天生就有节俭的本事。

小米诺影子一样地跟着罗贝尔托和我，反正不是跟在我身后，就是跟在罗贝尔托身旁。很奇妙的是，米诺总是能换上一身应景的装扮。跟着罗贝尔托的时候，他就打扮得像一个翩翩公子，他父亲也会稍微放松一点钱袋子。（因为老帕米诺也有"绅士们"爱面子这个共通的缺点。）不过总的来说，罗贝尔托并不怎么喜欢米诺。当他发现小跟班米诺不仅模仿他的衣着和领带甚至还模仿他走路的姿势时，他就会暴跳如雷，说一些难听的话把米诺赶走。这时，米诺就会跑到我这边来。

（这时，他的父亲又会再次收紧钱袋，一个子儿都舍不得给。）

相比较而言，我的性格还是比哥哥罗贝尔托更温顺一些。我乐于接受米诺的奉承，从中我能得到些许快乐。只是过一段时间之后，我又会为这样急切地在他面前炫耀自己感到惭愧。有时候难免也会做得过分一些，而我也因此付出了代价。

有一次，米诺和我一起外出打猎，路上我开始八卦马拉格纳怎样和他妻子调情。说到后来，我发现米诺的视线一直停留在一个女孩儿身上，而那个女孩儿恰好是马拉格纳的外甥女。那个女孩儿对米诺似乎并不拘束，倒是米诺自己放不开，始终不敢开口和对方说话。

"我敢打赌，你肯定没勇气和那个姑娘说话。"我嘲笑道。米诺反驳说他不是不敢，但我看到这么说的时候他的脸憋得通红。"我跟她们说过话。"他补充道，"要是我把从她们那儿听到的事告诉你，你肯定会笑出来的！听说啊，老马拉格纳最近老在她们家，他似乎在和表姐密谋什么事情。马拉格纳的表姐家里也是那种一贫如洗的……"

"他在打什么鬼主意？"

"这个嘛,似乎在马拉格纳的第一个妻子死后,就是这个老巫婆——一个名叫佩斯卡特尔的寡妇——提出要把自己的女儿嫁给他。可后来,马拉格纳却娶了奥利瓦。

"于是乎佩斯卡特尔大骂巴提斯塔·马拉格纳是笨蛋,是小偷,是家族的罪人,反正怎么难听怎么骂。她甚至还狠狠打了自己女儿一顿,责怪她没能抓住马拉格纳这个老匹夫的心。最近,巴提斯塔又开始到佩斯卡特尔那儿哭诉自己的遭遇,说他没有儿子,家里的财产也是后继无人。'那是你自己活该!'老佩斯卡特尔说,这当然是责怪马拉格纳没有娶她的女儿。谁知道她现在又在打什么鬼主意呢?"

老实说,这些话当时让我很恐慌,我用手堵住耳朵,大吼着让米诺不要再说下去。那段时间我喜欢把自己伪装成一个老于世故的人,但实际上我仍然是一个未经世事的孩子。不过,我推测马拉格纳和奥利瓦之所以吵闹个不停,这背后肯定有人在煽风点火。于是,我下定决心要把那个人揪出来——我想帮奥利瓦,哪怕只能帮到一点点。我问米诺要马拉格纳这个表姐的住址。米诺痛快地给了我地址,不过请求我在那个女孩儿面前替他说好话。他还要我记得,那个女孩儿是他看上的,希望我不要伤害她。

"别担心!"我试着打消他的顾虑,"我不会挖你墙脚的!"

第二天早上,母亲告诉我家里有人送来了一张借据,于是我借这个名义光明正大地去佩斯卡特尔家找马拉格纳。我当时的心情十分急切,所以一路小跑,到佩斯卡特尔家时已是气喘吁吁:"马拉格纳,那张借据……借据!……"

马拉格纳闻言惊恐地站起来,脸色苍白,脚步踉跄,结结巴巴地说:"什么——什么——借据!"就算我之前不知道这个坏蛋泯灭了良心，看到他这种反应，肯定也能明白事有蹊跷。

"就是我们欠这个那个的钱啊……母亲都快急死了！"

巴提斯塔·马拉格纳"啊"了一声，然后松了一口气似的坐回到椅子上，看起来也不似先前那么恐惧。

"哦，那个已经都安排好了！都安排妥当了！天啊，我还以为出什么大事了！我会申请延期三个月，当然那就意味着我们得多付许多利息……所以，你特意跑到这来找我就是为了这件事？"

马拉格纳的心情似乎变得很好，他不停地大笑，大肚子也跟着上下晃动。他让我在一张椅子上坐下，并跟其他人介绍我："这是马提亚·帕斯卡尔，这是我的表姐玛丽安娜·佩斯卡特尔，这是我的外甥女罗米尔达。"

马拉格纳坚持要我喝点酒，说我这一路汗如雨下地跑来很是辛苦，说应该让我解解渴。

"罗米尔达，你能去拿点酒来吗"

我在心里说："这个马拉格纳还真是没把自己当外人。"

只见罗米尔达起身，快速看了她母亲一眼，然后离开屋子。没过一会儿，她就用托盘端了一个酒杯和一瓶酒过来。这时，她的母亲不耐烦地嘟囔道："不，不行！那瓶酒不行！哎，还是我自己来弄好了！"说着，她从罗米尔达手上接过托盘，匆忙转身进了食品储藏室。再出来时她手上端的托盘已经和之前那个不一样了，这次是一个全新的红色搪瓷托盘，上面有着好看的装饰；托盘上放了一壶甘露酒，还有一个挂有几个小酒杯的酒杯架，小酒杯随着她的脚步撞得叮叮当当地响。

我本来想喝苦艾酒的，结果还是接过了甘露酒。马拉格纳和他的寡妇表姐也喝了一点。罗米尔达没有喝。

因为是第一次去，我没有停留太长时间，这样也是为了日后再有理由去拜访。我托词说母亲现在肯定被那张账单搞得心神不宁，所以我得先回去，等哪天有时间再过来和她们好好聊聊天。

佩斯卡特尔将她那冰凉的瘦骨嶙峋且干巴巴的手伸过来和我握手，从她的姿态我可以判断出她并不期待我的再次拜访。她僵硬地低了低头以示礼貌，未发一言。不过罗米尔达给了我一个充满善意的笑容，看我的时候，那温柔的眼神中同时又夹杂了一些愁绪，这让我再次被她的眼睛吸引。其实我一进门就注意到这双眼睛，因为它们的确与众不同。这是一双墨绿色的眼睛，在长睫毛的掩映下，散发出幽暗诡异的光芒——像两只夜猫的眼睛。罗米尔达的乌黑秀发波浪一样散落在额前和两鬓，在秀发的映衬下，她的皮肤更显白皙。

房子里的装潢很是普通，不过老式家具中间又夹杂了几样新奇古怪的装饰，显得十分突兀，像是要故意显摆似的。比如房间里那两盏价值不菲的花饰陶瓷大台灯，毛玻璃灯罩，形状亦是十分奇特，但底座却是用再普通不过的黄大理石做成。旁边还摆着一面圆框镜子，已经不太能照清人影，镜框好几处的油漆都已剥落。这样一面镜子摆在这样一个房间里，好似一个疲劳的人正在张嘴打哈欠。除此之外，房间里还摆着一张破烂的大沙发，前面放着一张小茶几。茶几的四条镀金支腿好似动物的爪子，表面却是瓷的，色彩相当鲜艳，墙边还放着一个日本漆柜。总之，都是这样一些不伦不类的东西。马拉格纳的视线得意地在这些东西上扫来扫去，刚才佩斯卡特尔寡妇端甘露酒过来时，他也是这样得意地注视她手中的托盘和酒瓶。

墙上还挂着一些画作，各种风格的都有，看着倒是不让人反感。马拉格纳坚持要我欣赏其中的几幅，说那是他表姐夫安东尼奥·佩斯卡特尔的作品。他说安东尼奥·佩斯卡特尔是一个很有天分的雕刻家，然后又低声补充说："这个疯子是在都灵去世的。"

"这儿有他的一幅自画像。"巴提斯塔自顾自地继续说道，"是他自己坐在镜子前面画出来的！"

我一直在默默关注着罗米尔达，将她和她的母亲进行对比，得出的结论是——"她应该是像她父亲"。可现在看到了她父亲的自画像，我真不知道该怎么说了。要是我怀疑玛丽安娜·佩斯卡特尔曾对他丈夫不忠，这可能有失公允，尽管我知道她这样一个女人是什么事情都干得出的。可那幅画像中的男人确实十分英俊。这样一个男人如何会爱上佩斯卡特尔这样一个丑陋的女人呢？确实只有疯子才做得出这种事！

我把第一次去佩斯卡特尔家拜访的印象如实地跟米诺说了，说到罗米尔达的时候特意强调了她的善良，这让米诺对她的倾慕顿时燃烧成了爱的激情。他很高兴我认识到罗米尔达的迷人之处，并且我完全认可他的这个选择，这也让他欣喜不已。

"所以，你接下来打算怎么办？"我问。和米诺的看法一样，那个叫佩斯卡特尔的老寡妇可不是一个容易对付的善茬，不过我已经做好准备要为她那善良的女儿放手一搏了。马拉格纳正在酝酿阴谋也是显而易见。必须要马上行动把那个姑娘拯救出来，机不可失，时不再来。

"可这要怎么做呢？"米诺问，他凝神屏息地听着我说的每一个字。

"这个问题问到点子上了！"我说，"首先，我们要确定几件事情，保持清醒的头脑，仔细研究现在的形势。我现在还不知道具体怎样做最好，但我们拭目以待。只要你相信我，我一定会助你一臂之力的。我现在对这件事也来了兴趣！多么刺激啊！"

米诺察觉到我的言外之意，这让他很是担心。

"那个,你,你是说我得和她结婚?"

"我什么也没说呀,但你不敢娶她吗?"

"不是,我不怕……你为什么要问这个?"

"咳,你似乎走得太快了一点。放慢一点脚步,动动脑子。假如罗米尔达真跟我们想的一样——一个品德高尚,行为端庄,纯洁无瑕的姑娘。(她的样貌就无须提了——她是女王——你爱她,对吗?)假如她那狠心肠的母亲和那个浑蛋真的在商量把她当牺牲品,那她现在的处境可就危险了——面对这样的局面,难道你要退缩?那你还算个男人吗?难道你不想像个英雄一样救美人出虎口吗?"

"怎么——怎么会!"帕米诺结结巴巴地说,"我不会那么懦弱的!但我父亲那关怎么过呢?"

"你认为他会反对?我可不这么想!他有什么理由反对呢?难道就因为女方没有嫁妆?这明显说不通!你看,罗米尔达是一个艺术家的女儿,尽管这个艺术家不知怎么搞的死在了都灵,但他在雕塑方面很有天才。而你的父亲很富有,并且他也只需负担你一个人,只要你满意,他又还有什么好顾忌的呢?退一万步说,就算你说服不了他,那也没什么好怕的。你可以带着罗米尔达私奔,到时我会帮你把一切安排妥当!哦,帕米诺,看在上帝的份上,你总不能因为这么一点小事就退缩了吧?"

帕米诺闻言大笑起来,我继续对他说,一加一是大于二的,他注定要成为罗米尔达的丈夫,就跟有些人天生就得成为诗人一样。我还向他描述了跟罗米尔达这样年轻漂亮的姑娘结婚的种种喜悦,对于勇敢救自己出虎口的人,罗米尔达肯定会是百般温柔。

"当务之急,"我最后总结道,"你得想办法吸引她的注意力,跟她说上话，或者给她写一封信。我想那个可怜的姑娘现在的心情肯定就像困在蛛网里的飞虫一样。要是你能送封信给她，这无异于救命稻草。我会帮你放哨，并先到她家周围打探一圈，看看我能做些什么。等时机一到，我就通知你。计划很完美，对吗？"

"非常好！"帕米诺说。

为什么我当时那么急着让罗米尔达嫁给帕米诺呢？没道理啊。咳，其实我之前也说了，我就是喜欢在帕米诺面前显摆我的聪明。我想让他明白，只要我一出马，什么事都能摆平。一句话说穿，就是我做事很欠考虑，完全凭自己的一时冲动。也许这就是姑娘们喜欢我的原因之一，尽管我有点斜眼，甚至可以说长得丑。不过这一次我还真不仅仅是为了显摆。我之所以会这样费心机地为帕米诺和罗米尔达打算，其实是为了跟那个老浑蛋马拉格纳实打实地较量一番，我想让他的如意算盘落空，偷鸡不成蚀把米。当然，还有一个原因就是我确实很心疼奥利瓦，我希望能为自己心爱的姑娘做点事情。

现在，我要强调一件事情。如果说帕米诺临阵脱逃，没有执行计划的勇气和决心，那这是我的责任吗？如果罗米尔达爱上了我，而不是倾心于帕米诺，那这是我的错吗？另外，要是那个该死的佩斯卡特尔精明到让我相信我已经消除了她的不信任，并且她还会因为我的笑话而露出真心的笑容，这也算是我的错吗？我的确感觉到她对我的态度在慢慢变化。我看到她最后是欢迎我去她家拜访的。我最后得出的结论是，一个有钱的年轻人（当时我还算有钱）频繁造访她家，并且对她的女儿表露出好感，她如何能不高兴呢？就算她之前对我有所怀疑，这种疑虑也会逐渐打消。

其实，我还应该看到另外两个事实——说出来肯定也会让你吃一惊——第一，从那之后，我再没有在佩斯卡特尔家遇见过马拉格纳；第二，她只在上午接待我。但我当时如何能判断出这两件事的重要性呢？她让我早点过去拜访，这很正常，不是吗？我自己也经常说，趁太阳还没升高之前在树林田野间赶路更加惬意。除此之外，我真的爱上了罗米尔达，尽管我一直怂恿帕米诺去追求她。我突然间就爱上她了，那是一种很激烈也很莽撞的感情。我爱她那双长睫毛下面的墨绿色眼睛，我爱她的鼻子，她的嘴唇，她的脸庞，她的一切一切——包括她后颈上的那颗痣和手上那个几乎不可辨的疤痕。我曾一遍又一遍地吻她的小手，当然，这一切都是以帕米诺的名义做的。

当时，这一切并没有引发什么严重后果。有一天，我和罗米尔达在"鸡笼"庄园里头野餐，她的母亲就隔着不远不近的距离窥视我们的一举一动。在开帕米诺玩笑的时候，罗米尔达突然间哭了出来，她抱住我的脖子，请求我可怜可怜她。

"马提亚，你带我走吧！"她哭着说，"带我离开，到看不见我母亲的地方去，我不要再待在这个家，看到马拉格纳，或者这儿的任何人！今天就带我离开，今天下午！"

带她离开？我怎么能带她离开呢？并且，我为什么要带她离开？在那之后的许多日子里，我仍然如痴如狂地爱着她，并且以我惯有的那种决心为她做任何事。为了让母亲有个心理准备，我开始跟母亲透露我即将结婚的消息——这肯定算不得一场体面的婚礼。就在这时，突然我收到了罗米尔达的一封信，信上说，我不必再为她花心思，也不用再去她家，我们俩从此一刀两断。

这算什么？我想，肯定是发生了什么事！

紧接着，又发生了一件让我意想不到的事情，奥利瓦竟然哭着跑到我家,好似世界末日就要来临。她哭得那叫一个凄惨!整座房子都在颤抖。奥利瓦哭哭啼啼地说,她再也没有活下去的希望了……她的"男人"已经用事实告诉她,他是可以生育的,问题是出在她身上!他还特意跑回家,趾高气扬地炫耀了一番。

奥利瓦说这些的时候,我就在旁边。我拼命制止自己开口,我想,我必须要考虑到母亲的感受。但这些真的让我难以承受,我不知道自己是怎样离开房间的,我把自己锁在书房里,心痛欲绝。我问自己,罗米尔达跟我共同经历了那么样的一些事,如何还能去蹚这种浑水呢?有其母必有其女,这句话还真没说错!她们不仅耍了老笨蛋马拉格纳——即便马拉格纳让人讨厌,但这样子的戏弄还是很过分,最重要的是,她们还耍了我一遭。不仅佩斯卡特尔利用我,就连罗米尔达也是利用我达到她自己的邪恶目的——从那个正掠夺我财富的人那儿得到钱!与此同时我那可怜的奥利瓦却受尽苦楚,颜面扫地,再无快乐之日。

一整个白天,我都在房间里头生闷气,天快黑的时候,我实在是受不住了。于是我走出门,口袋里揣着罗米尔达给我的信,奔奥利瓦家而去。

一进门,就看到那可怜的姑娘正在打包行李,她打算回娘家。但马拉格纳虐待折磨她的事,她一个字也没有跟老萨尔沃尼说。

"我没办法再跟他一块儿生活了。"她嗫嚅着,"不,一切都结束了!既然他找了个新的姑娘……或许……"

"所以,你知道那个姑娘是谁?"

闻言,奥利瓦掩面而泣,哭得肩膀一抖一抖。"那女的可真是厉害!"终于,奥利瓦双手举过头顶,用颤抖的声音说,"可真是厉害!还有她的母亲!她的亲生母亲,一块儿策划的,你知道吗?"

"你说的这些，我全都知道。"我脱口而出，"看看这个！"

说着，我把罗米尔达的信递给奥利瓦。她愣神地盯着那信看了好一会儿，然后才从我手上接过，问："信？上面写了什么？"

奥利瓦没有上过学，所以她不识字。她用眼神向我求救，在这样痛不欲生的时刻，她不想再费力气去研究那个东西。

"你看看就知道了！"我坚持道。

无奈，奥利瓦用手背擦了擦泪眼，展开信，然后一个音节一个音节地拼，边拼边念。念了一两行之后，她翻到信的背面去看签名。然后她盯着我，眼睛都快要鼓出来：

"你？"她喘着粗气。

"这样吧，"我回答说，"我来念给你听！我从头开始念。"

但她把信压在胸口，不愿给我。

"不行，"她尖叫道，"这是我的，我的！我要好好利用这封信！"

我只能苦笑。

"你打算怎么用呢？把这封信拿给马拉格纳看？我可怜的奥利瓦，这封信里并没写什么见不得人的事，更何况你丈夫现在整颗心都在那个女人身上，他怎么会因此而怀疑她呢？她们已经让你丈夫咬钩了，鱼饵，钩子，钓线，一切都已准备就绪！"

"啊，是的，你说的没错！确实是这样！"奥利瓦嚷道，"可你知道他有多过分吗？他跑过来跟我说，永远都不准说他外甥女一句坏话，否则要我好看！"

"哦，天啊，我说得没错吧！"我回道，"如果把真相告诉他，你什么好处也捞不到，这是下下策。你首先得把马拉格纳安抚好，让他以为一切都跟他计划的一样……你觉得呢？"

大约过了一个月，马拉格纳狠狠揍了奥利瓦一顿，并气冲冲地跑到我家，嘴里骂骂咧咧，质问我破坏她外甥女罗米尔达的名声——那么一个天真无辜的姑娘——究竟有什么好处？他的外甥女，换句话说，也是我父亲最好朋友的外甥女，一个可怜的孤儿，一个没有人保护的可怜姑娘。他问我为什么要做出破坏她清誉的事。之后马拉格纳稍微平静了一些，才跟我说他原本不想把这件事张扬出去——毕竟，他到现在还没有生育——这说出去不好听。他只是一心一意想要那个孩子，时机一到，他就把那个孩子带到身边亲自抚养。可现在上帝却对他如此残忍，竟让他的"正牌妻子"也怀了孕，这可如何是好？一个是名正言顺的儿子，一个是自己的长子，以后的遗产究竟要由谁来继承？

"这都是马提亚干的好事！"马拉格纳最后又咆哮道，"是马提亚出的馊主意！他得解决这件事，听到了没有，马上解决。我的话就说到这儿，不会再浪费唇舌，要是你们不照办，后果自负！"

现在我们先停一下，理理思绪。这一路上，我确实经历了不少波折，肯定会有读者认为我是个傻瓜，或者心里这么想却不忍说出来。正如我之前所说，我的生活并不属于我，所以现在任何事对我而言都不重要。我建议我们停下来，各自思考，理清头绪。

现在来看，罗米尔达肯定也不至于做勾引"表舅"的事。不然，马拉格纳怎么会因为妻子把这些事说出来而暴打她一顿，并且跑到我母亲这儿讨说法，说我毁了他的外甥女？事实上，罗米尔达在我们去"鸡笼"庄园后不久，就跟她母亲说了我和她之间的事，说我们两个是两情相悦不能分离。但那个老女人一听就来了气，还说无论如何她也不会允许自己的女儿嫁给一个即将身无分文倾家荡产的人。罗米尔达想要跟我在一起，但在她母亲佩斯卡特尔看来，这无异于一场灾难。作为一个精明的母亲,她肯定得想个办法来解决这个难题。

我想,这个办法不用我说大家也都明白。每次马拉格纳去她家拜访,佩斯卡特尔都会想个理由离开,只留罗米尔达和马拉格纳单独相处。罗米尔达有时就跟这位"表舅"倾诉自己的心事,说到动情处难免情绪失控,流下两行热泪。罗米尔达跟马拉格纳讲自己的艰难处境,说母亲逼她做她不愿意做的事。她请求马拉格纳帮她劝劝母亲,让她母亲接受一个事实——她已经委身于那个男人,并且她决心要忠贞不渝。

马拉格纳被罗米尔达的故事打动,但像他那样的人,即便心里有所触动,也绝对不会心软的。他提醒罗米尔达,像她这样年纪的姑娘还是在母亲的操纵之下,她的母亲甚至可以采取法律措施对我提出控诉。而他呢,真心地认为,像我这样一个男人——懒惰,无所事事,游手好闲——不可能会是一个好丈夫。他认为罗米尔达应该割断情思,为母亲考虑一下,并且日后她自己也肯定会庆幸自己做出这个选择。另外呢,他其实有个办法可以帮到罗米尔达——假如一切都不张扬出去的话——他可以做那个孩子的父亲。是的,他可以领养那个孩子,把他当亲生孩子看待,因为他到现在为止还没有生育,而这么多年来他一直想要一个继承人。

你们说,还有人比这更大度,更诚实,更正直吗?问题的关键是,他要传给子女的财产确实从我父亲(准确地说是从我)这儿掠夺过去的。如果我让他的希望破灭,该受到责怪吗?他现在有两个希望,我或许可以戳破其中一个,但要是让他全部落空,那可能就有些过分了。

我想马拉格纳也知道,我的哥哥罗贝尔托结有一门很好的亲事,所以就不会追究他从我们家窃取的那些财富。

所以你看,只要落入这些公平、正直、诚实的人手中,我就得为所有的错误负责。这是再理所当然不过的事了。

一开始我坚定立场，愤怒地拒绝。但我母亲已经预见到即将到来的灾难。她认为我跟罗米尔达结婚——她是马拉格纳的亲戚——或许能帮我们渡过一劫。所以，我妥协了。

可是，未来我和我那年轻漂亮的妻子，却不得不在暴戾、残忍、无情的佩斯卡特尔的支配下生活……

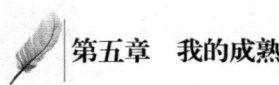

第五章 我的成熟

那个老巫婆,始终让人不得安宁。

"你得到了什么?你还想得到什么?"她总是问,"你像个小偷一样闯进我的屋子,勾引我的女儿,然后又假惺惺地来维护她的名誉,你肯定不会满足的!"

"不,亲爱的妈妈,"我总是这么跟她说,"要是我就那么离开了,你肯定高兴,那我可不愿意。"

"听听,你听听!"接着她就冲罗米尔达大吼,"听见他说什么了吗?他还为此而骄傲呢,觉得自己特了不起。他竟敢拿这事儿来吹嘘……"接下来,就是一大堆咒骂奥利瓦的不堪入耳的话。最后,她会撸起袖子,叉着腰,像个泼妇一样,"你说,你能得到什么?你毁掉了自己的亲生儿子,这就是你得到的……他一个子儿都得不到……哦,是的,当然是那样……(接着又转过去对罗米尔达说)当然啰,他又怎么会在乎呢?……反正,另一个孩子也是他的……"

佩斯卡特尔这一招屡试屡验,因为她深知罗米尔达对这件事有多在乎。罗米尔达嫉妒奥利瓦肚子里的孩子,这一点我可以理解;因为那个孩子将会含着金汤勺出生,而她的孩子一生下来就得面对贫穷,前途未卜,被憎恨所包围。这让罗米尔达心里满是悲伤,再加上一些关于奥利瓦的传言,更加让她怒火中烧。是的,奥利瓦是个大美人,新鲜饱满,跟含苞待放的玫瑰一样,比以往任何一个时候都美……而她,罗米尔达,却蜷缩在这破烂的沙发里,面孔苍白,得不到一丝安慰,感受不到一点快乐,甚至连开口说话或睁开眼睛的力气都没有……

这是我的错?看起来似乎是这样的!罗米尔达不想看见我,甚至连我的声音都不愿意听到。后来,事情变得更加糟糕,为了保住我们最后一处抵押的房产——"鸡笼"庄园和那个古老磨坊——我们不得不把帕斯卡尔庄园卖掉。所以,母亲也不得不搬了过来,跟我们一块儿住。

但卖掉庄园也无济于事。孩子的即将出生,让马拉格纳更加变本加厉,他要为孩子扫清一切障碍。他同放高利贷的人勾结,以很低的价钱接下我们的房子。在拍卖会上,我才意识到卖掉帕斯卡尔庄园的钱根本不足以偿还"鸡笼"庄园的借款。债主将这个庄园连同磨坊送交法院处置,我们彻底破产。

我该怎么做?无计可施之下,我开始四处找工作。任何工作我都愿意做,只要能让我的家人填饱肚子。可我没有工作的经验,教育程度不高,在外的名声也不好,结果只是四处碰壁,根本没有人愿意给我一份填饱肚子的工作。我需要静下来想想接下来的路怎么走,可是家里整日吵闹，让我不得安宁。

当我看到母亲被迫应付难缠的佩斯卡特尔，心里真的不是滋味。我那善良的母亲，最后终于明白了自己的错误，她终于意识到这个世界原来是如此地残忍险恶。不过我从来没有怪过母亲，她只是太善良而已。母亲变得不爱说话，她成天呆坐在卧室的一角，双手无力地摊在膝上，低垂着头，好似觉得自己已经没有资格再留下去，好似随时准备离开。这样一个与世无争的善良老人，她的存在如何会让人讨厌？母亲不时望望罗米尔达，眼里满是怜悯，但她却不敢多说一句话。刚搬过来的时候，母亲还想着为罗米尔达做点力所能及的小事，我那恶毒的岳母却粗暴地让她到一边去：“不劳你费心！这个孩子是我的！我知道你心里在打什么算盘！"

罗米尔达当时病得很厉害，看到这一幕，我一句话也没有说。不过在那之后，我始终在旁留意，不让我那可怜的母亲再受委屈。很快，我发现这种监视让佩斯卡特尔很烦躁，就连罗米尔达也对此颇有微词。这让我更加紧张，要是我不在家，她们指不定会怎么欺负我的母亲呢？如果是这样的话，我知道母亲会更不愿意跟我说话。所以你应该能想到离家时我心中的不安。每次一回到家，我第一件事就是端详母亲的脸，看有没有流泪的痕迹。而母亲总是报以慈爱一笑：

"怎么那样看着我，马提亚？"

"你还好吗，妈妈？"

这时，母亲会微微抬起手，"我很好，你看不出吗？快去找罗米尔达吧，那个可怜的姑娘现在很孤单，很煎熬！"

最后，我决定给住在奥列格利亚的哥哥罗贝尔托写信。我请求他把母亲接过去住，并请他理解这不是为了减轻我个人的负担，而是为了让母亲的日子过得更舒适一些。可罗贝尔托回信说他可能做不到——我们的经济危机已让他无颜面对岳丈一家人，包括他的妻子。现在，他都是靠着妻子的嫁妆生活，所以想也不敢想让妻子答应再赡养一个人。麻烦还不止这一个，他说母亲跟他一块儿生活，其实也会碰到一样的问题。因为他也是跟岳母生活在一个屋檐下，当然他的岳母没有这么刁难，但要是母亲过去的话，肯定也会有不便之处。有谁听过两亲家在同一屋檐下生活并且相安无事的呢？他还说让母亲继续跟我一块儿生活，也有好处。这样，她就能在自己住惯了的地方渡过人生的最后一段时日，而不用被迫再去适应新的人和新的生活方式。罗贝尔托在信中还写道——最让他难受的是没有能力接济我一下——因为他一分一毫都得从妻子那儿讨要。

　　我小心地收起这封信，以免母亲看了伤心。要不是现下绝望的处境让我头脑混乱，不能更客观地看待问题，或许，我不会觉得那封信如此让人恶心。我一直都会从两面去看待问题，既看到好的那一面，也会看到坏的那一面。通常我会这样子想问题——比如说，你把一只夜莺的尾羽给剪了，我会想，呀，这只可怜的鸟儿至少还能歌唱；但要是把孔雀的尾羽给剪了，孔雀该怎么办呢？我知道，罗贝尔托这么说肯定也是经过深思熟虑的，他首先想到是保证自己的优裕生活，即便是靠着妻子的嫁妆生活他也还是想保住一点生活的体面。如果打破这种平衡，他无疑要做出一些不可逆转的牺牲。举止得当，彬彬有礼——这些东西罗贝尔托很早就学会了。而这也是他唯一能给妻子的东西。要是把赡养母亲的重任压到她妻子头上，凭良心讲，他肯定也得对妻子付出更多一点的爱。上帝给了罗贝尔托许多东西，但一颗善良怜悯的心并不在其中。也正是因为缺少了这颗怜悯心，可怜的罗贝尔托终究是无药可救！

如此一来，我们的境况也是越来越糟糕，并且我无能为力。幸好，我们之前还剩了一点东西，所以勉强维持了一段时日。可当母亲变卖掉最后一条父亲送给她的项链时，那个叫佩斯卡特尔的女人便觉得我们日后肯定会靠着她那一个月四十里拉的收入过活。她一天比一天更讨厌我们，恨意不断加深。我知道，一场暴风雨就要来临，并且因为长时间的压抑，这场暴风雨将会更加猛烈，即便是我那一生善良的母亲也将受到波及。佩斯卡特尔怒视我时，我的整颗心都是提着的。当我感觉到气氛变得紧张，我就会走出门去，尽量拖延暴风雨来临的时间。但每次走出门后，我又会担心母亲，于是匆匆返回。

一天，我在外头耽搁了段时间。两个在我家干了多年活的老佣人过来探望，没曾想这竟变成暴风雨的直接导火线。其中一个佣人由于没有多少积蓄，所以从我家离开后又到了另一家做工。但我们的老玛格丽塔是孤身一人在这世界上，并且有一笔可观的积蓄。母亲似乎是跟这两个几乎陪伴了她一生的老佣人倾吐了自己的心声，除此之外，玛格丽塔也注意到了我们家的窘迫情况。

"哦，过来跟我一起住吧！"善良的老玛格丽塔主动提出，"我有两间宽敞明亮的房子，还带一个露台，下面就是一个水池……透过窗户，你还能看到许多绽放的花儿！"

是的，她们可以共渡晚年，多年来的彼此陪伴和奉献也已经让她们的心紧紧连在一起！

按照母亲一贯的性格，她肯定是婉拒的了。而这一拒绝，彻底惹怒了佩斯卡特尔。我走进房子时，刚好看到她对着老玛格丽塔的脸挥动拳头，而后者只能本能地护住自己。一旁的母亲低声哭喊，好似一片树叶在秋风中抖动，她抓住另一个老佣人的手，好似在寻求保护。看到这一幕,我再也控制不住了。我直接朝岳母佩斯卡特尔冲过去,抓住她的两个手腕并用力将她甩到一边,她一个趔趄直接跌在了地上。但很快她就跳起身来,跟只母老虎一样朝我扑过来,手指差点抓花我的脸。

"滚出我的屋子!"她大叫着,气得直喘,"你——还有你的母亲!都给我滚出去!滚出我的屋子!"

"听着!"我强作平静地说,尽管我的声音已经因过分的压制而变得颤抖,"你给我听好,妈妈和我不会走,该走的人是你!要我是你的话,现在就走为上了。不要再惹我,门在那儿,该走哪条路不要我教你了吧!"

原本罗米尔达躺在沙发上,身体虚弱地无法坐起身。但此时,她开始歇斯底里地号啕喊叫,挣扎着起身扑到她母亲的怀里去。

"哦,不,妈妈!不要离开我!不要把我扔下和这些人在一起!"

"让你跟着他!让你跟着他!现在你后悔了吧,他就是个没用的无赖。我没办法再和他在一个屋檐下生活,哪怕一秒都不行!"

当然,佩斯卡特尔最后还是没有走。但两天后,我家里又起了一场风暴。姑妈斯克拉斯提卡从玛格丽塔那儿听说了我们的事,立马雷厉风行地跑了过来。我想,接下来的情节放在任何一个舞台上都不会失色。

那天早上,我的岳母正在厨房里头做面包,她把袖子卷到手肘,裙子也扎在腰上,以免弄脏。斯克拉斯提卡姑妈走到门口的时候,她刚好转头看见,但她旁若无人地继续筛面粉揉面团。姑妈不以为意,她直接推门进来,也没有理会佩斯卡特尔,而是直接奔我母亲而去,仿佛屋子里只有我母亲一个人。

"你在这儿,"姑妈嚷道,"收拾你的东西,到我家去住。隔着几百里都听见你们家的吵闹声了!我是特意来接你的,跟我走。收拾好东西,我们马上离开这儿!"

姑妈跟放机关枪似的说完这一大堆话,鹰钩鼻在一张黑而严肃的脸上格外引人注目,看得出她是在隐忍自己的情绪。我注意到,她那双雪貂眼里隐藏着一抹寒光。

厨房里没有回应。佩斯卡特尔寡妇还是在揉面团,只听见她把面团在面板上一下一下地重重揉搓,似乎是以此作为对我对我姑妈的回应。斯克拉斯提卡姑妈也注意到了节奏不太对劲,她又叽里呱啦地说了一大堆。砰——是的,就是这样!砰——我就是这么说的!砰——哦,千真万确。砰——你不早告诉我!最后,我的岳母将平底锅放到面板的一侧,只听见又是砰的一声,好像是在说:"看着,这个也被我摆平了!"

这无异于火上浇油。只见斯克拉斯提卡姑妈跳起来,扯下肩头的披肩,恶狠狠地扔向我母亲。

"把这个披上——别理会那些老鼠叫——现在你先出去!"

然后,姑妈朝厨房走去,直面佩斯卡特尔寡妇。后者见这架势,不由退了一步,把平底锅抓在手中。斯克拉斯提卡转头面向揉面板,两手抓起那沉甸甸的面团,不由分说地将面团重重砸在佩斯卡特尔寡妇头上。我那趾高气扬的岳母这下算遇到对手了。斯克拉斯提卡姑妈将她逼到屋角,然后又把面团恶作剧似的抹到她脸上,蒙住她的眼睛,她的鼻子,她的嘴巴,她的头发——所有露在外面的地方都被涂上了一层黏黏的面粉。最后,姑妈抓起母亲的手,将她拖着往门口走去。

接下来就是我的事儿了。只见佩斯卡特尔手忙脚乱地将脸上的面粉抹下来,朝我扔过来——当时,我坐在屋角笑得前俯后仰。紧接着,她朝我扑过来,扯住我的胡子,用长指甲抓我的脸,踢我的胯骨,最后对着我拳打脚踢。与此同时,我那可怜的罗米尔达正在另一个房间里头哇哇地呕吐。

"哦,妈妈,真为你羞耻!"我蜷缩在地上,朝她吼叫,"你连大腿都露出来了,大腿都露出来了!真是丢人!"

从那以后,我掌握了对任何不幸都能一笑置之的本领。当时,我觉得自己是这世界上最具喜剧性的悲剧的受害者——我的母亲跟我的疯子姑妈缠打,我的妻子在隔壁的房间里哇哇直吐,我的岳母佩斯卡特尔在地上撒泼打滚……而我,我缩在屋角,筋疲力尽,胡子和衣服上沾满面粉,脸上满是抓痕和淤青,脸上的液体分不清是血还是笑出来的眼泪。

为了弄清这个问题,我朝镜子走去。是眼泪!我的眼睛,我那双人尽皆知的斜眼,流出了眼泪。那只斜眼看起来比以往任何一个时候都更斜。"其实你挺好的!"我自言自语道,"至少没有人管你!"说完,我便抓起帽子,走出了房间。我在心里暗暗发誓,不想出办法养活我的妻子,我自己,还有我那未出世的孩子,我绝不回来。

想起这些年来的挥霍浪费,我不由对自己生出轻蔑之情。我明白,我现在的困境只会惹来耻笑,根本就得不到他人的一丝怜悯。当然,这是我活该,自作自受。这个世界上只有一个人有理由同情我——那个抢夺我遗产的人。但贪婪的巴提斯塔·马拉格纳如何会帮我呢?更何况,我跟他还有那么多的过节。

哦,有人对我伸出援手。在我最意想不到的时候,我竟得救了。

我在街上漫无目的地游荡了一整天,天快黑的时候,我竟偶然遇见了小帕米诺。米诺先看见我,他当时想躲开我,于是掉过头慌忙朝另一个方向走去。

"帕米诺!"我在他身后叫,"帕米诺!"

"你想怎么样?"他神情不快地问。当我走到他面前的时候,他连眼睛都没有抬。

"帕米诺,我的老伙计!"我说,然后用手拍了拍他的背,看到他那张长脸,我是发自内心的开心,"老实讲,你没生我的气了吧?"

哦,人可真是忘恩负义啊!帕米诺在生我的气,事实上是非常生气。用他自己的话说,因为罗米尔达的事情他简直恨透了我。我当时无法立刻说服他我不是故意欺骗,其实我才是最苦的那一个;他应该感谢我,因为是我代他受了这些苦。

看到镜子中的脸时,我竟生出一种快意,这快意盖过了痛苦。

"看到这些抓痕了吗?"我对帕米诺说,"你觉得是她抓的吗?"

"她……罗米……你是说你的妻子抓的吗?"

"是她妈妈抓的!"然后,我给他讲了事情的来龙去脉。帕米诺听完,脸上浮起一丝微笑,但那笑中没有多少快意。我想他肯定在心里说,老寡妇佩斯卡特尔不会那样对待他——至少他经济上没有我糟糕;并且他的性格比我好很多。我差点忍不住问他,如果他如此在乎,为什么最初我怂恿他追求罗米尔达时他会退缩,以至于让我跟罗米尔达日久生情,掉进了这万劫不复的旋涡。说穿了,这一切之所以会发生,是因为帕米诺是个笨蛋,因为他不够果断不够勇敢。不过,我没有把这些说出来。相反,我只是问他:"这些日子,你在做些什么?"

"什么都没做!"他叹息道,"我快无聊死了!周围没一个可以玩的人!"

说这些话的时候,帕米诺的语气中满是愤怒的意味,我突然明白了他是怎么一回事。不用说米诺对罗米尔达的事多少有些介怀,但更让他难受的是,失去了罗贝尔托和我的陪伴。罗贝尔托搬走了,罗米尔达又和我牵扯在了一起。我们两个人都渐渐抽离他的生活，可怜的帕米诺还能剩下什么乐趣呢？

"没一个可以玩的人？伙计，那你怎么不娶个老婆呢？那可是件刺激的事！你看我就知道了！"

真是可悲又可笑。只见帕米诺摇了摇头，闭上眼睛，然后举起右手，道："不，不，我不结婚！"

"你是个聪明人，帕米诺！你要坚持住这一点！你说你在找伴儿，我呢，随时都可以为你效劳，只要你开口！"

然后，我把离家的决心告诉了帕米诺，并跟他说了我面临的经济困境。

"我亲爱的伙计……"帕米诺喃喃说着，他提出把所有的东西都给我。

但我拒绝了。我需要的不是这种施舍。给我几里拉的钱，过不了几天我又是一贫如洗。不，我要的是一份工作，最好是一份稳定的永久性工作。

"等等！"帕米诺惊叫一声，像是突然想到了什么，"我知道有个机会……你知道我父亲，对吧？他现在帮政府做事……"

"这我倒不知道，不过我猜他应该混得很好！"

"是的。现在他是教育部的区巡查员。"

"哇，说实话，我确实没想到！"

"我记得昨晚在宴会上……对了，你认识一个叫罗米泰利的老人吗？"

"不认识！"

"胡说，你当然认识！那个老家伙在博卡蒙扎图书馆！是个聋子，眼睛也不太行。现在他的身体完全垮了,所以政府决定让他退休,每个月给他一点养老金。我老爸说现在那个图书馆一片狼藉,若不尽快采取措施的话,那些书很快就会毁坏一空。这份差事不正适合你吗?"

"我?图书管理员?"我嚷道,"但那得是受过教育的人呀……"

"怎么不能是你?"帕米诺答道,"你懂的东西肯定比罗米泰利多!"

这倒很有说服力。米诺建议我最好通过斯克拉斯提卡姑妈跟他父亲接触一下,"你姑妈跟我父亲总站在一边。"

那一天晚上我跟帕米诺待在一块儿,第二天早上,我便匆忙去找斯克拉斯提卡姑妈。姑妈跟以往一样生硬,她不愿意见我。最后,我跟妈妈说了这件事。

四天后,我就成了教育部下属的博卡蒙扎图书馆的管理员。我的薪水是六十里拉一个月。六十里拉一个月!那样我的钱就比寡妇佩斯卡特尔多了!这可真是大快人心!

刚开始的几个月,我在图书馆里待得还算惬意,这大部分得归功于罗米泰利,他从旁帮了我许多。这也是我不明白的地方,镇里明明已经拨了养老金给他,他也没有义务继续在图书馆里工作。每天早上九点整,不早一分不晚一分,我都会看到他拄着双拐进来。一穿过门,他就会从上衣口袋里掏出一个黄铜壳的老式怀表,然后将怀表挂在墙上的一根钉子上。接着,他便会在"办公室"的位置上坐下,将两根拐杖夹在双腿间,然后从内口袋里掏出一个鼻烟盒,摸摸鼻子。做完这些最基本的准备工作之后,他便会拉开办公桌的抽屉,拿出一本古老文集。那是一本音乐大典,囊括古往今来所有艺术家和鉴赏家的相关作品,于1758

年在威尼斯出版。"

"罗米泰利!"我通常会叫他一声。而他只是一丝不苟地进行每日的例行公事，显然并未意识到我的存在，"辛格乐·罗米泰利!"

但老罗米泰利已经聋了。即便是在他耳边放炮，他也听不见。所以到最后我都会走到他面前，拉拉他的手臂。他会转过头，斜眼看我，脸上的表情很是茫然；接着便见他露出一口黄黄的牙齿，我想他是想挤出一个笑容；然后他又缓缓低下头，研究他的古书去了。很多人都会看着看着就打瞌睡，但老罗米泰利不会。恰巧相反，他会聚精会神地研读书上的每一个字，并且用尖利的嗓音念出来："乔瓦尼·阿布拉姆·伯恩鲍姆……乔瓦尼·阿布拉姆·伯恩鲍姆出版了……1738年在莱比锡出版了……1738年在莱比锡第八次再版了一本小册子……那是一本音乐评论……米特兹勒重印了这本书……并于1739年将它收在音乐图书馆的第一卷中……"

为什么他总是要重复这些句子和日期三四遍？也许是为了更好地记忆？可他要是听不见，为什么要念得这么大声呢？很多时候，我就这样站在那儿，不解地看着他。那个可怜的老人已经是半截身子在土里的人（事实上，他在我入职四个月后就死了）！乔瓦尼·阿布拉姆·伯恩鲍姆的小册子，或其他什么人于1738年在莱比锡出版的小册子，于他究竟有什么重要的呢？他为何要如此不辞辛苦地去挖掘其中的信息。就算他从中学到了很多，那也只能下辈子用了！不过我想，对他而言这只是一个原则问题。图书馆就是用来看书的。既然没有人愿意进到这里阅读，那就由他一个人坚守吧。或许选择这本书只是一个偶然，重要的不是读什么书，而是阅读这件事本身。

多年来，古老教堂"阅读室"的大桌子上的灰尘差不多积了有一寸厚。一天，我心血来潮想要代镇上居民向捐出这座教堂的捐献者表示感谢，便用手指在积尘上划出了几个很大的字——

敬献博卡蒙扎主教
慷慨的赠书人
永久纪念他的恩典
全体乡民谨立

在图书馆里，时不时地会有两三本书从一个较高的书架上掉下来，紧接着就会有一只猫那样大的老鼠滚落。第一次看到时，我还兴奋地大叫了一声。那些滚落的书对于我的意义不亚于苹果对于牛顿的意义："有了！"我大叫着，"我终于有事情可做了！我要把这些老鼠统统抓到，让罗米泰利去读他的伯恩鲍姆！"

尽管我对管理员这份工作知之甚少，但我本能地知道在那种环境下我应该做些什么。于是，我向格洛拉莫·帕米诺大人致信一封，恭敬地请求他给圣·玛利亚自由教堂的博卡蒙扎图书馆提供至少两只猫。并且我说，这并不会造成预算的增加，因为猫到了这里将会获得充足的食物。另外，我还请求组委会授权我去买一个加大的陷阱网，要带诱饵的那一种。（我觉得"奶酪"这个词太过普通，配不上新上任的教育部巡查员。）

于是，格洛拉莫·帕米诺大人派人给我送来了两只小猫咪，事实上这是两只十分虚弱的猫，对于跟自己个头差不多大的老鼠怕得要死。因为太过饥饿，它们总是会想吃捕鼠陷阱中的奶酪，所以每天早上我都会发现那两只猫奄奄一息地待在铁笼子里头，悲伤绝望到连喵一声的力气都没有。我立刻向上级报告了这个情况,这次他们决定派给我两只诚实且勇敢的成年猫。从此,捕鼠陷阱卡的不再是猫咪,开始发挥它的威力,我也因此而活捉了许多的老鼠。

一天黄昏,我感觉有些疲倦,因为罗米泰利似乎没有注意到我在这个领域取得的胜利。(尽管他在图书馆的任务是看书,而老鼠们的任务是把书封咬掉。)所以我决定拿两只新捉到的老鼠过去让他瞧瞧,我将战利品放在罗米泰利通常放艺术大典的抽屉里。

"这还不让你刮目相看!"我自言自语道。

但我错了。当罗米泰利拉开抽屉的时候,那两只老鼠吱吱地顺着他的肘部迅速跑开,他转过头看着我,问道:"那是什么?"

"两只老鼠,罗米泰利,那是两只老鼠!"

"啊,老鼠!"他轻声说。他已经把这些老鼠看作图书馆的一部分,就跟他自己一样。罗米泰利翻开书,好似什么事都没有发生,一如既往地大声念书。

乔万·维托里·索德里尼的《论树》中有这样一段:"果实成熟一半归功于热,一半归功于冷。成熟的力量来自热量,这是成熟的主要根源。"看来,乔万·维托里·索德里尼并不知道,除热量之外,水果商们还找到了另外一种使水果快速成熟的方法。他们将还没完全成熟的苹果、梨子、香蕉等放到一起碰撞,或者用力挤压,让水果的外皮变软,从而给人一种成熟的感觉。

短短的时间内,我变成了另外一个人,和以前的自己完全不同。罗米泰利死后,图书馆里就剩下了我一个人。无聊孤独,但我并不渴望陪伴。

其实,我每天只需要在图书馆上几个小时的班就可以了。但家对于我而言就是一座牢狱，而在街上晃荡又难免触及旧物旧事徒增伤悲。所以，这座被书被老鼠和灰尘占领的废弃教堂就成了我的避难所！我一直都这样跟自己说。但我又该做些什么来打发时间呢？我可以捉老鼠！但这种消遣能持久吗？

第一次拿起书时（我当时是非常随意地从书架上取下一本），我突然感到一阵惊惧。我，是否会跟罗米泰利一样，在这座无人会来的教堂里头看书终老？想到这，我愤怒地把书丢开。但过了一会儿，我又朝那本书走去，再次将它拿了起来。我开始阅读书里的字句，当然我只能用一只眼睛看，另一只斜眼是如何也完成不了这件事的。

就这样，我看起了书。我什么东西都看一点，尤以哲学书看得最多。跟你说，哲学可都是些沉重的东西，可当你真正有所感怀领悟的时候，你就会感觉自己的心好似羽毛一样飘了起来，简直能飞上天触摸云朵。我一直都觉得，我的大脑有点古怪，和正常人不太一样。但阅读让我的心智变得成熟。每当我感觉困惑或迷茫时，我就会关上图书馆的门，沿着一条小径去海边。望着茫茫大海，我心里会陡然生出一种敬畏感，这种敬畏感会一点一点地增强，直至把其他的情绪都压下去。我坐在海边，用手指拨弄海沙，同时低下头，什么都不再去看。但我能听见，我听得见那海浪撞击海岸的声音，听得见汹涌的波涛声。

"所以，我会一直这样子。"我喃喃地对自己说，"一成不变，直到我死的那一天。"

这时，我的心里会突然一阵悸动，脑海里蹦出古怪的念头，好似突然间着了魔。我会猛地跳起来，晃动身体，好似要挣脱那束缚住我的东西。可是，海依然是那海，或平静或汹涌，丝毫没有改变。我愤怒又绝望地握紧双手，面对空茫的大海大声叫喊：

"为什么一定要这样子？为什么？为什么？"

一个海浪打来，激起万丈浪花，溅湿我的双脚。

"所以你明白了。"大海似乎在说，"因为你开始探求事物背后的原因！湿的双脚！不，现在回到图书馆去，亲爱的孩子！咸的海水会泡烂你的鞋子，而你没有钱再买一双。回到图书馆去，别再看哲学书，看点其他的东西。你最好也读一下乔瓦尼·阿布拉姆·伯恩鲍姆于1738年在莱比锡出版的那本小册子。至少，里面的知识对你没有坏处。"

日子就这样一天天地过去，直到有一天有人跑来告诉我，我的妻子病得很厉害，需要我马上回家一趟。我记得，当时我拼了命的以最快的速度往家赶，与其说我想快一点赶到家，不如说我想通过这种方式放空大脑，不去想我的儿子将要出世这件事。

跑到门口时，我的岳母拦住了我。她抓住我的肩头，大叫："快叫医生，快一点！罗米尔达快撑不住了！快一点！"

听到这样的消息，我当时只想瘫坐到地上，怎么会这样，一点预兆都没有？哦，不！"快，快点，快去叫医生！"

我恍惚地又往回跑，不知道自己究竟要朝哪个方向。我只是语无伦次地大喊："医生！医生！"有些人听见了试图拦下我，问我找医生做什么；还有一些人则扯住我的袖子，他们中有的人吓得脸色都白了。但我挣脱了他们，只是不停地跑不停地喊："医生，医生！"

而医生此时就在我家里！等我再回到家时，等我像个疯子一样找了一圈医生却遍寻无果之后，我的第一个孩子降生了，是个女孩儿。我第二个孩子仍然是个女孩儿，不过她就没这么急着要到这人世间来了。

所以，我生了一对双胞胎女儿。

这是很久之前的事。可直到现在，我还能清晰回忆起她们并排躺在摇篮里的样子,漂亮的小手在空中抓着,好似受到某种神奇本能的驱动,让人无法移开眼睛。那两个命苦的小家伙,比我每天早上在捕鼠夹里找到的小猫咪还要惨!因为她们连哭喊的力气都没有,她们只能无力地挥动小手,只能这样!

我想把她们分开,可一接触到她们那软软的暖暖的皮肤,我的心里突然有了一种奇异的感觉,心里涌起一股前所未有的柔情——这是我的孩子!

其中一个孩子早早夭折了,另一个则多活了些时日,至少是唤醒了我的父性——活在这世上的唯一目的就是照顾孩子。长到一岁的时候,我的女儿漂亮极了,我喜欢把她那金色的卷发缠在手指上,充满爱意地亲吻,好像怎么吻也吻不够!她还开始学着叫"爸爸",我会回应她叫一声"小宝贝",然后她又会叫"爸爸"。我们就跟两只小鸟一样,啾啾叫着从这棵树梢飞到另一棵树梢。

我那可爱的小女儿几乎是和我母亲同一时间离开人世的。我无法辨别女儿和母亲的死哪个让我更痛苦,更伤心。女儿快闭上眼睛的时候,我匆忙跑到母亲身旁。临到终了,母亲心里头装的仍然是别人。她喃喃唤着自己的小孙女,为自己不能见她最后一面不能在她额头印下最后一个吻而遗憾。

九天后,这种折磨结束了。我无法闭上眼睛,一秒都不能。我应该把接着发生的事情说出来吗?我敢说,大多数人都不会愿意坦承,这是由人性决定的。但我选择坦承,坦承一切,反正当时我的心里已经没有悲伤,只剩麻木。

我感觉自己好似被雷击中了一样,头昏昏沉沉。于是,我爬上了床睡觉。是的,我去睡觉了。我必须睡觉。当我再次醒来,我才回过神,真切感受失去母亲和小女儿的悲伤——那是一种绝望的残忍的悲伤,简直能把人逼疯。那一整个晚上,我不知道自己究竟在想些什么,我只是在街上,在山间,在田野里漫无目的地游荡。

我记得,最后我走到了老"鸡笼"庄园的磨坊那儿。

当时,天刚破晓。以前替我们家做事的磨工菲利普正站在水槽边。他看见了我,于是叫我过去。我们在一棵树下坐定,他给我讲了父亲母亲以前过的好日子。他说,如果说母亲的离开有什么目的的话,那一定是为了到另一个世界照顾我的小女儿。她们会在天堂找到彼此,祖母会把她的小孙女抱在怀中抱在膝上,陪伴她,守护她,并跟她讲我的故事。

三天后,我的哥哥罗贝尔托汇了五百里拉给我。我想,他是想补偿我那九天受的折磨!

不过,这钱名义上是用来为母亲操办一个体面的葬礼。但斯克拉斯提卡姑妈已经打点好了一切。我将那张汇票夹在图书馆的一本旧书里头。后来,我把里头的五百里拉取了出来,自己用掉了。

接下来,我会告诉你们,就是这五百里拉导致我第一次死亡。

第六章　转动的象牙球

热闹的沙龙聚会上，衣香丽影，觥筹交错。一个象牙球在人群中间优雅地旋转着，煞是好看，这一刻世界似乎只剩下了这个象牙球——滴答，滴答，滴答，滴答……

世界只剩下一个象牙球！或站或坐的人们目不转睛地盯着那球，气氛热烈而紧张。在一张黄色方桌的下面，许多只抓着投注黄金的手在挥舞，周围还有许多人紧张地拨弄更多黄金——那是为下一场投注准备的黄金。所有人的视线都随着象牙球快速而优雅地旋转移动，仿佛是在说："亲爱的象牙球，你想在哪儿停下呀！残忍的象牙球，你乐意在哪儿停呢？你可是我们的上帝呀！"

一个十分偶然的机会，我来到了蒙特卡洛，那是在我和岳母以及妻子发生一场冲突之后。当时,我的心备受煎熬,再也无法忍受那种争吵不休的生活,我真的是身心俱疲。终于有一天,烦透了的我凭着冲动将罗贝尔托寄给我的那五百里拉塞进口袋,然后我戴上帽子穿上衣服,紧接着我就上路了。

我是步行上路的,只想快一点逃离那地狱一般的生活。我机械地往前奔走,朝邻近的一个村庄走去,那儿有一条铁路穿过。我的脑海里生出一个模糊的计划。我要去马赛,然后乘蒸汽船去美国。我口袋里的钱应该付得起船票。除此之外,我告诉自己要相信运气。还有什么比我现在经历的生活更糟糕的呢?也许穿过海岸线,会有一个新的未来等着我,哪怕那镣铐比我刚挣脱的更沉更重。无论怎样,多去外面看看总是好的。我甚至还期待能摆脱心里那让人窒息的压抑,找回曾经的雄心壮志,干一番事业。那么,就去马赛!

可还没等我到尼斯,我就失去了勇气。啊,少年时的果敢坚毅到哪儿去了呢?一定是沮丧吞掉了我内心的勇气。天啊,我快要被折磨疯了,我几乎就要丧失行动能力。五百里拉!难道我真要靠这区区的五百里拉去闯荡未知世界?我真的做好去陌生环境里战斗的准备了吗?

我的船在尼斯停了很长时间。靠岸的时候,我真的决定要停下来,尽管我也没有回家的打算。我就在尼斯的大街小巷漫无目的地穿梭游荡。一天,我在一家有金字招牌的店铺前驻足,上面写着——轮盘赌场。透过窗户,我可以看到各种各样的轮盘,另外还有不计其数的装饰配件和赌场指南,指南的封面上有轮盘赌的装饰图画。

我们都知道,不幸的人很容易沦为迷信的牺牲品,并且他们还会嘲笑其他人的轻信。有时候,迷信好似给了他们新的希望,当然那些希望是永远都不会实现的。我还记得当时看到的一个封面,上面写着——轮盘赌必赢手册,我从赌场的窗前经过,嘴角泛起一抹轻蔑的笑容。可究竟是为什么,我走了几步之后又停下了,转身回到那家轮盘赌场,嘴角仍挂着先前那样的嘲笑他人愚蠢的轻蔑笑容,并买了一份手册。

我自己无法解释。其实,我并不知道轮盘赌究竟是什么,甚至连轮盘的构造都不清楚。但我还是把手册读了下去。

"我想我的问题是在于不懂法语。"最后,我总结道。我从来没学过法语。在图书馆的时候,我倒是看过一本法语语法书,并学了几个句子。但我没有留意法语的发音,所以根本不敢在别人面前讲法语,生怕惹人耻笑。这一点直接导致我的犹豫,我踌躇了好一会儿,不知道自己该不该进到赌室去。但我接着又想:"你身上只有几个铜板,并且不会讲一句西班牙语或英语,你刚刚却还想着独闯美国。这么勇敢的一个人,怎么连进赌场的勇气都没有呢?更何况,你懂一点法语,而且还有赌场指南……"

"蒙特卡洛离奈斯并没有多远。"我继续暗忖,"我的妻子和岳母又都不知道罗贝尔托寄钱给我。要是把这些钱输了,那我也就不会想着远走高飞的事。也许我还能留住买票回家的钱,但即使我……"

我听说赌场里头有一个漂亮的园子,里面长满了又高又大的树。最坏的情况也不过是,我解下皮带在其中的一棵树上吊死。死得不用花一分钱,还能保住体面,何乐而不为呢?"谁知道这个可怜的人输掉了多少呢?"人们发现我的尸体时,应该会这么说。

老实说,进到赌场之后我有些失望。也许只是大门看起来气派一些。那八根大理石柱子确实让人有一种进到上帝神庙的感觉。穿过柱子,就是一条带左右两个通道的大门。我看到左边侧门写着"TIREZ",我知道这在法语里头是"拉"的意思;所以,我推断右边侧门写的"POUSSEZ"应该是"推"的意思。

所以,我推开了右边的小门,进到房间里头。

一股难闻的气味扑鼻而来,我想,这地方真得改善一下!人们带着大把的钱来到蒙特卡洛,就算要死,他们也应该死在一个更漂亮更堂皇的地方。现如今,欧洲所有的城镇都将那些最具吸引力的屠宰房掩饰了起来,以前那些没有受过教育的动物们就是在那里面被屠宰,其实这真是不必要的客气,至少我是这么认为的。当然,有个事实必须得承认,在蒙特卡洛玩的大多数人也不怎么注意大厅的装潢,就跟整日在沙发上渡日的懒汉通常也不会留意沙发垫的异味一样。

在试我自己的运气之前(尽管我对此没有抱多大希望),我想还是先观战一会儿比较好,这样也能熟悉赌局规则。我有这个想法,还得归功于我手上拿的赌场指南。从旁看了几分钟,我想我已经完全了解了轮盘赌的规则。于是,我走到第一个房间左边的第一张桌子旁。

我将几个法郎押在一个数字上——25。我周围大多数的人都神经紧绷地望着那旋转的球。我也无法掩饰住自己的激动,但我尽量装出从容的笑容,尽管我的心仿佛正要从胸腔里跳出来。

象牙球渐渐慢了下来,最后静止在台面上。

"Vingt-cing",主持者叫道,"rouge,impair,etpasse!"

我赢了。我正想伸手把那堆钱揽过来,可是站在我身后的一个高个子男人把我的手推到一边,自己揽过了那堆钱。我试图用我结巴的法语让他明白他搞错了——哦,是的,他是搞错了,当然不是故意拿走我的钱!可那是一个德国人,他的法语说得比我还糟糕。但他敢说,单凭这一点就能弥补他在语法上的不足。那个德国男人情绪激动地冲我嚷,说是我搞错了,说那些钱是属于他的。我无助地环视桌旁的人,但没有人替我说一句话,有个人在我把钱押到25号时还嘟囔了几句,但此时他也是保持沉默。于是,我又把求助的目光看向坐庄的人。但他们坐在那儿一动不动,好似一尊尊雕像。"啊,我知道了。"我对自己说,然后又从口袋里掏出几个法郎。现在我们知道轮盘赌必赢的办法是什么了,赌场指南竟然没把这个写进去真是遗憾。我想,耍赖就是赌场必胜的唯一办法。

我走到另一张桌子旁,这一桌赌得正热烈,我看着大量周围的人——大多数都是些衣着讲究的先生,也有几位女士,但看起来多带点风尘气。我的兴致一下子就消减了,尤其是在我看到一个白头发的矮个子男人时,他有一双很大的蓝眼睛,眼睛里的血丝看得分明,长睫毛似乎也泛着白色。我不喜欢他的长相,他穿得也是相当正式,但这样讲究的衣着似乎并不和他相称。不过,我觉得他值得我留意观察一番。他在一个号码上下了重注,结果输了。接着,他下了更重的注,可是又输了。我在他脸上看不出一丝的情绪,我在心里暗忖:"他应该不是那种会占人小便宜的人!"突然,我的心里涌起一阵羞愧,尽管我在另一张赌桌上经历了不幸。这一桌的人都是一把一把地丢钱,而且连眼皮都不眨一下。我却在这儿担心口袋里的区区几个法郎,可真是让人瞧不起!坐在这个矮个子男人旁边的是一个年轻人,两人中间还隔着一张椅子。那个年轻人脸色蜡白,左眼戴着一块单片眼镜。他手上拿着绿色筹码,但他把钱随意下注,并装作一副无聊的厌烦样子,似乎对那象牙球的转动一点都不感兴趣。事实上,他有半个身子是背向赌桌的,一只手拨弄着胡须。象牙球停下来之后,他会问邻桌的一个人自己有没有输。但每次他都输了。

金钱满天飞啊!渐渐的,我也被这游戏迷住了。我在两个男人中间坐下，开始押筹码下注。我的第一注输掉了，但我突然被一种奇怪的感觉攫住——一种亢奋的超自然的迷醉感——它将我的心带离我的身体，我的一举一动似乎都是在某种无意识本能的引导下。为什么要选这个数字，而不是那个？"那个，最末的那个数——右边！对，没错！"我知道买那个数字准会赢，事实证明，我确实赢了。一开始我下的注都比较小，很快我就开始大把大把地扔钱下注。我玩得越久，那种神奇的力量就越强越清晰，即便有时候会输掉一两把，但我的信心一点也没减少。我想，我是受到了幸运之神的眷顾，我不止一次地对自己说："是的，这次我要输了——我必须输掉！"我进入了一种极度兴奋的状态——我想把所有的东西拿出来做赌注，包括之前赢的钱。我猜中了！这一切简直让人不敢置信——我的双耳轰鸣，汗流不止。赌场里坐庄的一个人也注意到了我持续的好运气，我在他的眼神里看到了挑衅。没关系！我们再试一次！于是，我再次将所有的筹码推出去。我记得我的手在35号停下，这个号码已经替我赢过一次。这个机会应该不大！我想换个号码，但我听到心里似乎有个声音在说："不，不要换，就买这个号码！"我闭上眼睛，我想当时我的脸色肯定是惨白如纸。赌桌顿时安静了下来，好似所有人都和我一样地紧张。象牙球开始旋转，旋转。它不停地转圈，转圈！怎么还不停下呢？象牙球渐渐慢了下来，每转一圈我的折磨似乎就增加了一些。咚！象牙球停了下来。我没有睁开眼睛。但我知道坐庄的人接下来要说什么（他的声音在我听来十分缥缈，好似是从另一个遥远世界传来的）：

"Trente-cing, noir, impair, etpasse！"

我将钱和筹码揽到怀里，转身离开。我必须离开！我已经透支了，不能再玩下去，我走得跟跟跄跄，好似一个喝醉酒的人。最后，我瘫倒在一条长沙发椅上,头靠着椅背。是的,我要睡觉!我需要睡觉!打个盹儿就好。猛然间,我的心又是一阵悸动,之前的沉重感再次袭来,差点将我击倒。我赢了多少钱?我抬起头,但我已然睁不开眼睛,不得不再次闭上。赌场的大厅似乎在旋转,旋转。那儿可真热呀!真闷!我想呼吸新鲜空气!是的,我要呼吸空气!什么,已经天黑了吗?街上似乎已经亮起了灯!我在赌场里待了多久?

我挣扎着站起身,离开赌场。

走到赌场的中厅,我看到天还没有完全黑下来。我吸了一口清凉的空气,头脑顿时清醒了许多。周围有许多的人,有些在独自沉思,有些是三三两两地聚在一起聊天,抽烟,开玩笑。此时,这些人在我看来都是有趣的。我对赌场仍然很陌生,也知道别人一看我就晓得我是生手。我开始观察周围的人,不过表面上还是装作一副很悠闲的样子。我看到有个人突然不说话了,他扔掉手上的烟,脸色变得苍白,在众人的哄笑声中脚步踉跄地往赌场房间里跑。他们开了什么玩笑?我不知道。但我下意识地也跟着笑了起来,笑那个落荒而逃的人。

"A toi, mon chi!"我听到一个粗厉的女声从我身后传来。我转过头,是之前坐在我身旁的一个女的。她递给我一枝玫瑰,手上还留了一朵。那是她刚在外厅买的花。我的心里突然涌起一股愤怒!我看起来就这样好糊弄吗?

我没有接那个女人的玫瑰花,也没有说"谢谢",只是转身走开。接着,我就听到那个女人大声地笑了起来,并自顾自地拉住我的手臂,小声地跟我说话。她留意到我刚才的好运气,所以想让我带她一块儿玩。她说,由我来选号码她来下注,赢了的话就五五分成。我生气地甩开她的手,大步走开,留她一个人在原地。

随后,我回到了赌厅。在那儿我又见到了刚才的那个女人,不过她当时正跟一个黑皮肤的矮个子说话,那个人满脸的胡子——我猜,那应该是个西班牙人——反正我不喜欢他的长相。女人把刚才递给我的玫瑰花给了他。他们两个看到我走近,互相眨了眨眼睛,我敢肯定他们肯定是在谈论我。我决定要提高警惕。于是,我朝另一个赌厅走去。走到第一张桌子旁,我却没什么想玩的心思。那个西班牙男人也走了过来,他在我旁边选了个位置,尽管他装作没注意到我的存在。我转过头,定定地看着他,让他明白我已经知道他盯上我了,只不过我不想多惹麻烦。不过,仔细想一下,或许他不是我想象中的骗子。西班牙男人连续下了三次重注,但三把全输了,每次他都会生气地眯起眼睛,或许是在掩饰内心的失望。三次下注失败之后,他抬起头看我,并对我笑了一笑。我没有理会他,径直回到了我之前赢钱的那个赌厅。

坐庄的人换了。之前送我玫瑰花的女人又坐回了她原来的位置。我刻意跟赌桌保持了一段距离,这样她就看不到我。女人下的注都很小,并且不是每把都下注。我往前挪了几步。女人当时正想放筹码,但她看到我来了,就又把筹码收了回去,显然她是想跟着我买。但我没有下注。当坐庄的人大叫"Le jeu est fait! Rien ne va plus"时,我看了她一眼——她对着我摇手指,嘴角挂有一抹责备的笑。我在旁观战了好一会儿,但慢慢地那种下注的冲动又占据了我的心。只能说,赌桌的热烈气氛太具煽动性。除此之外,我感觉之前的那种奇怪灵感又来了。我在空出来的椅子上坐下,将那个女人抛在了脑后,开始下注。

我选什么数字,就开什么数字,屡试不爽。这究竟是怎么回事?这种神秘的先见究竟从何而来?真的只是运气吗——那这可真是我有生以来运气最好的一次。还是说有某种奇迹般的力量在操纵我的意识?

我不知道这一切要如何解释，当我想到我正将我的一切，甚至包括我的性命，都押在那小小的筹码上，我突然感觉很滑稽。这或许是财富之神跟我开的一个玩笑。不管你们怎么说吧，我很清楚我自己内心的感觉：我感觉到了内心的神圣力量，那一刻，它让我的财富之神指引我的每次下注，让它听从我的意志。我真的感觉到了这种力量，不过我不是唯一感受到这种力量的人。我周围其他的人很快也注意到了我每注必中的这个事实，所以，不管接下去我买什么看似很冒险的数字，他们都会跟着我。为什么我每轮都买红色数字呢？为什么每次红色数字都能中呢？为什么我买什么中什么呢？后来，即便是那个戴单片眼镜的年轻男人也开始对这场赌博产生了兴趣，站在他身侧的一个胖男人更是大声喘着粗气。围在这张赌桌旁的所有人都变得异常兴奋——不耐烦地抖动，紧张地喘气，焦虑地等待。最后，连庄主自己都失掉了之前的那种不动声色的淡漠。

在我将一大堆筹码推到赌桌中间时，我突然感觉自己的身体垮了下来。一种巨大的责任感笼罩了我。本来，我这一整天就什么东西都没吃，而晚上经历的这些激烈情绪更是耗尽了我的力气。我的头开始眩晕，我不能再赌下去了。我赢了赌博，但我中途退了出来。

这时，我感觉有什么东西在死命地扯我的双手。是那个又矮又胖满脸胡须的西班牙人，他千方百计地想要我继续玩下去。"看，"他说，"11和15，我们已经到最后三轮了。玩吧，我们一定会打破纪录的！"

他知道我是意大利人，所以一直都是用意大利语跟我说话，不过还是带着很浓的西班牙口音，这让我不由笑了起来。我使出最后一点力气，坚决地拒绝他："不，不行了！我已经玩够了！我玩够了！让我走吧，先生！让我走吧，先生！"

西班牙男人放开了我，但他却像个尾巴一样跟着我，甚至还跟我一块儿上火车陪我回到奈斯。他坚持要我跟他一块儿吃晚餐，还在他住的酒店里给我开了间房。一开始，我很反感他对我的奉承，他简直把我说成了神。不过，人都是有虚荣心的，渐渐地我竟从中感到了某种愉悦。只要香炉漂亮，哪怕里面的焚香辛辣刺鼻，人还是会用力吸上几口的，不是吗？其实我凭的完全是运气，并没有我自己的判断或策略，我这不过是误打误撞地赢了而已。这个想法渐渐地在我脑海中生根，同时我也恢复了一些力气，我开始觉得这个西班牙男人的陪伴让人讨厌。

尽管我在奈斯火车站就跟他道别，他还是要跟着我。他非得要跟我共进晚餐，并且跟我坦承，那个在赌场大厅送我玫瑰花的女人就是他派过去的。那个女人经常在赌场里晃荡，而他会不时地给那个女人一些钱，通常是给一百法郎，就是怕她哪天想不开真的自杀了。那天晚上她跟着我下注，最后应该是赢了些钱的，因为此后她没有再在大厅等过西班牙男人。

"我能做些什么呢？"他叹息着说，"也许她找到了一个相貌更好看的人。我已经老了。谢谢上帝，这么快就将她送走了！"

我这个缠人的朋友在奈斯待了一个多星期，每天早上他都会到赌场去报到。可到那天晚上为止，他一直都是输。他说，他只想知道我成功的秘诀——要么是我潜心研究过赌术，要么就是我有一套厉害的规则。他的这些话让我大笑起来，我跟他强调说，我是第一次接触轮盘赌，并且我也为自己这种好运气感到诧异。但他不相信。我想，他肯定是以为自己碰到了一个神人，因为他始终不放弃，一直用那半西班牙语半意大利语的鬼话兜兜转转地套我的话。最后他告诉我，那天晚上他本来想用女人收买我的。

"哦，我亲爱的先生，"他的坚持让我既生气又好笑，"我没有什么规则，那样子的赌博哪谈得上什么科学系统规则呢？我不过是运气好罢了。明天我可能就会输得一分钱不剩。当然，我也可能再赢一把——我希望能赢！"

"可你今天为什么不provech（意为好好利用）你的好运气呢？"

"provech？"

"是的，provech，就是赚钱的意思，我不知道你们意大利语怎么表达？"

"哦，我已经赚了很多，要知道一开始我口袋里只揣了几个法郎而已！"

"很好。那这样，我负责出钱。就是说，我出钱，你出运气，可以吗？"

"但我有可能把你的钱都输光的！听着，如果你真觉得我明天会赢，那你明天就照今天的一样，我买什么号码你就跟着买什么号码。这样子哪怕我输了，你也不能怪我，但要是我赢了……"

西班牙男人没等我说完。

"哦，不，segnore，不，今天，是的，我就这么做。不过明天，不，我不那么做。你在conmigo下注？很好！我跟你！要是不那样，我就不玩。Muchas gracias！"

我看着他，努力想猜出他这些话的意思。有一点可以肯定的是，他怀疑我在跟他玩什么把戏。我憋红了脸，要他给我一个解释。他收起嘴角的一抹算计笑容，尽管我还是能在他的表情里看到算计的意味：

"我说不玩，我不那么玩。No digo altro！"

我的拳头重重地砸在面前的桌子上。

"不，你没搞清楚！"我生气地嚷道，"你说这些是什么意思，你的那个笑又是什么意思？我不觉得有什么好笑的！"

我提高声音大喊，西班牙男人的脸色变得苍白，他似乎有点怕我。我知道他接下来肯定会跟我道歉。但我耸了耸肩，从桌子前起身：

"随便怎样吧，我也不在乎你是什么意思！总之，我不想再跟你有任何关系！"

然后，我付了账单，转身离开饭店。

我曾认识一个极其聪明的人，再怎么钦佩称赞他都不为过。不过，他却从来没有得到过他人的称赞，而那或许是因为他喜欢穿一条格子裤子（如果记得没错的话，那是一条灰黑格相间的紧身裤）。我们的衣着有时候会给别人留下最古怪的印象，或许是由于剪裁，或许是颜色。

以我为例，我现在自然是没有正式的晚宴服，但我会穿一套黑色的西装，这能帮助维持我的体面。我穿的是同样一套衣服，那个该死的德国人觉得我是个偷他钱的笨蛋，而现在这个西班牙人却把我当作神人，甚至还有点怕我！"一定是因为胡子的缘故。"我边走边想，"或许是我的发式。我把头发剪得很短，胡子却很是散乱！"其实，我想赶快回到酒店房间，数数我究竟赢了多少钱。当时已经是凌晨两点，街上空无一人。过了好久，我才等到一辆经过的出租车，我把出租车拦下，坐了进去。

我身上带着许多现金，上衣的口袋，马甲的口袋，裤子的口袋里都装满了钱——金币、银币还有纸币。肯定是很大的一笔钱。我一进房间，就把东西全部倒到床上。一共有十一万里拉！我已经很长时间没有见过这么多钱，并且这些钱好似是从天而降的。我突然回想起过去那些辉煌的好日子，心里涌起一股苦涩的感觉。是的，我已经在那个图书馆待了两年,生活过得举步维艰,以至于十一万里拉在我看来都是一笔巨大的财富。

过往的沮丧情绪再次漫上心头。

"你这没骨气的图书管理员!"我看着床上散落的金币,得意扬扬地对自己说,"你可以回家,把这些钱拿给老寡妇佩斯卡特尔瞧瞧。不过她肯定会想方设法把钱偷走,到时候得意的可就是她了。或者,你也可以照先前的计划乘船去美国,你勇敢地上路,现在上帝已经给了你回报,不是吗?瞧,现在你有了十一万里拉!是个富翁了!"

我把钱拢到一起,扔进梳妆台的一个抽屉里,脱衣睡觉。但我无法入睡。接下来我要做什么?回到蒙特卡洛把钱输掉?或者我应该就此满足,将这些钱存到某个地方,并在适当的时机拿出来享受?享受生活,对在那样一个家里挣扎的我来说,这无疑是个很有吸引力的想法。

对,我或许可以给妻子买些好看的衣服。罗米尔达似乎已经不怎么在乎我爱她与否这个问题,并且她还故意要用作践自己来让我难受——她不梳头,整天拖着难看的拖鞋在屋子里走,穿破布一样的旧衣服,昔日的苗条身材完全不见了踪影。女为悦己者容,难道她是觉得我不值得她为我打扮吗?由于久病缠身,她的脾气一天比一天暴躁,不仅是对我暴躁,她对所有人都是这样。长久以来的失望,再加上我从未真正爱过她,罗米尔达变得邋遢懒散也是很自然的结果。她对我们幸存下来的女儿也没有多大热情,因为跟奥利瓦生下的儿子相比,生了女儿的她自然是败下阵来。更何况,她为了生下孩子受了那么多的罪。所有这些乱七八糟的事情加上贫困,剥夺了我们所有的快乐,婚姻生活对于我们两个而言都是难以承受的噩梦。十一万里拉能改变这一切吗?十一万里拉能换来被佩斯卡特尔毁掉的爱吗?做梦!那我还是去美国吧!可为什要去美国呢？现在奈斯的赌桌在向我招手，钱自个儿往我怀里钻，那我为什么还要去那么远的地方寻找财富？不，我得珍惜这份运气——继续去赌。要么成功，要么成仁。大不了被打回原形。十一万里拉，有什么了不起的？

所以第二天，我又去了蒙特卡洛。事实上，我连续去了十二天。在那十二天的时间里，我没有时间也没有机会去想赢得的财富，我完全被轮盘赌本身迷住了，甚至一度达到痴狂的状态。那之后我也不再四处游荡，因为担心好运会溜走。在连续赌了九天之后，我赢到的钱多得让人不敢相信。第十天，我开始输钱，而输钱的过程也十分奇异。我的直觉不灵了，仿佛是因为我的身体里没有足够的能量去支持那种神奇的直觉。我也不够精明——或者更准确地说，我体力不够——不懂得及时停下来。事实上，我没有停止赌博，但这并非出于我本意。他们说，我要在蒙特卡洛寻找救赎。

第十二天的早晨，我走进赌场。一个之前在赌桌旁见过的先生惊恐地走到我面前，手舞足蹈地跟我说有个人在外面园子里自杀了。莫名地我觉得那肯定是我的西班牙朋友，顿时一阵悔意涌上我的心头。自从那天晚上的谈话之后，他就不愿意再跟着我下注，所以连续输了很多钱。后来，他看到我的运气确实如日中天，所以最后还是跟着我买。但这一次我的好运走到了尽头，我开始从这张赌桌换到那张赌桌。这样我就能躲开他，他渐渐也对我失掉了兴趣。

我慌忙跟着人群靠拢那具尸体，期间，我试图在脑海里想象他躺在地上会是什么样子。不过，我发现死的并不是西班牙男人，而是那个戴单片眼镜的年轻人。他输了很多钱，但他总是装作一副满不在乎的样子，下注的时候总是背对着轮盘。他的姿势看起来很自然，似乎在对着自己开枪之前,他已经排练过一遍。一只手自然地与身体平行,另一只手略微偏向一边,双手握拳,扣动扳机的食指略有弯曲。用来自杀的那把枪丢在离他几英寸远的地上,稍远的地方还躺着这个男孩儿的帽子。他的脸浸在血泊中,一只眼睛的眼窝被凝结的血块挡住。但他右边的太阳穴还是不停地在流血,已经有不少的马蝇嗡嗡围了过来,有一只马蝇还停在了他的脸上。围观的人没有一个人上前,似乎都不想介入其中。最后我走上前,从口袋里掏出一块手帕,然后摊开手帕盖住年轻人的面孔。我的这个动作让人群骚动起来,我想,他们是怪我毁了这精彩的表演。

盖完手帕之后,我拔腿就跑。我一口气跑到火车站,登上第一辆开往奈斯的火车。然后我收拾东西,踏上回家的路。

我盘点了一下剩下来的钱——我还有八万两千里拉。

在那之前,我似乎没有想过,有一天同样的事情也会发生在我的身上……

第七章　马提亚·帕斯卡尔死了

"首先我得把'鸡笼'庄园解救出来,到那儿住,磨坊也让它开工。人还是靠近土地比较好,要是能到下面去就更好了……

"任何交易,只要你想着它,就定然找得出它的好处——即便是和一个掘墓人交易。一个磨工听到石头滚动的声响,看到飘扬的白色面粉落满全身,他就能得到快乐……

"我知道,那个磨坊肯定废置好长时间了,但等我得到它……

"马提亚,转轮的皮带松了!啊,马提亚,这儿需要一个新的筛子!这个螺丝松了,马提亚!……一切如旧,那个时候妈妈还活着,马拉格纳在打理我们的财产……

"我忙着打理磨坊的时候,还得找个人看着农场的活,他得对我忠心耿耿!或者由我自己亲自来管,磨坊的事情就交给我的磨工打理。让他们在磨坊和田地间来回穿梭,忙上忙下,我就坐在中间,悠然自得地看着……

"啊,我想起来了,我得把佩斯卡特尔装衣服的那些老箱子搬出来……放上樟脑丸……就跟古老的遗迹一样……从里面找件衣服给她穿上……然后让她成为我的磨工,也可以让她管其他人。这样,我可以继续我在博卡蒙扎图书馆的工作……而罗米尔达在乡下生活会比较好……"

坐在火车上,我的脑海里蹦出这些乱七八糟的想法。我没办法合眼,那个躺在蒙特卡洛大道上的年轻小伙子的尸体在我眼前挥之不去……姿势那么自然,那么放松,他就躺在那棵绿树下面,在那明媚的早晨——这个画面在我的脑海盘旋。每当我把那个恐怖的画面强行忘掉,脑海中又会蹦出一个新的画面,只不过没那么血腥没那么恐怖——我的眼前出现了我的岳母和妻子在家等我的画面。

我已经走了快两个星期,她们会怎样迎接我的归来?我的心里有些期待……

我走进屋子,但她们两个人只是十分淡漠地看了一眼,那眼神仿佛在说:"哈,回来啦?脖子没被人拧断,可还真是倒霉!"

然后大家都陷入了沉默。她们不说话,我也不说。

接着佩斯卡特尔寡妇点燃烟管,说,"你那份差事怎么样了?"

原来,我离开的时候,口袋里还揣着图书馆的钥匙。我一直没现身,所以警察就把图书馆的门踹开了。他们四处找不到我,便报了失踪,但杳无音信……四天,五天,六天……于是,他们就安排另一个跟我一样游手好闲的人顶替了我的工作……

所以,"督察大人在这儿做什么?等着吃晚餐?不,先生……失踪了个一星期,对吧?哦,你会找到属于你的地方!要坚持住!不过两个勤劳的女人没有义务养着一个游手好闲的男人!"

而我,还是沉默。

老女人越来越生气,因为我一句话都不说。

事实上,我还是像个哑巴一样沉默。

直到,她开始发狂。我从内口袋里掏出一个小包袱,并将里面的东西倒在桌子上……一堆是一万里拉……另一堆也数出一万里拉……四十,五十,六十……(这时,她们两个人双眼圆睁,张大嘴巴,心里在想:"这是怎么回事?")

"……七万,七万五,八万,八万一千七百二十五里拉……一分不少!"

然后,我又把钱拢起来,装进钱包,放回口袋……

"所以你要把我赶出去?这可比我想象得好!谢了,再见,祝你们好运,我亲爱的女士们!"

想到这儿,我不由笑出声来。车厢里的人循声看过来,我抬起头,看到他们一脸隐忍的笑意。

为了掩饰这种尴尬,我开始想我的那些债主,我的这些钱得被他们瓜分。要藏也没地方藏,再说,如果有钱不去用的话,那要这些钱又有什么用?我要是能自己享用这些钱该多好啊!可是那些坏家伙们肯定不会让我有这个机会。所以,我要先把磨坊的生意做起来,再加上农场的收入……但还有各项日常开支和修缮的费用……这儿要钱,那儿要用钱……光靠磨坊和农场的收入去还那些债的话,谁知道还得等多少年才还得清呢……现在有了手上这些现钱,或许我可以一下子还清债务。我开始算账——

"得先给雷吉奥尼这个讨厌的家伙一万里拉……然后得还菲利普·布里西格一万五……真希望这笔钱是给他送葬的……七千里拉给卢拉罗,那个老混蛋。他要是死了,都灵肯定没这么乌烟瘴气……还有里帕尼那个老女人……我想,大概就是这些了……不,还有戴丽雅·皮安娜,还有博思,还有马格提尼……哦,天啊,那我的钱不全没了……所以我在蒙特卡洛就是为这些人赌一场啰?该死的魔鬼,为什么不在我赢最多钱的时候阻止我呢……要不是最后两天输钱,我把这些债全部还清之后,还能剩下不少钱……"

想到这儿,我不由长叹一声,同车厢的旅客放肆地大笑起来。我在座位上不得安宁……天已经黑了下来,空气很干,还飘着许多的灰尘。该死的火车,真让人讨厌。有什么事情可以帮我消磨时间呢……

或许,我应该看点书,说不定看着看着就睡着了……所以,一穿过意大利边境,我就买了份报纸。此时已是华灯初上的时刻,我摊开报纸,翻看起来。

我看到一个有意思的新闻!瓦伦西古堡被德卡斯特拉内公爵以两百三十万法郎的价格拍得。连同古堡周围的地皮,那可算得上法国最大的一块私人领地。

"我的'鸡笼'庄园应该也是这么被人拍走的!"

我还读到,西班牙国王于当日一点三十分在王宫接待了摩洛哥使团,并转达了对王后的问候……

"肯定有一顿丰盛的晚宴。"我想。

还有一个新闻是,二十八日,巴黎,西藏喇嘛派使者给法国首相送达礼物。

"喇嘛送的礼物,会是什么呢?也许是一头骆驼……"

这个问题我没有再想下去,因为我睡着了。

后来我是被车子的撞击声吵醒的,因为车突然刹住,我们得到另一个车站换车。我看了看手表,八点十五分……再有一个小时,我就能到目的地了。

报纸仍摊开在我的膝上。我快速浏览了一下喇嘛的新闻,翻到另一页,视线落到一个加粗加黑的题目上——自杀事件。

也许这讲的就是早上在蒙特卡洛发生的悲剧,所以我立刻聚精会神地读了起来。第一行的字印得很小,待我看清不由惊住了。

"特大消息,米拉格诺来电。"

米拉格诺?我那个镇上会有谁自杀呢?

我继续往下读——昨天,二十八日,在一个庄园的磨坊水渠里发现一具腐烂的尸体,庄园名叫……

这时,我的视线突然变得模糊起来,因为我觉得接下来要看到的肯定是我熟悉的名字。火车车厢里的光线十分昏暗,我又只能用一只眼睛看,所以更是增加了阅读的难度。我站起身,把报纸凑到灯光下……

"在一个叫'鸡笼'的庄园发现一具腐烂的尸体,该庄园距离镇上约两英里。司法当局已派人前往现场调查,确认尸体是从水里漂起来的,按照法律要求,目前现场已被封锁。后经辨认,确认死者是……"

我的心跳到了嗓子眼儿,慌乱地扫一眼周围的人。车厢里的人都已睡熟了。

"经辨认,捞上岸的尸体是我们的……"

"我?我?"

"经法医鉴定,尸体确认为我们的镇立图书馆管理员马提亚·帕斯卡尔,此前他已消失几日。据调查,经济上的窘迫或许是导致这一悲剧的原因。"

"我？失踪？确认身份？……马提亚·帕斯卡尔？"

我脸色铁青，心脏剧烈地跳动。同时一遍又一遍地读着报纸，那几行字不知道读了多少遍。我不自觉地集中所有力量，像是要做某种反抗，想让自己相信这不是真的。但是，任何人看了这新闻都会信以为真。从昨天起，我留给众人的印象就是一个被艰难生活压垮的可怜人，再无改变的可能。我抬起头，看向同车厢的乘客。他们也会这么认为吗？此时，他们正沉睡，打鼾，每个人的姿势都不一样。我有一种把他们都摇醒的冲动，然后冲他们大喊——这不是真的。

"我一定是在做梦！"

我再次拿起报纸，再次读那几行简单的文字。

我简直快疯了。我应该拉下紧急刹车让这列火车停下吗？不行。可是就让它这么开下去吗？我的心里仿佛有无数只蚂蚁在爬，让我无比地躁动不安。我痉挛似的把手握紧又松开，指甲插进手掌。我再次摊开报纸，张开双臂让它完全展开。然后，我又把报纸折起，把那篇关于自杀的报道折到里面。可是那上面的字早已经印在我的心上。

"确认身份！怎么确认的？他们凭什么认定那是我？尸体已经腐烂，哈！"

我想象自己躺在水渠里——

身体发黑肿胀，看着就让人恶心——这个画面把我吓住了。我把手交叠放在胸前，保住自己："是我？不，那不是我！可那会是谁呢？肯定是某个跟我比较像的人，也许他的胡子和我相像，或者身材相仿，所以他们就认定那是我！"

"失踪了几天，啊，是的，我的确失踪了几天。可有一件事情我想弄清楚——到底是谁这么匆忙地把那认作是我？那个可怜的家伙，难道和我真的那么像？衣服什么的也都跟我相像？啊，我知道了！肯定是玛丽安娜·佩斯卡特尔，是那个女人！她巴不得那是我，巴不得我死了。她根本没有细看，就说那是我！肯定不会错。她还会装模作样地说："哦，我可怜的女婿！哦，我可怜的马提亚！是的，是他！是他！现在我的女儿该怎么办呀！"接着，她很可能还会挤出几滴泪水，在我的"尸体"旁演一场生离死别的好戏！死掉的那个人只恨不能跳起来把她赶走，"别嚷嚷了，我都不认识你！"

我很激动。火车驶入站台，停下。我拉开车门往下跳，心里盘算着得赶紧做点什么去挽回局面。可这一跳不要紧，突然间我好似清醒了。电光火石之间，我的脑海闪过一个想法，之前所有的愚蠢之念都在这一刻瓦解。

"我自由了！我解放了！你刚才怎么没想到这一点呢？自由了！自由！可以重新开始，过新的生活！"

我的口袋里有八万两千里拉，并且之前的债务一笔勾销。我死了！死人怎么会有债务呢！死人没有妻子！死人也不会再有讨厌的岳母！还有什么比这更好的呢？我自由了，自由了！

我想，当时的我看上去一定很古怪，别人说不定以为我疯了。我让车门开着，突然意识到火车上的工作人员仿佛在叫我。只见一个人从车上跳下，拉起我的手臂，生气地大叫："上车，伙计！火车就要开动了！"

"让它走吧！"我回道，"让它开走吧！我要换一辆车坐！"

可这时我的心中又生出疑虑。那份认尸报告，万一被否决了呢？假如米拉格诺的人发现事情弄错了，比如说那个死者的家属，他们认出了尸体……我得未雨绸缪，得先把事情搞清楚。可我要怎么做呢？怎么做？

我想把报纸拿出来再看一遍，糟糕的是，我把报纸落在了火车上。我下意识地沿着铁轨看向远方，此时那铁轨正在车站的路灯下泛着寒光。突然间，我感觉无比孤独，有那么一瞬间，我仿佛陷入了昏迷。真是个噩梦！假如这一切只是梦境呢？哦，不会，我确实在报纸上看到了——米拉格诺二十八日特别来电……

"看到了没？你可以一字一句地复述那段报道！所以，这不是做梦！不过，你还是得找到证据，找到更多证据！"

我现在在哪儿？我看到正前方有一块站牌，上面写着：阿伦加。

那是个小地方，并且那一天刚好是星期日，所以很难再买到报纸。不过米拉格诺离那儿不远。我知道，去米拉格诺肯定能买到《小报》，那也是邻近地方唯一发行的报纸。我得想办法弄一份。《小报》肯定会报道这件事，应该还会很详细。可我在阿伦加呀，怎么去搞到《小报》呢？对了，我可以发电报过去——当然得用一个假名字。我可以给《小报》的编辑米罗·科尔兹发电报——在我们那儿没有人不认识米罗·科尔兹——我们都叫他"云雀"，因为他曾发表过一组名为《云雀》的诗。不过我这样向他要一份报纸，会不会让他起疑心呢？《小报》是一份周报，我知道我的自杀事件肯定会是当周头条。

我人在阿伦加，给《云雀》发电报要一份《小报》，这是否有些冒险？

"咳，管他呢！"我转念一想，"科尔兹现在肯定认为我已经死了！况且他也有自己的事情。当时他正忙着攻击当局的供水和供气问题。他肯定以为阿伦加的人是为了声援他，才会特意发电报订一份他编辑的报纸。"

于是，我走进车站。

幸运的是，我看到一辆马车就停在门口，车夫正和一个铁路职工在聊天。火车站离阿伦加城区还有四英里，并且全部都是上坡路。

我爬上那驾小马车，车上连车灯都没有，我们就在黑暗中出发了。

我心里压着许多事，在那孤寂的黑夜中，心里不时涌起跟在火车上刚读到那篇报道时一样激烈的情绪。我觉得分外孤独，跟我之前看到那两根泛着寒光的铁轨感受到的孤独一模一样，其中还掺杂着恐惧和不安。好似我是一个幽魂，四处飘荡，没有了生命，却要继续生活。我死了，只是不知道自己是怎么死的。

我使劲摇摇头，想把这些让人不安的念头压下去。然后，我跟车夫攀谈起来。

"阿伦加有通讯社吗？"

"通讯社？没有，先生！"

"什么？那有没有地方可以买到报纸？"

"啊，报纸！你可以到格洛特·塔内里那儿买，他开了一家药店！"

"那镇上有旅馆吗？"

"有一家名叫帕尔曼提诺的旅馆。"

说着，我们到了一个陡坡前。车夫从座椅上下来，以减轻马车的重量。夜色漆黑，他的身影完全掩映在黑暗中。后来车夫点燃了烟管，我这才看清楚一点。可那一瞬间，我突然一个寒战："要是他认出了我怎么办？"

接着，我也问了自己一个相同的问题！"现在坐在车上的是谁？我说不清楚！是我吗？至少我需要给自己起个名字。发电报肯定需要签名，去住旅馆也至少得告诉别人我的名字，不然简直是太尴尬了。是的，我需要想个名字，先起个名字。让我想一想，起个什么名字好呢？"

我从来不知道起名字是件这么难的事情，尤其是姓。我在脑海里不断搜索，将不同的音节拼凑到一起，结果得到了各种古怪名字！比如斯特扎尼、帕拜塔、巴图斯等。

这可真是难住我了。我想的这些名字似乎都没什么意义，很是空洞："真是扯淡，名字需要什么意义呢？冷静，随便想个名字就行了。马托尼怎么样？查尔斯·马托尼，就这个了！"可没过一会儿，我又觉得这个名字不那么好，耸耸肩，我在心里对自己说，"还是用查尔斯·马特尔吧！"我就这样纠结了一路。

直到抵达目的地，我还是没能决定用什么名字。幸好药店老板没有问我名字，他同时也是那个镇的发报员、邮递员、医生、文具商、送报人，反正是一人身兼多职。

我从他那儿买了几份报纸，有《加利尔》报，米兰的《塞克洛》报，《卡法罗》报，还有热内亚（Genoa—意大利西北部港市）的几份地方报纸。

"你这儿有米拉格诺的《小报》吗？"

这个叫格洛特·塔内里的药店老板长了双鹰眼睛，看起来就跟两个圆形玻璃球一样。他不时地眨动眼睛，厚厚的眼睑跟着一上一下：

"米拉格诺的《小报》？没听过！"

"是一张地方周报，我想要一份那样的报纸，今天出版的！"

"《小报》？米拉格诺？从没听说过！"他反复说着这句话。

"那没关系。的确没多少人知道这份报纸！不过，我想现在就买上十份或十二份。你可以帮我弄到吗？我现在就可以付给你电报费和服务费。"

格洛特·塔内里没有搭腔,脸上也没有表情,只是重复之前的话:"《小报》?米拉格诺?从来没听过!"不过他后来还是同意按照我的意思发电报过去,并将他的药店地址作为收电报地址。

我在帕尔曼提诺旅馆渡过的那个晚上糟糕透了,一夜无眠,心里七上八下。不过第二天下午我就收到了一份邮件,里面有十五份《小报》。

之前我也翻过热内亚那一天发行的报纸,但上面对米拉格诺的悲剧只字未提。接过邮件,我颤抖着手拆掉包装。

翻到首页,没有相关的新闻。于是,我急切地翻到内页。

啊,看到了!第三版的专栏,黑体字标示。我在题目下面看到了我名字的大写——MATTIA PASCAL。

"发现尸体之前,死者马提亚·帕斯卡尔已报失踪几日。马提亚·帕斯卡尔的家人为他的离开哀痛不已,镇上所有关心他的人也沉痛哀悼他的离世。大家都表示,帕斯卡尔生前是个热心肠,性格开朗,天性谦逊,甘心忍受厄运而毫无怨言。帕斯卡尔从小在富裕的环境中长大,后来家道中落,但他并未怨天尤人,这也赢得了众人对他的赞赏和尊敬。

"帕斯卡尔生前工作尽职尽责,大多数时间都待在图书馆里头阅读各种名著,提升自我修养。帕斯卡尔失踪一天后,他的家人很是忧心,便到马提亚·帕斯卡尔工作的博卡蒙扎图书馆找他。结果发现图书馆大门紧闭,并且上了锁,这更是让他的家人忧心不已。不过当时只是无根据的揣测,大家都希望我们喜爱的图书管理员只是因为私人事情出了城,过几日便会回来。可惜,现在我们不得不接受这个残忍的事实。母亲和唯一的女儿在同一天过世,加上操办葬礼的经济压力,以及之前欠下的债务,把我们可怜的帕斯卡尔先生逼上了绝路!

"约莫三个月前,马提亚·帕斯卡尔就曾有过自杀的举动,就在发现他尸体的'鸡笼'庄园水渠旁。'鸡笼'庄园以前是帕斯卡尔家的财产,只是后来由于债务原因被拍卖出去。这些是之前在帕斯卡尔家做过磨工的菲利普·布里纳讲述的。寂静的黑夜,菲利普和两个警察打着灯笼守在尸体旁,这位忠心的老工人泪流满面,给《小报》记者讲了他当时如何阻止伤心的旧主人轻生。可菲利普·布里纳拦下了一次,却拦不下第二次。马提亚·帕斯卡尔最后还是跳进水渠,尸体在水里整整泡了两天才被人发现。

"有一个让人心碎的场景不得不提——帕斯卡尔的岳母被人带着到水渠边,认出那面目模糊的尸体就是她心爱的女婿。帕斯卡尔去了另一个世界陪伴女儿和母亲,可怜留下妻子和岳母两个人相依为命。

"镇上的人都对佩斯卡特尔寡妇表示同情,大家也都自发送帕斯卡尔最后一程。我们的教育部巡查员格洛拉莫·帕米诺还为我们念了感人肺腑的悼词。

"《小报》对帕斯卡尔的家人表示沉痛慰问,也对死者的哥哥贝尔·帕斯卡尔先生表达深切问候。

"M.C"

我没在这段报道中得到真正有用的信息,并且我得承认,看到我的名字用大黑字印在纸上时,我并未获得想象中的愉悦。相反,我读了几行字后,就觉得心情压抑。我并未被文中渲染的"丧亲"、"惊愕"、"痛苦"等字眼儿逗乐,包括同乡们对我的所谓"尊敬",以及吹捧我对工作的"无限热诚",我并不觉得这些东西有多好笑。确切地说,给我留下最深印象的是描写母亲和小女儿死后我经过"鸡笼"庄园那一段。这可以作为最强有力的证据，证明我的自杀是对命运的一次反讽。而这让我觉得惭愧并且悔恨。

不，我不能被人这样误解。我不是因为挚爱亲人离去而自杀，尽管那天晚上我确实有过这种念头。但可以肯定的是，我战胜了它，我把这种绝望中产生的轻生念头压了下去。而现在，受幸运之神眷顾的我在赌桌上赢了一大笔钱，再次踏上回家的路。

但愿幸运之神能继续垂青我。因为，现在有一个我不认识的人自杀了，而别人都把他当成了是我。某种程度上说，我窃取了他的家人和朋友对他的悼念，因为我的缘故，他的在天之灵还得接受我妻子和岳母半真半假的悲痛，以及格洛拉莫·帕米诺的悼词。

是的，这就是我读完米拉格诺《小报》后的第一感觉。当然我也明白，那个可怜的家伙并非因我而死，即便我澄清这个误会，他也不可能再活过来。我可以利用他的死让我得以解脱，并且这未必会伤害他的亲人。其实，这对他的亲人而言或许还是一件好事。

他们都以为自杀的是我——马提亚·帕斯卡尔。这样，死者的家人至少还能有一个希望，希望死者只是失踪而已，期待他某天还会出现。

至于说我的妻子和岳母，在这件事情上，我需要考虑她们的感受吗？所有那些"悲痛"，所有那些"哀悼"，是真的吗？

是不是《云雀》为了报道效果凭空杜撰出这些词的呢？

其实要验证死者是否是我很简单，只要翻起左眼的眼睑就可以了！

就算那具尸体当时面目模糊，一个女人也不可能认不出自己的丈夫！

为什么她们如此急切地把那个人认作是我？

显然是佩斯卡特尔寡妇希望我的死能让马拉格纳感到一丝歉疚，从而再次对他的"外甥女"伸出援手。

好吧，如果这是她的如意算盘，我又何必要去破坏呢？

"人间蒸发，葬入地下，这不正是我要的吗？就让墓地上的那个十字架代替我吧，再见了，亲爱的女士们！"

想到这儿，我从桌子旁起身，伸直双手和双腿，长长地舒了一口气。

第八章　阿德里亚诺·梅伊斯

我决心隐藏真实身份，化身为另一个人。这倒不是为了欺骗他人，你知道的，人们一向擅长自欺欺人。这样做自然是有些草率，但考虑到我的真实情况，这也怪不得我。我要独自享受我的财富，我要满足我自己的需求。

我也没什么理由歌颂那个倒霉的死者，其他人坚持认为他是跳水溺死的——无论事实是否如此。其实从当时的生活状况来判断，跳水自杀这个结局安在"已故的"马提亚·帕斯卡尔身上确实没什么不妥。所以我想消除他在我身上的任何一丝印记，无论是外在还是内在。

现在我孤身一人在这世界上，史无前例地孤单。我切断了之前所有的感情联系，变成了一个全新的人。我是我自己的主人，没有过去的束缚，只有一个全新的未来在等着我去选择。哦，真希望我有一双翅膀！我感觉自己的身体变得前所未有的轻巧，好似张开手就能飞翔。

我要抛掉以前的世界观，我可以用全新的态度去感受生活，我要忘掉马提亚·帕斯卡尔过去的不愉快经历。这一切都由我来选择——我有机会去创造一个别样的辉煌的人生。

"但有一件事我须得慎重。"我对自己说，"自由是放在第一位的，我一定要保住这份自由。我要找一条全新的路，一条通往未来的阳关道，不让我的自由受丝毫的损害。现如今的生活总是让人不满意，所以我要寻找其他的路，坚定不移地走下去。我要专注于那些人们称为'无生命'的物体上，在一个引人入胜，风景如画的地方生活。我要一点一点地学习新的东西，获得新的知识，努力工作并且耐心地完善自己。到最后，我不仅能骄傲地说我活过两次，还能说我体验过两种完全不同的生活，是两个完全不同的人……"

所以，现在我到了这儿。几个小时前，我离开阿伦加，走进一家理发店并把胡须修理了一遍。我开始是想着把胡子剃光，不过后来又怕这么明显的举动或许会在这个小镇里引起怀疑。

理发师同时也是个裁缝，由于长年累月趴在缝纫机上，并且总是一种姿势，他的腰已经直不起来。老裁缝的鼻梁上还架了一副眼镜。我觉得，与其说他是个理发师，他更像是一个裁缝。他手拿一把大剪刀，刀刃大到他的两只手一起用力才能剪下去。他就像是上帝派来的刽子手，将帕斯卡尔的胡子连同他的一切都剪掉。见这阵势，我连大气都不敢出，闭着眼睛，一动不动。最后，我感觉到有人在拉我的袖子，我才睁开眼睛。只见老裁缝举着一面镜子在我面前，似乎是在等我夸赞他的手艺。

但我有点夸不出口，所以连忙转移话题。

"哦，谢谢你！不过，我怕待会儿要是大地晃动一下，它就会碎掉的！"

"什么东西碎掉？"

"镜子！很好看的一面镜子！我猜它应该是个古董吧！"

老人手上拿的是一面小小的圆镜，手柄上有象牙雕刻——谁知道是从哪个贵妇人的闺房里出来的呢？只是，它如何会周周转转地落到这个理发师兼裁缝的乡下老人手上呢？不过，为了不伤害老人的感情，我最后还是接过镜子照了照。

不看不知道，一看吓一跳，此时我的脸颊，上下颌以及下巴看上去就跟未打扫的战场一样，那纷乱的胡子里面好像藏了一只野兽，随时都可能跳出来以马提亚·帕斯卡尔的名义咬我一口。除此之外，还有一点让我很是痛恨。之前呢，我的脸上还有胡子的遮挡，可现在把胡子一理，我才发现我的下巴原来那么小，那么突出！这胡子竟骗了我那么长时间！对我而言，这简直是一次背叛！现在我得将我的小尖下巴露在外面，还有我那小得看不见的鼻子，以及那一只斜眼！

"这只斜向一边的眼睛，"我想，"是永远摆脱不了的，它属于马提亚·帕斯卡尔，但它会一直在我的脸上。我能做的最多就是戴一副有色眼镜，这或许能帮我很大的忙，让我看起来更有吸引力。我要把头发留长，加上我那突出的眉毛，光滑的下巴和眼镜，说不定我看上去会像一个德国哲学家。要是再穿件长风衣，戴一顶软的宽沿帽子，肯定就更像了！"

这是没有办法改变的事，既然长成这样，那就只能把自己装扮成哲学家了！"但不管怎样，我们都要全力以赴！我要想出些哲学道理，最好是一些积极向上的哲理,这样才更像那么回事。"

先前让我很是头疼的名字,最后也解决了。那是在开往都灵的火车从阿伦加出发后不过几个小时之后的事。

我坐的那个车厢里有两位先生,他们当时在热烈地讨论天主教的事。在我这样无知的人看来,那两个人听着无疑是饱学之士。较年轻的那一个脸色略显苍白,留一绺卷卷的黑色胡子,好似是为了遵循某种古老的传统。他在宣扬自己观点时显得特别得意,他说,这个观点连朱斯蒂诺·马尔迪雷(约生活于公元100~165年,希腊天主教作家,写有反对迫害天主教教徒的著作)和斯图里亚诺(约生活于公元160~220年,著有许多为天主教辩护的著作)都认同。(他还说了另外几个人的名字,恕我孤陋寡闻,实在不知道那是些什么人)。他的观点就是——基督耶稣十分丑陋。他用粗嘎的声音大声争辩,那声音和他苍白纤瘦的身体很是不搭调。

"是的,先生,就是那样,就是那样——丑陋无比,绝对没错!连奇里罗·达莱桑德里亚(希腊大主教)都说是这样!我敢肯定,奇里罗·达莱桑德里亚甚至说基督是世界上最丑的人!"

跟这个年轻人辩论的是一个长相再平凡不过的老学究,他说话平心静气,只是嘴角挂着一抹淡淡的讥讽笑容。老学究身子坐得笔直,脖子伸得长长的。他认为那些老生常谈不值得相信。

"那个时候,"他说,"教会只重视基督的训诫和精神力量,甚至可以说,人们根本就没有关注过基督的长相。"

不知怎的,话题突然转到了圣·维罗妮卡(犹太传说中的一个女人,曾以纱巾擦掉耶稣血迹,保护了基督的形象)和帕内压德城的两个塑像。人们认为,那两个塑像就是以耶稣和维罗妮卡为原型。

"没有那回事。"年轻人叫道,"这点我很清楚——那两个雕像讲的是阿德里亚诺国王(76~138年,117~138年为罗马皇帝,罗马许多古迹出自他手,是著名军事家、建筑学家、诗人)和拜倒在他脚下的城市。"

老人仍然坚持自己的观点,年轻人也是寸步不让。这时,年轻人将头转向我这边,固执地嚷:

"是阿德里亚诺!"

"在希伯来语中叫拜罗尼克,后来翻译成维罗妮卡……"

"阿德里亚诺!"(他仍对着我)

"维罗妮卡,维拉·伊卡恩——很明显是拼错了……"

"阿德里亚诺!"(他再次对着我大叫)

"……因为在《彼拉多纪事》(彼拉多,犹太总督,耶稣被出卖后交给他。他以水洗手后说,流人血之罪,不在我身上,你们自己承担吧!接着便将耶稣交给兵丁钉上十字架)中,拜罗尼克是……"

"阿德里亚诺!"

这个脸色苍白的年轻人一遍又一遍地重复叫着阿德里亚诺,并且始终都看着我,似乎是期待我能站到他这一边。

火车在一个车站停下,两个人都下了车,但路上还是在争论。我走到窗前,探出头看着他们。他们还没走几步,老人突然发火了,他快速朝另一个方向走去。

"是谁说的?是谁说的?"年轻人在他身后挑衅似地大嚷。老人转过头,嚷道:

"卡米罗·德·梅伊斯!"

我突然觉得这个名字是说给我听的。我不自觉地也重复起"阿德里亚诺"这个名字来,或许是那个年轻人在我耳边重复得太多。我把中间的"德"去掉,只留下"梅伊斯"。

"阿德里亚诺·梅伊斯!没错,就是这个名字。听起来非常地与众不同——阿德里亚诺·梅伊斯!"

并且,我觉得这个名字跟我光滑的脸,有色眼镜以及即将穿上的笔挺大衣和宽沿帽子十分相配。

"阿德里亚诺·梅伊斯!很好!那两个唧唧歪歪的基督教徒给了我一个名字。

我将所有过往的回忆埋藏在心底,一心一意想着开始新的生活,我的生命似乎焕发出一种新生儿的光辉。好似我是新诞生的孩子,不受约束指引,纯洁,透明,我的感官和意识逐渐苏醒,警觉地看着周围的一切,以利用所有能有助于我新人格成长的东西。同时,我的灵魂因这新的自由而高飞,整个世界都变得不同。天空突然变得明朗,昨日的阴霾气息一扫而空,所有人看上去都是那么地亲切和蔼!从此以后,我能跟他们建立不受约束的自由感情联系——因为我的快乐无须依靠他们来满足!灵魂变得轻巧,这种感觉真是妙不可言。我的心变得温柔,宁静,无限陶醉!不期而得的财富将之前捆绑束缚我的东西一扫而空,并将我从琐碎平常的生活中拉出来,让我成为一个可随意观察其他还为生活苦苦挣扎的人的旁观者。

"再等一下。"我的耳边似乎有一个声音在轻轻说,"当你跳出生活以一个旁观者的身份来观察人生,你会发现这是多么有趣的一件事。比如说,那个人!他自己吃饱喝足,却还是要把那个饥肠辘辘的老人赶走,这不过是为了证明我们所谓良善仁义的上帝是人世间最丑陋的人而已!"

我傻笑了下。然后，我开始用这种傻笑来回应所有我看到的东西：比如那火车车窗外飞驰而过的树；那散落在乡村的农舍，我想象农民正对着那可能在晚上偷袭橄榄树的寒雾破口大骂；又或者农民对着久旱不雨的天空挥动拳头；比如火车轰隆隆靠近时那四散奔逃的鸟儿；又比如那透过车窗隐约看到的电线杆，上面张贴着最新出炉的新闻（就像报道我的自杀的米拉格诺报那样），还有火车道上信号旗手穷苦的妻子们，她们站在十字路口挥舞着红色的警告牌，头上戴着丈夫的帽子。

最后，我的视线偶然落到了我左手第三根手指的一个普通金戒指上。

我惊了一跳。我不敢置信地眨动眼睛，闭上。然后我试图用右手把那左手的戒指取下来，动作十分轻巧，只是不想引起我自己的注意，这颇有点掩耳盗铃的意思。戒指取下来了。我不由想起这戒指内壁刻有两个名字："马提亚-罗米尔达"，还有刻字的日期。

我该拿它怎么办？

我睁开眼睛，皱着眉头看摊放在手掌的戒指，看了好久好久。

突然间，周围的一切好似又失去了吸引力。这是连接我和过去的最后的联系！

这么一块小小的金属，却将我拉回了过去！它那么轻，可是又那么重，压得我喘不过气来！

我想把戒指扔出窗外，可我又想："到现在为止，我一直在走财运，而这运气仿佛是上天特意赐给我的。我一定不能毁了这份好意。"我开始相信任何事情都是有可能的，即便是这种——将一枚小戒指扔出火车车窗外，它也有可能会被某个人捡到——譬如说某个铁道工人——然后几经转手，经由里面刻着的两个名字，被人发现真相。这真相就是——米拉格诺不幸投水自杀的那个图书管理员其实并不是已故的马提亚·帕斯卡尔。

"不，不！"我自言自语道，"不行，我得找一个更保险的地方把它扔掉，可是到哪儿找呢？"

火车再次靠站。一个铁道工人站在站台上，手上拿着一个工具箱。我从他那儿买了一把锉刀。火车再次开动，我将那戒指用锉刀锉成小片，然后丢到窗外。

我任由自己的思绪飘飞，更多地是想自己即将开始的新生活，然后我想到了阿德里亚诺·梅伊斯。我得为他编一个过去，给他一个父亲和出生地，解决完这个问题，自然而然地还得在脑海中构思许多相关的细节问题，越具体越生动越好。

我得说自己是个独生子——这一点似乎无可争议。

"我觉得，再也不会有比我更像独生子的人了⋯⋯不过，当你想到独生子这件事⋯⋯你就难免会想，世界上究竟有多少像我这样的人呢——世界上又有多少像我哥哥罗贝尔托那样的人！你的帽子，你的外套，一封信，大桥栏杆⋯⋯深水底下⋯⋯可你跳上了一艘去美国或其他什么地方的蒸汽船。一周后，他们发现了一具尸体，一具面目模糊难以辨认的尸体。那个人肯定是跳桥自杀，然后被水冲到了下游，但没有人认真想这个问题。可以肯定的是，这一切并非我可以安排——没有信，没有外套，没有帽子，没有桥⋯⋯但我的情况确实和那差不多，事实上，有件事确实对我很有好处——从此以后，我可以享受生命的自由，再无悔恨和遗憾。这一切是他们加诸在我身上的，是他们⋯⋯

"所以，我可以说自己是独生子⋯⋯生在哪里⋯⋯我说自己在哪里出生比较好呢？哎，你怎么能避免这个问题？一个人不可能凭空出现，不可能是从石头缝里蹦出来的！比如说，月亮总不能当助产妇吧。不过我记得曾在图书馆的一本书里看过,古时候人们还真有这种做法——怀孕的女人对着名为鲁西娜(罗马神话中司生育的女神)的月亮祈祷……

"不过,我又不是在天上出生的!该如何编才合情合理呢?

"真傻!当然得说在海上了!你是在海边出生的!在船上!我的父母四处游历……怀了孩子还四处游历?这似乎说不太通!那他们是怎样去到海上的呢?他们是移民……想从美国返回家乡!为什么不呢?所有人都去美国。即便是已死的马提亚·帕斯卡尔,那个可怜的家伙也曾想过去美国。所以我父亲在美国赚了八万里拉?无稽之谈!要是他有这么多钱,那他的妻子肯定是舒舒服服地在医院里分娩。他们应该会等到我出生,才踏上旅途的。另外,现在想在美国发财也不是件容易的事……我的父亲……对了,他叫什么?……帕奥诺!是的,帕奥诺·梅伊斯!我的父亲,帕奥诺·梅伊斯在那里渡过了十分艰难的时期……就跟其他很多人一样。在美国待了四年,有三年都运气不好……四处碰壁,被人瞧不起!突然有一天,接到了我祖父的一封信……"

我坚持认为,我得有一个祖父……"他在我出生之后,还活了几年,是一个很和蔼的老人,就跟之前那个中途下车的教授一样——那个笃信天主教的老人,我想他是……"

人的头脑真是奇怪!为什么我会这么自然地认为我的父亲帕奥诺·梅伊斯是一个不中用的人呢,当然,除此之外还有其他选择吗?……他让我祖父受尽折磨,忤逆不孝,还私自跑去美国?

"我想他肯定也相信耶稣基督是世界上最丑陋的人!他肯定在美国受了不少的苦,危难之际我的祖父给他寄去了钱,然后他就买了船票,带着妻子踏上回家的旅途……

"不过,真有必要说我是在海上出生的吗?为什么不能说就是在南美洲出生的呢，比如说在阿根廷……说我出生几个月后，父亲就决定回意大利？是的，这样说要好得多。因为祖父听到我出生的消息，他很高兴——因为我的缘故，他原谅了父亲！所以我在很小的时候就横穿了大西洋！很可能当时坐的是三等舱！我在途中染了喉疾，差点夭折。这些都是祖父后来告诉我的……

"现在可能有人会说，那个时候我没有死掉真是可惜，因为那时我对这个世界还没多少认识……我可不那么认为！到最后，我这一生究竟经历了什么麻烦，什么琐碎的事情？实事求是地讲，只有一件事——那就是我祖父过世的时候——我是在祖父身边长大的。因为我的父亲帕奥诺·梅伊斯是个天性漂泊的人，他从来都不能坚持做一件事情。回来几个月之后，他就抛下妻子和尚在襁褓中的孩子，独自回了南美。帕奥诺·梅伊斯最终死在了那儿——死于黄热。在我三岁的时候，我的母亲也死了——所以我对于他们没有太多真正的认识——只不过长大后听人说了一些关于他们的事……这还不是最糟糕的，最糟糕的是，我都不知道自己究竟是在哪儿出生的。阿根廷……没错……可阿根廷那么大……阿根廷的哪个城市？祖父不知道，他不记得是父亲没有跟他说过，还是他从来没有想起来问过这件事……我呢，当时那么小，肯定也记不得这种事情……"简单概括一下，就是——

1）我是帕奥诺·梅伊斯的独生儿子；2）我在南美洲的阿根廷出生，具体城市不明；3）几个月大的时候，我被父母带回了意大利（途中患过格鲁布性喉疾）；4）对父母没有多少记忆，并且了解不多；5）由祖父抚养长大。

我现在在哪儿？我去了哪些地方？我先到了奈斯——对奈斯只有很模糊的印象；然后是马塞纳广场；还有安格莱斯人行道；拉格尔大街；

然后是都灵。

眼下我在去都灵的路上,那儿有许多事情等着我去料理——我要找一所房子,十岁之前我就和祖父住在那儿。对,这样子我的背景情况听起来才会更真实。我住在那儿,或者说阿德里亚诺·梅伊斯的整个童年就在都灵的某条街上的某所房子里渡过。

想象一种我从未经历的生活,将我了解的生活的细枝末节拼凑到一起,拼成我的过往,刚开始这让我觉得很有趣,尽管这种快乐偶尔会被突如其来的悲伤打断。不过,我还是把这变成了日常必做之事。我不仅生活在当下,也生活在过去,生活在从未存在过的阿德里亚诺·梅伊斯的世界里。

我得说,我还是保留了一点自己的东西。我始终认为,若不根源于真实的生活经验,根本就不存在想象。只要在真实的生活中有或深或浅的根源,哪怕是最奇异的事情也可能成真。哪怕是梦见最不可思议的东西,它也能在你的内心深处找到对应,尽管现实和梦境可能有着天壤之别。我们冲破现实想象的那些事情,其中有多少是我们内心真正的渴望?尽管它们或许一点都不具体,尽管它们是那样的不可思议!我们得将生活抽丝剥茧,然后又将这些丝和茧重新缠绕组合,组成我们每个人不一样的人生!

那么,我现在只是自己想象的产物吗?我是虚构出来的人,尽管我有自己现实的成因,但我是自成一体的。我每天细致地观察并见证周围的一切,我可以在第一时间意识到内心世界的无限性,以及我破坏的我与内心的联系。我能将那些与现实断掉的联系再连接起来吗?谁知道它们最后会在哪儿将我拉上来?到最后,一切或许都会证明是虚妄。不,我要小心保护我的想象,让这想象出来的人生尽量完整。

我在操场上，在草地上，在大街上观察那些五到十岁大的孩子，研究他们的行为方式，他们说的话，他们的游戏，以慢慢地丰盈我对阿德里亚诺·梅伊斯的想象。到了后来，我对他的童年已经有了十分具体的印象。我决定不编一个新妈妈。因为母亲是我最美丽最神圣的回忆。但祖父不一样，我可以随心所欲地想象关于他的一切。

真正的祖父该是什么样子的呢？在都灵，在威尼斯，在米兰遇到的那些老人们跳进我的脑海。第一个会给我他的象牙鼻烟盒，还有他那红黑格子相间的手帕；第二个会擦拭他的手杖；第三个戴着老花眼镜，还留着两撮尖尖的胡子；第四个走路的样子很有意思，打喷嚏或抽鼻子的声音大得吓人；第五个嗓门儿很大，喜欢大笑。所以，我最后虚构出来的祖父是一个精明狡猾的老头，他是一个睿智的艺术鉴赏家，对现代文明嗤之以鼻，所以他不愿意送我去学校，宁愿自己带着我走很远的路到城市的各个博物馆和画廊参观，亲自教育我。祖父带着我去了米兰、帕多瓦、威尼斯、拉文那、佛罗伦萨和佩鲁贾，一路上，他跟我讲解各种风土人情和艺术画作，俨然一副专业向导的派头。

与此同时，此时我又热切地想过自己的生活。我意识到自己的局限，对自由的渴望不时扫过我的心头，带给我一种莫名的喜悦。这时候，我会深吸一口气，感觉整个灵魂跟着肺部的起伏而跳动。一个人！一个人！做自己的主人！不是任何人的附庸，不用对任何人负责！我们今天去哪儿？去威尼斯？我们就去威尼斯！去佛罗伦萨？很好，那就去佛罗伦萨！我的心里满满的都是喜悦。

我印象特别深的是在都灵的一个夜晚，那是我开始新生活后的第一周。其时太阳已经下山，我站在大道上，看见一只鼹鼠钻进一堆鱼中。天空分外干净，似乎一切都被落日的余晖镶上了金边。我生出一种强烈的自由感,那感觉让我几欲疯狂。最后,我不得不强行把自己拉出来,结束那疯狂的快乐。

从那之后,我还在改变外貌方面下了很多功夫。我剃掉了胡子,换了一副淡蓝色的眼镜,头发留长,增添几分艺术的不羁气息。经过这些改变之后,我看上去完全是另一个人。有时我会在镜子前站定,和自己说话,情不自禁地大笑——

"阿德里亚诺·梅伊斯,总的来说,你是个幸运的家伙!可惜我不得不给你这样一副面具,但这又有什么关系呢?都会过去的,都会过去的!要不是因为那只斜眼,你看着会好看许多。事实上,你的长相确实很有特点,他们说,你很有个性。没错,女人们有时会嘲笑你,但那并不是你的错。要不是他把头发剪得那么短,你现在也不至于要把头发留这么长,这是不得已的选择。不管怎样,打起精神来!女人们嘲笑你时,只要自嘲一下子,也就熬过去了,你会熬过去的!"

接下去的日子,我都要一个人生活,只为自己而活。即便我偶尔跟客栈老板、服务生、搞卫生的女人或邻桌的某个人说话,那也绝不是因为我想找人聊天。现在的我讨厌亲密的接触,并且我天生讨厌谎言和欺骗。其他人也并不热衷于认识我,相反,我的长相让不少人拒我于千里之外,可能我看着像是外地人。我记得有一次去威尼斯的时候,有个划船的船夫非得说我是德国人,但我明明就是土生土长的意大利人,尽管我是在阿根廷出生。其实,真正让我被当作异类的原因并不在这儿,原因只有我一个人知道——事实上,我谁也不是。我没有户口和身份证明,身上只带着米拉格诺的报纸——而那上面写着我已经过世并入土,尽管那是以马提亚·帕斯卡尔的名义。

我并不怎么介意这些事情,但我不能接受自己被人当作澳大利亚人。以前我从来没有关注过"国籍"这个概念,以前我有太多其他的事情需要操心!可现在,我有很多空闲的时间,我渐渐习惯思考这些以前从来没想过的事情。确实,我经常发现自己思绪飘飞,不知不觉地就想到了这些。不过,我必须要找点事情来打发时间——只要我还在这旅途上。当我的心因为想那些事情而变得沉重的时候,我就得想办法转移注意力。有时我会写字,在一张又一张纸上签名,换着花样地拿笔,以摸索出一种新的字体。但写到最后,我总是会把签名纸撕掉,把笔扔到一边。为了避免写信,我最好是声称自己是文盲。我能给谁写信呢?这世界也不可能有人写信给我。

跟其他想法一样,这个想法成功地把我拉回了过去。家,图书馆,米拉格诺的街道,海边,这些地方电影一样地在我眼前闪现。

"罗米尔达现在可能还在为我守丧!我猜是这样的,不然她现在还能做什么呢?"这么想的时候,仿佛我就能看见她在我眼前,还有佩斯卡特尔寡妇——我敢肯定,她想到我的时候肯定是满怀恨意。

"我知道,她们肯定从没到那个可怜人的坟墓前去过——他的结局可真悲惨!她们会把我安葬在哪儿?也许斯克拉斯提卡姑妈不会愿意出钱给我办葬礼,罗贝尔托当然也不会愿意。我想他也许会在心里想:'谁欠马提亚什么呢?我可不欠他。他在图书馆上班,每天还能得两里拉!他过个小日子能用多少钱呢?'她们会像葬一条狗一样地把我葬掉。我想,我的帽子肯定被卖掉了!哎,那又有什么呢?我还在乎什么?都一样,我只是为那个可怜人难过。十有八九这世上也有几个人心疼他,不愿他是这样悲惨的结局。不过他现在还需要别人的担心吗?不,他的麻烦已经结束了!"

我又旅行了一阵,走过意大利,沿着莱茵河一路走到德国科隆,然后登上一艘游览船,经过曼海姆、沃尔姆斯、梅茵兹、宾根和科布伦茨。我原本还想去斯堪的纳维亚,不过后来我想得有个限制,不能这样无限制地漂泊下去。我得计划下用钱,下半辈子都得靠那些钱生活,我至少还能再活三十年,这么算起来八万里拉并不算多。从法律意义上来讲,我没有办法提供证明我曾活过的证据,更不用说身份证明,所以我肯定找不到赖以谋生的工作。因此,为免日后的麻烦,我得有节制地花钱,这样才能让以后的日子过得舒坦些。一笔账算下来,我每个月的花费一定不能超过两百里拉。用这点钱肯定过不上奢侈生活,不过话又说回来,以前一家三口人靠着不到一百里拉的工资也熬了过来!没错,我肯定能用这两百里拉把日子过得滋润!

不过,说到底,也是因为我厌倦了这种一个人四处漂泊的生活。我开始厌恶我自己,渴望能有人陪伴——从德国返回米兰几天后的一个阴沉黄昏,我突然意识到这一点。

那是一个寒冷的日子,乌云密布,风雨欲来。我看到一个老人瑟缩着倚在一根灯柱旁。老人在卖火柴,胸前挂着一个装火柴的箱子。他对着手背哈气,我注意到他的一只手上还挂着一根绳子,绳子一直垂到两腿间。走近一点看,我发现绳子的另一头原来牵着一只斑点小狗。那小狗最多三四天大,躺在老人破烂的鞋子里瑟瑟发抖,呜咽不已。

"你愿意卖那条小狗吗?"我问。

"可以的。"老人回答,"我可以给您一个很优惠的价钱,尽管这条小狗其实值很多钱!这是一条好狗,长大后肯定是个好帮手!您只需要花二十五里拉就能得到它了!"

那条可怜的小狗还在哀号,尽管老人已经帮它抬了不少的身价——这一点老人是心知肚明的。与此同时,我也在心里盘算。若买下这条狗，我能保证日后就能有一个忠诚的朋友，一个不会欺骗我也不会问我问题的朋友吗？比如我是谁，我从哪儿来，我的报纸是不是摆整齐了，这些问题它不会缠着我问，但却能陪我解闷。若买下它，我还得给它办一个证，替它交税——一个已死的人肯定没办法做这些事，至少是不应该做这些事。这是第一次，我的自由蒙上了一层荫翳，第一次受到了某种无端的限制！

"二十五里拉？你把我当笨蛋吗？"我问老人。

我把帽子拉低遮住眼睛，竖起衣领，迅速走开。天开始下起雨来，迷雾一样的小雨让整个世界变得模糊。

"我的自由是一件好事。"我边走边对自己说，"但要是这种自由反过来剥夺我拯救一只小狗的自由，那还是有点专制了！"

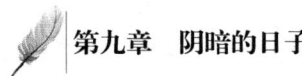 第九章 阴暗的日子

第一个冬天是风吹雨打还是风轻云淡,我真的不知道——我完全沉浸在旅行的乐趣中,为我新得的自由欣喜若狂。但第二个冬天,老实讲,我过得很是艰难。我想,我可能是累了,不停地从一个地方换到另一个地方,并且还要精打细算地过日子。所以当天气寒冷潮湿时,我会感觉到它的寒冷和潮湿,尽管我努力不让自己的情绪受天气的影响,但阴朦朦的天气还是让我觉得压抑。

"天总会放晴的,阴云很快就会散的!"我给自己打气,"幸运之神站在你这边,她既然许给了你自由,肯定不会让你的这种自由受到过长的打扰。"

事实上,我已经见了太多随心所欲的懒散。阿德里亚诺·梅伊斯有

过他年少轻狂的日子，现在是时候长大了，成为一个真正的男人，掌控自己，以一种更加成熟的姿态面对生活。这对一个完全自由并且不背负任何责任的人来说，并不是一个难题。

　　至少我是这么认为的。我开始认真思考选一个地方安家的问题——我不可能一辈子都这样漂泊无定，像只不能归巢的鸟一样。说到这，天下之大，我该在哪儿安身呢？是在繁华的大城市，还是在某个清幽的小镇？

　　我犹豫不定。于是，我闭上眼睛，回忆曾去过的那些城市。思绪一下子停在这个广场，一下子跳到那条街道，一幕幕场景清晰如昨，带给我回忆的喜乐。每次，我都会说："是的，我曾去过那儿。我错过了多少生活的美好——生活如此多娇，我体验过多少？多少次我都在内心想：'是的，我应该在这儿渡过我的下半生。'我是多么羡慕住在那些地方的人，他们的生活习惯和工作都已经适应了那些美丽的地方，而不会跟过往的旅人一样没有归宿感！"

　　这种不安，这种让人痛苦的漂泊感折磨着我，身边有什么东西总是让我不能做到真正的随心所欲，甚至连身下躺着的床都觉得未必真正属于我。我想，物品的价值只在于它们能唤醒我们内心对某些事物或某些人的熟悉感。当然，某样东西或许本身就能让我们感到愉悦，比如那充满艺术感的线条，但我们的快乐更多地来自外在赋予的情感。我们的想象为其增添光辉，使其成为某些甜蜜回忆的象征，所以那不仅仅是一样普通的东西，它是有生命的，我们习惯性投射在它身上的形象或事件让其有了生命。我们真正爱的是我们从中找到的那一部分自己，这在我们和那件东西之间建立了一种和谐的关系，并赋予其灵魂，因为灵魂是我们自身记忆的产物。

毋庸置疑，我从来都无法将我过夜的那些旅馆房间真正当作自己的家。但我可以有自己的一所房子，一个家，一个完全属于我的地方吗？

我的钱并不多，所以我只能有一间很小的房子，两三个房间，不过一定要布置得温馨舒服。这还是有可能的！——不过，等等，这一切太快了。我还有几件事要仔细衡量。自由，自由就跟风一样！是的，但还有一种情况——你的旅行箱今天在这儿，明天在那儿！于是你想买一所房子安定下来，并且马上就要行动，但你有没有想过房契、登记、税务这些东西？姓名地址录上找得到你的名字吗？投票名单上有你的名字吗？你说有是吗？好吧，那是什么名字？一个假名字？那之后呢，又怎么样？"那个人是谁？""他从哪儿来？"接着，你恐怕就得被警察秘密调查了！总而言之，这只会为你带来麻烦，一个麻烦接着另一个麻烦！所以说，现在要想拥有一所完全属于我的房子是不可能的！哦，好吧，那我就在某个人家里租个装饰一新的房间！这么一点事，干嘛如此激动呢？

那年冬天天寒地冻，圣诞节马上就要来临，我总是情不自禁地想此时若能在家里偎着炉火，享受那温暖和亲密该多好！

但我已经失去了我自己的家！唯一让我想起来感到遗憾的是我最开始拥有的家，是父亲和母亲给我的那个家——不过很久以前那个家就被毁了。至于之后的种种经历和境遇变化，并不让我觉得真正的遗憾。我安慰自己说，就算我现在回到米拉格诺，和我的妻子和那恐怖的丈母娘一起过圣诞节，也未必会比现在快乐。

但我还是放纵自己的想象回到她们身边的快乐——腋下夹着一大捆坚果面包，然后敲门——

咚！咚！咚！

"请问，罗米尔达·佩斯卡特尔，就是帕斯卡尔的遗孀，还有佩斯卡特尔寡妇还住在这里吗？"

"是的，请问，你是谁？"

"哦，我是西格诺拉·帕斯卡尔已过世的丈夫——知道吧，就是他们一两年前从水渠里捞上来的那个人。我在想，能不能和你们一起过圣诞节——我在另一个世界，当然，这是经过上帝批准的。不过，我很快就要回去的！"

"你觉得那个老女人看到我那样子出现会不会被吓得半死？她要是被吓死了，那我可真是高兴！哼，让她再活两天吧！"

我得承认，在我的冒险之旅中，确实值得我感恩的事情是，我成功地摆脱了我的妻子，我的岳母，我的债务，还有之前种种的屈辱。这些东西，我已经永远地摆脱了。所以，我还要求什么呢？我现在只需要考虑，有一个完整的人生正在前面等着我！可以肯定地说，当下肯定还有许多和我一样孤独的人！

"是的，不过这些人——"你看，由于天气阴沉沉的，我的情绪跟着低落——"这些人尽管是在异域他乡生活，但还是有家可回，或者就算他们暂时没有家，只要他们想要一个家还是可以拥有的。（同时还能去拜访他们的朋友。）可我呢？可我会一直这样子，不管去到哪儿都是陌生人——这就是区别。阿德里亚诺·梅伊斯永远都会是一个陌生人，一个游离在生活之外的人。"

想到这儿，我变得愤怒，火冒三丈：

"干嘛这么幽怨？打起精神来，这么点小事还让你伤神。你有朋友——至少，你可以有！"

朋友？

那些日子我经常去一家餐馆吃饭，邻桌的一个男人似乎很想跟我认识。他肯定年逾四十，黑头发，戴一副金框眼镜，不过那眼镜似乎总往下掉，也许是因为链子太重。那个小个子家伙挺有意思，真的！想象一下——当他头戴帽子站着时，看起来就像一个十七八岁的男孩子打扮成老人的样子。问题就出在他的腿上，他的腿实在太短了，以至于坐下时脚都挨不着地。我几乎没有看见过他离开椅子——椅子对他而言宛如一个箱子。他试图通过穿高跟皮鞋来改善这个劣势，但穿上高跟鞋他走路的样子就更怪了，只能一小步一小步地走，让我不由想起奔跑的鹧鸪。

另外，他算一个有点本事的实在人！也许有点易怒，我想他更适合当一个演说者而不是倾听者，他对事情总是有自己独特的看法。另外，他还有一枚奖章。

一天，他递给我一张名片——卡瓦利尔·提图·莱恩兹

我必须得说，他主动递名片给我这件事让我受到很大的震惊，因为我一直以为自己的形象很糟糕，别人很可能会认为我无法回应这样的礼遇。当时我身上确实没有名片——我想，可能是我还不能接受将我的新名字特意印在卡片上。管他呢，都不重要，这种小事！就一张名片而已，还想怎样？说出你的名字，事情就解决了！

所以我说了自己的名字，至于说的是哪个名字……你们懂的。

卡瓦利尔·提图·莱恩兹真的很健谈。他甚至还会拉丁语，能引用西塞罗（Cicero，古罗马政治家、著作家、雄辩家）等人的话。

"人的快乐来自于内心？事情并没这么简单，我亲爱的先生。人的内心不足以作为人生的向导。若我们的精神世界只是我们的私人领地，就是说不是公共广场，若我们的'自我'天生不能被所有人看见或感知，那我们可以把'自我'看作某种和其他事物分离的东西。我觉

得,从精神层面上来说,这是一种本质的关系,是思考的这个'我'和我观察并理解的'其他人'之间的本质关系。所以,单我一个人的内心世界是不够的,你明白我的意思吗?我把这些人当作我自己的一部分,你自己当然也是其中的一部分,只要他们的感觉、态度和品位并未对我和你产生影响,你和我都无法获得心灵的满足和快乐。所以我们要明白的是,我们尽量努力工作,这样我们的感觉、想法、兴趣、态度或许会在其他人那儿得到回应。若这种努力失败了,那又该当何说呢?那是因为当下的时机不对,还不到种子发芽成熟的时候,我亲爱的先生,我是说你种在其他人心里的种子,你不能说你已经在内心找到了满足。那怎么可能呢?你知道那是什么意思吗?是的,你可以在这个世界上独自一人生活,被黑暗逐渐侵蚀。但这就够了吗?听着,我亲爱的先生,我讨厌那些冠冕堂皇的话。在我看来,那不过是让人们无法独立思考的烟雾弹。譬如这句:'如果我真实地面对自己,我就能找到满足!'西塞罗曾经说过这样的话:'Mea mihi conscientia pluris est quam hominum sermo。'但西塞罗——我老实说——西塞罗是个伟大人物,但他的话有点小题大做了。上帝让我们面对这些,这可比学小提琴难多了!'

我本可以拥抱这个让人喜欢的小老头,他的话是那样迷人;不过他并不总是说这些充满智慧的犀利话语。说着说着,他就会开始说自己的事,所以正当我想跟他建立友谊并为此而高兴时,他的喋喋不休又让我感到些许尴尬,并不得不和他保持一点距离。所以只要他是谈人生谈理想这些大的话题,我们的谈话就会十分愉悦;但卡瓦利尔最后总是会想打探我的私事。

"你不是从米兰来的,我猜。"

"不是。"

"曾经去过？"

"是的。"

"米兰是个有意思的地方！"

"很有意思！"

我想我听起来肯定像一只学舌的鹦鹉。他问我的问题越多，我给的答案就越简洁。我跟他说，不久之后我要到美洲去。不过卡瓦利尔听说我是在阿根廷出生时，他竟从椅子上跳了起来，走过来跟我握手：

"啊，阿根廷！我亲爱的先生，我给你最诚心的祝贺！我真羡慕你！美洲！美洲！……我也曾去过那儿。"

"我得走了。"我局促不安地回道。然后我又大声说：

"你也到过那儿？也许我更应该恭喜你，因为我尽管是在阿根廷出生，但我并不知道确切的地方。父母把我带回国时我才几个月大——所以，你可以说，我的双足从来没有踏上过美洲的土地！"

"真可惜。"卡瓦利尔·莱恩兹同情似的大叫，"不过，我想你总还有亲戚在那儿的吧？"

"据我所知，没有！"

"哦，我知道了。你的家人回意大利后就永久定居了。你们现在在哪儿生活？"

我耸耸肩："这个，我们在很多地方生活过——这里住一阵，那里住一阵，经常换地方。现在，我是孤身一人。也算见识了不少地方不少人！"

"真好！我得说，你是个幸运的家伙。你到处行走，却不是为着寻找某个人！"

"不是！"

"多好呀!幸运的人儿!我羡慕你!"

"我想你应该成家了吧?"我决定把话题带回到他身上。

"很不幸的是,我还没有成家!"他叹息道,眉毛皱成一堆,"我很孤独,一直都很孤独。"

"那我们是一样的情况,同是天涯沦落人!"

"亲爱的先生,我可真不喜欢这种生活。"他叫道,"我觉得生活很无聊。这种孤独……哎,简单说,我厌倦了。哦,当然,我有很多的朋友;但请你相信我,等你到了一定年纪,你就很讨厌那种回到家却没一个人在等你的感觉。毕竟,有人明白人生这场游戏,也总有人不明白,亲爱的先生,不明白的人最后总会比其他人过得差些。它夺走你的能量和激情。就是这样,在你睿智的时候,你说:'我一定不要这样做,'或'我一定不能那样做——否则——我就把自己牵绊住了。'可是迟早你会发现,人生的意义就在于牵绊,从未有过牵挂的人其实都算不得真正地活过,像你我就是这样!"

"可你,"我试图安慰他说,"还有时间啊。"

"有时间去犯错?哈,我亲爱的先生,我犯过的错还少吗?"他调皮地笑了下,"其实,我也是到处旅行,和你一样,四处冒险——其中也有好玩的事。比如说,在维也纳的时候,一天晚上……"

我有点怀疑自己的耳朵!艳遇,那个小老头?三、四、五、奥地利,法国,俄罗斯,甚至还有俄罗斯?这种事情——他跟我描述得十分激情火辣。看着他那滑稽的表情,我知道他在撒谎,一开始我为他感到羞耻——显然他没能意识到这些吹嘘对听者产生的影响。我突然变得愤怒,这个小老头激情满怀地跟我吹嘘他的情事,事实上他并不需要这样做;而我,自称最讨厌虚假的人,却是一个彻头彻尾的谎言。每次不得不欺骗某人时，我的灵魂都会受尽折磨。

不过后来我想通了——如果跟我说这些想象中的艳遇情事，能够让这个不讨人厌的小老头获得某种快乐，那恰恰也是因为他没有理由撒谎：只要他喜欢，他有权利用这种方式来取乐自己。不过对我而言，这却是一种限制，一种嘲讽，一种屈辱，一种贬低。从这件事中我要得出什么结论？只有一个，那就是——我这一辈子都将在谎言中渡过，所以我不可能有朋友，不可能有真正的朋友；因为友谊的前提就是坦诚；我如何能跟他人坦承我这第二个人生的秘密呢？我的这段人生没有过去，我不过是已故的马提亚·帕斯卡尔留在人间的傀儡。不，我能期待的最好结果就是跟某人建立某种随意的肤浅的关系，然后彼此说一些无关痛痒的话。

这又怎么样呢？塞翁失马焉知非福。我难道就要因为这些事而失去对生活的信心吗？绝对不行！我要继续活下去，就跟过去一样，一个人生活，只为自己而活！我知道，未来或许不尽如人意。或许我会孤独终老，但这仍然是好的，我还是要把生活过得精彩一些。

有时候我用手摸自己的脸发现脸上光溜溜的，又或者摸头发的时候突然意识到自己的头发已经很长，或者把那副古怪的蓝色眼镜架到鼻子上时，我会有一种奇怪的困惑感，好似我触摸到的不是我自己，好似我不再是过去的那个人，好似这一切伪装都是为了另外一个人，而不是为了我自己。那么，为什么要让自己戴上这样的面具呢？如果我虚构出来的与阿德里亚诺·梅伊斯相关的一切不是为了他人，那这又对谁有好处呢？对我自己吗？可就算我把这一切当真，那也只是为了让别人把它当真。相应地，如果这个阿德里亚诺·梅伊斯没有撒谎的勇气，他不敢与人交往，整天一个人躲在酒店房间里头（在天气阴沉的那段冬日，他无法承受孤独）与已故的马提亚·帕斯卡尔为伴——可以想见，事情只会变得越来越糟糕，前途堪忧，我的好运很可能也会……

不过我想真实的情形会是这样——我是完全自由的，所以我很难让自己固定过哪一种生活。每当需要做决定的时候，我就会感觉尴尬，被束缚，被许多障碍和不确定性阻拦。所以我会再次上街，观察一切人，一切事，深入地思考最细枝末节的事。待到疲倦，我就走进一家咖啡馆，翻翻报纸，坐着观察咖啡馆里进进出出的人——当然，我自己最后也是会走出去的。显然，从这种角度来观察生活，那只会觉得生活是无意义的，没有目的的，甚至没有节奏或来由。我在来来往往的人群中，感到迷失。城市的喧哗让我听不见其他的声音，让我无法专心。

"为什么，哦，为什么？"我有点歇斯底里地问自己，"为什么人们要把生活变得越来越复杂？为什么要有这么多轰隆作响的机器？如果机器能取代一切，那人类最终又将走向何方？人们最终会明白这所谓的进步跟幸福其实没有必然联系吗？相信这些科学发明能丰富我们的生活（事实上它们只是让我们变得更贫穷，因为付出的代价太高），我们究竟能从中得到多少满足感？即便，我们确实欣赏这些发明创造。"

前些日子，我在一辆街车上遇见一个人，他忍不住地要把自己想的所有事情都告诉周围的人——这样的人绝不在少数。

他对我说："这些电车可真是好啊，只需两分钱，我就能从米兰的这一头到另一头，并且还能在里头坐这么久。"

穷人看到的都是这两分钱能给他们换来一次长途赶路的机会——显然，在那个喧嚣繁华的世界里头，他们无法挣得一个体面的生活。而这种喧嚣恰恰是因为有了这些电车和电灯等东西。

不过，科技似乎真的能给生活带来方便。尽管这是事实，但我还是要问:"对于人类而言,把一种无趣无价值的生活机械化,还有什么比这更坏的呢?"

我又回到了旅馆。

靠近走廊的一个窗子前挂着个鸟笼,里面有一只金丝雀。既然没有人可以说话,也没有其他事可做,那我就逗鸟儿说说话吧。我对着那金丝雀模仿了几声鸟叫,它立刻变得兴奋起来,似乎真的明白有人正跟它说话——我嘟起嘴唇,跟它说鸟巢,说绿叶,说自由——尽管我自己也不知道那些叫声究竟代表什么。金丝雀在笼子里不时跳跃,转身,单脚直立,又或者斜眼看我,它时而低头时而仰头,最后再啾啾几声,也许是对我的回答,也许是它提出的问题,然后再安静地听。可怜的小鸟!它理解我,尽管我也不知道自己跟它说了些什么。

其实,人不也是这样的吗?我们不也是会想象大自然跟我们对话吗?我们不也是认为自己明白了大自然某些神秘的话语吗?我们心中有许多的问题或渴望,于是便把那声音当作大自然给我们的答案。而浩瀚的大自然,甚至根本意识不到我们的存在。

你们看到了,一个无聊到极点孤独到极点的人就会想一些这样的问题。我真想扇自己一个耳光——难道我真的要成为一个哲学家吗?不,不,我现在的这种生活根本不合逻辑,我再也不能忍受了!我要打破我的沉默,做一个决定,无论这需要我付出怎样的代价!说到底,我最大的问题是——生活,生活,生活!

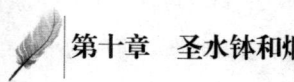

第十章 圣水钵和烟灰缸

几天之后,我到了罗马,想在那儿住下来。

为什么选择罗马而不是其他城市呢?这是有原因的,但我现在还不能说。因为一旦说起这个,就会打乱我对整个故事的回忆,会让我想起许多其他的事情。当前我选择罗马,是因为相比其他我了解的城市,我更喜欢它;另外也因为,罗马有许多的游客来来往往,所以它更适合像我这样的陌生人生活,不致遭到他人太多的盘问。

在一条安静的街道上找一个合适的房子,并且房东一家人还得诚实可靠,这可不是件容易事。最后,我选择了位于里佩塔大街(Via Ripetta)靠近河边的一所房子。老实讲,我对房东一家人的第一印象并不太好,回到旅馆后我还犹豫不定,反复考虑是否要继续寻找。

房子在第五层，门口挂着两块牌子，左边写着帕莱亚里，右边写着帕皮亚诺。右边牌子的下面用两个图钉钉着一张名片，上书——塞尔维亚·卡博拉尔。

我敲了敲门，前来应门的是一个年过六十的老人（是帕莱亚里或是帕皮亚诺）。当时他只穿着短布裤，脚上趿拉着一双快磨烂了的拖鞋，光着上身，没有一根胸毛。他的手上沾满肥皂泡，头上裹着一块头巾。

"哦，不好意思。"他抱歉地对我说，"我以为是服务生……还请您见谅……我失礼了……阿德里亚娜！嘿，快点过来，行吗？这儿有位先生到访！还请您稍等一会儿，先生。您要不要进来？我可以为您做什么吗？"

"如果我没弄错的话，您是有一间装修很好的房子出租，对吧？"

"哦，是的，我女儿很快就过来……阿德里亚娜，阿德里亚娜！有人过来看房子！"

这时，一个双颊绯红的女孩儿匆忙跑过来，她显得困窘又尴尬。这个女孩儿身材娇小，头发是淡黄的颜色，肤色白皙，两只蓝色的眼睛显得很是温柔，不过此时她眼里多了一抹悲伤。

"阿德里亚娜！"我在心里寻思，"和我的名字差不多！这还真是巧呀！"

"特伦齐奥哪儿去了？"顶着一头肥皂泡的老人问道。

"哦，爸爸，你明知故问！他昨天就去那不勒斯了！爸爸，您还是先去另一间屋子吧！您现在的样子……"

她尽管是在责备父亲，但仍不乏温情，看来这个女孩儿是天性温柔。

"哦，是的，我记起来了，我记起来了。"老人说着，然后拖着脚步走开了,拖鞋发出很大的声响,他一面走还一面揉搓光秃秃的头和灰白胡须。

我忍俊不禁,不过我还是尽量克制自己,以免让小姑娘更加尴尬。只见那小姑娘别过头,掩饰自己的懊恼。一开始我以为她只是个小女孩儿,可仔细一看,才发现她已经是个成年女子,不过她身上穿的那套衣服是不是也太大了点?我猜,她可能是在服丧期。

女人说话的声音很小,她的眼神还是躲闪着我(谁知道我给她留下什么印象),然后领着我沿一条黑漆漆的过道走到待租的房间。房门打开的那一瞬间,我顿时觉得心胸开阔起来,新鲜空气和阳光从两扇朝向河边的窗户透进来。对呀,这座房子是建在河边的。远处,矗立着马里奥山、玛尔盖里塔桥和普拉迪一带的新居民区,再往远还可以望到天使古堡。房子的下面就是老里佩塔桥,旁边正在建设新的里佩塔桥。往左看,可以看得见翁罗贝尔托桥和托蒂诺纳一带的老房子,那些房子在河流弯道的另一边。往右则看得见贾尼克罗山上的绿树与蒙托里奥山上的大喷泉和加里波第将军的骑马铜像。

房子外头的美景让我无法抗拒,所以我立马定下了房间。除此之外,房间内部的装潢我也很喜欢,挂着干净的蓝白色门帘。

"隔壁的小露台也是我们的。"女人补充道,"至少现在还是我们的。他们打算把那露台拆了,说那是违法建筑。"

"什么?"

"违法建筑!就是说伸出去的露台侵占了城市的建筑空间,但他们建成滨江大道还不知道要等到什么时候呢!"

一个这样小的姑娘,穿着这么大的裙子,还说出这么严肃正经的话来,我忍不住笑了起来,说:"是吗?"

我的调笑让她觉得尴尬,她低下头,咬着下唇。为了让她放松,我又煞有介事地问:

"我想,这屋子里没有小孩儿吧?"

她摇摇头,没有说话,也许是觉得我这话带点讽刺意味,尽管我并没有这个意思。我连忙又说:

"除了这间房,还有其他房间出租吗?"

"这是我们最好的房间。"她答道,眼睛还是看着地板,"要是你不喜欢这间的话……"

"不,不,我只是想知道……"

"对,我们还有一间房也是出租的。"她打断我的话,抬起眼睛,假装无动于衷,"在房子的另一边,面朝大街。一个年轻姑娘已经在那住了两年……她是教钢琴的……但不是在家里教。"

说着,她的脸上浮现一丝笑意,不过那笑中又带有忧伤。

"我们家就三个人,父亲,我,还有我的姐夫。"

"就是帕莱亚里?"

"不是,帕莱亚里是我父亲的名字。我姐夫叫特伦齐奥·帕皮亚诺,不过他很快就会跟他弟弟一起离开,现在他弟弟也跟我们住在一块儿。我姐姐……六个月前过世了。"

我连忙转移话题,于是问她房租是多少。房租的问题很好解决。

"需要预付一周的房钱吗?"我问。

"这由您决定,或者您方便透露下名字吗?"

我紧张地笑了下,开始在外套口袋里摸索。

"不好意思,我好像忘了带名片,不过我听你父亲叫你阿德里亚娜,我叫阿德里亚诺,跟你的名字很像。可能你会觉得有点尴尬……"

"怎么会呢？"她反问道，察觉到我的困窘，这次她笑得真像个小女孩儿。

我也笑了，说：

"要是你不介意的话，你可以叫我阿德里亚诺·梅伊斯，这是我的名字。我今天下午能搬进来吗？或者明天更好一点……"

"这个随便您。"她说，不过我感觉她更高兴我永远都不搬进来。我没有对她那不合身的丧服表示出敬畏，这对她或许是不可原谅的冒犯。

要是放在许多天之前，那我肯定能一眼看出那丑陋的衣服是她不得不穿的，尽管她自己很想穿别的衣裳。整个家庭的重担都压在她肩上，要不是有她，事情可能会变得更糟糕。

那个来应门的老人，安塞尔莫·帕莱亚里，就是那个脑袋上残留肥皂泡包着头巾的老人，看来有些糊里糊涂。我搬进去的那天，他来到我房间，说一方面是要为之前的失礼道歉，另外也是想认识我这样一个一看便知是学者或艺术家的人。

"我说得没错吧！"他有些得意地说。

"不，你错了，我不是艺术家，更不是学者……只不过以前读过几本书而已……"

"我看你有不少好书。"说着，他的视线移到我写字桌上那一摞书上，"这样，我改天也让你看看我的藏书，怎么样？我其实也有几本好书。不过……"

他耸耸肩，一下子变得心不在焉起来，脸上是恍然的表情。他似乎是忘记了所有事情，忘了他在哪里，忘了他正在跟谁说话。他嘟囔了几句"不过"，嘴角耷拉着，然后他转过身，没再说什么便离开了。

说实话，当时我被他的行为惊着了。不过后来，他又遵守承诺邀请我到他的房间去，并给我看他收藏的那些书，我才了解到有关他的除健忘之外的其他事情。我注意到，其中这些书是《死亡和来世》《人和人体》《生活的七种原则》《因果报应》《神智学的秘密》。

看来，安塞尔莫·帕莱亚里先生上的是神智学校。

不知道是哪位部门主管或政府官员让他提前退休，这不仅在经济上毁了他，也在精神上毁了他。因为他现在有很多自由的时间，所以可以无限制地研究他的那些神智类的东西。至少，他一半的时间都放在了那些书上，我看到他的藏书差不多有一个小型图书馆那么多。神学书籍也不能完全满足他；他的书架上还有不少怀疑主义论作品、哲学著作、古典和现代文学、科学论作品以及一整套的灵媒①研究作品，他现在正在做灵媒实验。

老帕莱亚里发现塞尔维亚·卡博拉尔有不同寻常的灵媒天分——显然这一天分未得到很好的发展，但只要经过一段时间的适当练习，他认为塞尔维亚一定能有所成。事实上，他把塞尔维亚看作跟未来沟通的媒介。

就我而言，我这一辈子从未见过比塞尔维亚·卡博拉尔小姐更悲伤的眼睛了。惊恐，突出，黑得吓人，那双洋娃娃一样的眼睛仿佛是用铅固定住的，每次睁开或闭上都得付出巨大的努力。塞尔维亚有四十多岁，除了成熟女人的魅力之外，她的鼻子下方还有一撮甚是迷人的小胡须，而她的鼻子看着就像一个亮红色的小球。

后来我才知道塞尔维亚为了忘记年龄，忘记憎恨，忘记那没有希望的爱情，她喝酒喝得很厉害。她不止一次回家的时候帽子歪斜，鼻子红得跟红萝卜一样，眼睛半张，显得更加悲伤——那样子看了简直让人

---

① 灵媒，宗教学中称一些能够通神，通灵，通鬼的人，如巫医、术士等。

哀痛。她倒在床上，号啕大哭，之前喝进去的酒化作滂沱泪水。这时，那个穿宽大衣服的小个子姑娘会从床上爬起来，到塞尔维亚房间里照顾她。真为她感到难过，孤零零地活在这世上，付出的爱得不到回应，心中满是痛苦和嫉妒，随时都有可能自杀——塞尔维亚已经尝试自杀过两次。小个子姑娘每次都让她发誓，以后再不要这样糟蹋自己了。所以第二天，你肯定能看到我们的钢琴老师穿着她最好的衣裳，姿态优雅活泼，完全不似先前模样。有时她会给一些刚开业的咖啡厅或餐厅演奏，接下去就又是一个放纵的夜晚，第二天早上她身上便会有新的华美衣裳。当然，她的钱肯定不会留着来付房租，也不会付饭费。

不过，也没人能赶她走。一方面，要是她走了，安塞尔莫·帕莱亚里的灵媒实验怎么办呢？不过除此之外，也还有别的原因。两年前，卡博拉尔的母亲过世，留下了一些值钱的家具，总共卖了六千里拉。她带着那钱到帕莱亚理家里住，结果把钱给特伦齐奥·帕皮亚诺拿去做投资，可后来那钱却再无音信。

这是卡博拉尔流着眼泪亲口跟我说的。所以这也算是安塞尔莫先生的一个借口，不然我会觉得他太自私了，为了进行自己愚蠢的实验，竟然让女儿照顾这样的一个女人。

不过，在小阿德里亚娜这样一个善良的小人儿看来，这可能不存在什么危险。事实上，她比任何人都讨厌安塞尔莫那些神神鬼鬼的东西，但她还是愿意做这一切。

因为阿德里亚娜是一个虔诚的人，这一点在我刚搬进来时就发现了。我的床头放着一只蓝色玻璃的圣水钵。一天晚上，我躺在床上一边抽烟一边看帕莱亚理那些书，想让自己快点睡着。我看得迷迷糊糊，顺手就把烟灰敲在那圣水钵中，最后还将烟头掐灭在里头。

第二天，那圣水钵不见了，取而代之的是一个烟灰缸。于是，我问阿德里亚娜是不是她把那圣水钵换掉的。只见她红着脸低声答道：

"是的，我很抱歉，不过我想你可能更需要一个烟灰缸！"

"那钵中有圣水吗？"

"有。是从对面街的圣·洛克教堂取来的！"

说完，她就走了。

那个小人儿肯定以为我是一个虔诚的教徒，所以她去圣·洛克教堂时也顺便帮我取了圣水。我想，她应该没有替他父亲取圣水。至于塞尔维亚·卡博拉尔女士，就算她有圣水钵，那也应该是用来装"圣酒"的。

一段时间以来，我觉得自己被悬在某种古怪的真空中，任何一件小事都可能让我陷入长时间的冥想中。而圣水钵的事让我想起我的小时候，那时候我对宗教仪式就特别不重视。是的，自从上次Pinzone按照母亲的盼咐带我跟罗贝尔托去教堂之后，我就再没到教堂去过了。我从来没问过自己，我的信仰究竟是什么——已故的马提亚·帕斯卡尔死得凄惨，未曾得到任何神的救赎。

突然，我发现自己处于一种很令人讶异的处境中。在我以前认识的所有人看来，我已经摆脱了活人最恐怖的一种焦虑——对死亡的恐惧。米拉格诺现在不晓得有多少人正说：

"那个幸运的家伙……他解决了一个重大问题！"

然而我其实什么问题都没有解决。这些是安塞尔莫·帕莱亚里的书，书上会怎么说呢？书上说，死人，真正的死人和我是一样的处境——困在某种硬壳中，也就是所谓的"若欲界"。其中，《天梯模式》（神智学认为，天体是神智之后的看不见的世界的第一级）的作者莱德彼特博士认为自杀者尤为如此。莱德彼特认为，自杀的人是被人类各种欲望和冲动所推动，但又得不到满足，因此就会轻生。（他们会消灭自己的肉体，与此同时他们并不知道自己的肉体已经丧失。）

"如果是这样的话，"我想，"或许我真的已经淹死在'鸡笼'庄园的水渠里，现在我以为自己活着或许只是我的幻想。"据说，某些疯狂是会传染的。尽管我以前不认同帕莱亚里的观点，但最后它还是对我产生了影响。我不仅相信自己已经真的死亡——这原本不是件坏事——因为最糟糕的是知道自己正在通往死亡的路上。经过死亡，我不知道人是不是还会那么热烈地渴望复生？现在最重要的问题是，我意识到自己还得再死一次。这个发现让我十分痛苦。经过水渠自杀事件之后，我自然而然地认为未来等待我的只有新的生活。可现在帕莱亚里这个家伙每隔几分钟就会提醒我死亡这件事！

他难道就不能说点其他东西吗？诅咒他！可他说得那么激动，时不时地抛出一些稀奇言论，以至于我经常改变想要换地方生活的主意。尽管帕莱亚里的信仰看起来有点幼稚，但整体说来，这是一种乐观的信仰。当我意识到未来有一天我还会死去的时候，听他用这种方式讲述死亡其实也挺好的。

"这有道理吗？"一天下午，他在给我读了一段菲诺特的话后问我——那是一段关于死亡充满感情而又令人毛骨悚然的话，比如描述寄生虫是如何从一个吸食吗啡的掘墓人的身体里钻出来。

"你觉得他讲得有道理吗？物质，我跟你说，从物质的角度讲这是有道理的。但物质有各种各样的形式，世间也有各种各样的物质，物质表达的方式也是各种各样。可以是石头，也可以是轻如鸿毛无法触摸的东西。就拿我的这具躯壳为例——手指甲、牙齿、头发，还有我眼睛里头的柔软组织。所有这些都是物质！谁能否认呢？我们称为灵魂的东西很可能也是物质——天啊，就是跟手指甲或牙齿或我的头发或者以太一样的物质，你明白吗！而你们这些人承认以太，却不承认灵魂！我问你，这合理吗？物质是很好的东西。现在你跟着我的思路，看我们能得出什么结论。我们来说说大自然！现在我们都认为人是一代一代演化来的，对吧，认为人是自然缓慢进化的产物。哦，我知道——你，我亲爱的梅伊斯先生，你认为人是无情的动物，是残忍而愚蠢的动物，是最不值得尊敬的动物之一。这一点我也不否认，不过你听我说完。事实上，人代表的只是生物链中较低的一级。人和寄生虫之间也相差不到几级。八级？七级？我们就说相差五级吧！可你知道吗？大自然用了上亿年才让一个人比一条寄生虫高出五级。这需要进化，对吧？这些物质以一定方式进化了五级，才变成这种会偷窃会屠杀，还会撒谎的动物。但这种动物也能写出诸如《神曲》这样伟大的作品来，也能像您的母亲和我的母亲那样做出牺牲。然后，一切都结束了，是吗？再次回归虚无，是吗？什么都不剩，是吗？这样合理吗？哦，是的，我的鼻子，我的双足，我的双腿——它们会再次变成寄生虫。但我的灵魂不会，我亲爱的先生。我的灵魂不会变成寄生虫。我跟你说，灵魂是物质，但并不是跟鼻子或双足或双腿一样的物质，梅伊斯先生。你觉得这说得有道理吗？"

"不好意思，帕莱亚里先生，"我打断他，"可如果一个伟大的人，一个天才，他在街上走。可他踩到了香蕉皮，摔了一个四脚朝天，突然间他就变傻了！那么，他的灵魂在哪儿呢？"

安塞尔莫先生停住了，他看着我，仿佛被人当头一棒。

"他的灵魂在哪儿？"

"是的，就拿你或我⋯⋯好，就拿我来说，尽管我并不是一个伟大的人。哦，假如说我是一个有智慧的人，可我在街上摔倒了，脑袋摔坏了，我变成了一个弱智。那我的灵魂会在哪儿呢？"

帕莱亚里合起双手，脸上露出一种带有某种同情意味的微笑。然后说：

"可你究竟为什么要摔跤且摔坏脑袋呢？我亲爱的梅伊斯先生。"

"这只是我的假设。"

"不会的！不会的！你只管散你的步！为什么非得要摔一跤呢？许多老人随着年纪增长，哪怕不摔跤不磕破头也会渐渐头脑不清醒。你是想证明，既然灵魂会随着躯体的伤痛而变得虚弱，所以躯体死亡时，灵魂也会跟着死亡？但请你听我说，你只要换个方式来思考物质。就拿那些身体残缺但灵魂高尚的人来说吧——比如贾克莫·列奥巴尔迪（1798~1837年，著名诗人，早年钻研希腊、罗马文学，后受烧炭党人思想影响，写出颂歌《致意大利》等，烧炭党失败后较消极）、又或者教皇良十三世（1810~1903年，1878~1903年为教皇）。这又该怎么解释呢？现在请你想象一个人正在弹钢琴，突然钢琴断了一根弦，然后又断一根，接着又断一根。凭这样一台断弦的钢琴，那个人肯定演奏不好，对吗？哪怕他是十分伟大的艺术家。到最后，钢琴完全不能弹奏了。但你觉得，弹奏钢琴的人也会随之而不再存在吗？"

"我明白你的意思了，你是说我们的大脑是钢琴，而那个钢琴师就是我们的灵魂？"

"没错，梅伊斯先生，尽管这个比喻已经是陈词滥调。如果大脑出了问题，那灵魂肯定也会受到影响表现得不正常，比如疯傻之类的。当钢琴师或许是不小心或许是碰巧或许是故意弄坏了钢琴，他就必须得为此付出代价。哪怕得付出一切，他也得偿还！任何事物都得有所补偿。不过这已经是另一个话题了。我想问你，自从有人类以来，人们总是对另一种生活充满期望,这难道不说明问题吗?这是事实,梅伊斯先生,是板上钉钉的事实!"

"也许这是出于自我保护的本能……"

"不是的,先生,不是这样的!对于这副甩不掉的皮囊,我并不关心,明白吗?它只让我觉得麻烦。我之所以会忍受它,是因为我知道我别无选择。可现在要是你向我证明,在我拖着这副皮囊再活五年,六年或更多年之后,最后什么都不剩下,身体和灵魂全都遁入虚无,那我现在就要摆脱掉它,这一刻就要。所以你说的自我保护的本能体现在哪儿?我之所以继续活下去,是因为我觉得我不能以那种方式结束。不过你可能又会说了,个人和种族不是一回事,个人可能会消失殆尽,但种族的生命会延续。乍听之下,这很有道理。不过你要知道,我代表不了人类,人类也代表不了我,我们人类是一个整体!如果我们每个人的感受都一样,如果我们所谓的尘世生活只有这些痛苦,那这将会是天底下最荒唐最残忍的事情。忍受五六十年的折磨、艰辛和痛苦,这一切是为了什么?难道什么都不为?还是为整个人类。可要是人类某天走向灭亡,想象一下,如果是那样,那我们的生命,我们的发展,我们的进化最后都一无所剩吗?到那时候,甚至都没有"一无所剩"这个概念,因为再没有纯粹而简单的东西!如你所说,生命只不过是地球康复期的某种形式,是吗?很好,那我们就先这么说,不过我们必须得明白这背后的意思。麻烦就在于科学,梅伊斯先生,撇开其他事情不说,科学给我们的生活造成了太多麻烦……"

"这是自然。"我叹息一声,微笑道,"因为我们还得活着……"

"可我们终究还会死去。"帕莱亚里接道。

"我明白,不过我们干嘛总是要纠结这些事情呢?"

"为什么？哦，因为我们要是不了解死亡的话，我们就不会了解生命。梅伊斯先生，指导我们行为的原则，带领我们走出迷宫的路，指引我们的光明，都必须来自那儿，来自坟墓，来自死亡！"

"黑暗尽头的光明？"

"黑暗？对你可能是黑暗，但我们要点燃一盏灯，一盏信仰之灯，燃烧纯粹的灵魂之火。若没有这盏明灯，我们在这世间就会跟瞎子一样——尽管人类已经发明了电灯。生活中有白炽灯泡确实方便许多，梅伊斯先生，可我们还需要一些能给我们心灵光明的东西，至少是能照亮死亡的东西。跟你说，梅伊斯先生，有时我会在晚上点燃一个红灯笼，我们都需要为追求知识而付出自己的努力。我的女婿特伦齐奥·帕皮亚诺现在在那不勒斯。不过他过几周就会回来，到时我邀请你参加我们的回忆。谁知道——也许我那个不被人重视的红灯笼知道——我们拭目以待吧……"

显然，安塞尔莫·帕莱亚里先生的陪伴并不那么令人愉悦，可仔细想想，我能这样直截了当地说出自己想法吗？不，这其中还是会有欺骗，因为我还希望能与这世界有更多的接触。我想起了卡瓦利尔·提图·莱恩兹。反正，安塞尔莫·帕莱亚里老人对我是没多大兴趣。只要我能安静地听他说话，他就满意了。几乎每天早上，在他长久的沐浴之后，他都会过来找我跟他一块儿散步，有时是去贾尼克罗山，有时去阿文丁山，有时去马里奥山，有时还会去较远的诺门塔诺桥。一路上，我们总是在谈论死亡。

"这个，"我嗫嚅道，"我还没真正经历死亡的时候，就已经知道了！"

偶尔我也会试图跟他谈论其他话题，但帕莱亚里似乎对其他事情都

无动于衷。走在路上的时候,他总是把帽子拿在手中,不时地上举,好似在跟经过的某个鬼魂打招呼。如果我叫他,他就会说:

"无稽之谈!"

有一次,他突然问了我一个私人问题。

"你为什么要到罗马来生活?"

我耸耸肩,答道:"我比较喜欢这个地方。"

"可这个城市总是灰蒙蒙的。"他边摇头边说,"很多人都表示惊奇,他们说这个地方似乎从来不曾有过辉煌,现代思想似乎也无法在这儿生根。这是因为,他们不明白罗马其实是一座已经死掉的城市。"

"连罗马都死了?"我假装惊讶地嚷道。

"罗马死去很久了,梅伊斯先生。相信我,再怎么努力让它复活也是无济于事。它沉浸在辉煌的过往中,所以与现实痛苦的生活没有关系。若一个城市曾经历过罗马这样的生活,若一个城市曾有这么强烈的个性,它就无法成为一个现代城市,它不可能变得跟其他城市一样。罗马静静地躺在那儿,它的心已经破碎,在坎匹多里奥山上(罗马器丘之一,在市中心,山上为罗马市政府,山前为祖国祭坛)无法动弹。新的建筑拔地而起,但它们真的属于罗马吗?梅伊斯先生,我的女儿阿德里亚娜跟我说过放在你房间里的那个圣水钵,她后来把那圣水钵拿出去了,还记得吗?前两天,那圣水钵掉到地上打碎了,只剩下一个底座。现在那圣水钵的底座就放在我的书桌上,我把它当烟灰缸用,就跟你之前一样。罗马其实也是这样,梅伊斯先生。历代教皇按照他们的方式将罗马建成一个圣水钵,我们意大利人则把它变成我们的烟灰缸。我们从意大利各地聚到这里,将我们的烟灰抖落。生活如此轻率,如此无价值,如此痛苦,它给我们的除了烟灰又还有什么呢?

第十一章 夜晚的河

帕莱亚里欣赏我的判断力,对我恭敬有加,我和这家人的关系越来越亲密,而这也让我越来越不安。我经常会隐隐地感到后悔,因为我用的是假名,因为我全身都是伪装,因为我是一个完全虚构出来的人。我想尽可能地保持距离,提醒自己我的生活跟别人的生活无关,试图让自己记得,要尽可能地避免过于亲密的关系。

"我是自由的。"我不断对自己说,"我是自由的!"但我已经开始真正明白这种自由的意思和它的限制。

比如现在,自由就意味着黄昏时分我有毋庸置疑的权利坐在窗边眺望河流,看那河水沉默地从桥下流过,看灯光和水沫相拥而舞。此情此景,会将我的思绪带到那遥远的河流源头,我想象这水一路穿过田野和草地，流过山川和平原，最终流到我面前的这座城市，然后再流经田野和草地，直到最终汇流入海。河流入海会是怎样呢？扑-通！打个哈欠，这就是自由！这就是自由！

可如果我去其他地方，会不会更好一些呢？

某些日子的黄昏，我站在隔壁房间的露台上，会看见那穿着大大裙子的小人儿，忙进忙出地为她的植物浇水。

"这就是生活。"我对自己说。看着那孩子一样的女人神情贯注地侍弄她心爱的花朵，我期待她某个时刻能抬起眼睛，望向我这边的窗台。

可她从来没有抬头看过。她知道我在那儿，但每当她一个人的时候，她就假装没有注意到我的存在。这是为什么？也许，是出于害羞？或者她心里讨厌我，因为我固执地将她看作一个小女孩儿？

"啊，这会子她把花洒放在了地上。她的活儿做完了！她站直身子，手臂扶着露台的栏杆，跟我一样望着河流的方向——也许她是为了表明，我的存在与否她根本就不在意。因为一个像她这样责任重大的女人还有许多其他重要的事情需要考虑。是的，就是这样！所以她会是那样沉思的姿势！所以她也需要一点独处的空间。"

想到这儿，我不由笑起来。不过，她很快就不见了踪影。我不禁怀疑，也许我猜错了——这是我们看到自己被忽视的本能反应。

"不过，她为什么不能这样呢？她为什么非得注意到我呢？为什么她要跟我说话？她要忍受厄运，要承受父亲的无能和愚蠢，还要遭受屈辱，那么我在这儿对她而言又意味着什么？当她父亲还在任时，她不需要把房间腾出来让外人住进去——尤其是像我这样的外人——一个眼睛歪斜戴蓝色眼镜的人！"

无论何时马车从木桥上经过，我都会被惊动。通常我会从椅子上站起来，走到窗户边，然后对着窗棂吹一口气以清醒头脑。这是我的床，这些是我的书！接着我会耸耸肩，抓起帽子戴到头上，然后走出房间，希望能在街上碰到有趣的人或事来分散我的注意力，将我暂时从这无聊的生活中解救出来。

至于走哪条路，这得由我当时受到的触动而定——有时我会选最拥挤的路，有时又会走偏僻无人的小径。记得有天晚上，我到圣·洛克教堂的广场去。那像是一场梦，一场遥远的梦，一场漫长的梦。庄严肃穆的回廊环抱广场，周围一片寂静，广场两侧两个喷泉的水声更衬托出这里的寂静。我向一个喷泉走去，感到只有它是活着的。其余的一切都像是幽灵，那寂静无垠的庄严让人感到分外压抑。

回来的时候我沿着博格·诺夫大道走，在路上遇见一个喝得烂醉的人，看他那样子，似乎从来都没清醒过。他踮着脚尖朝我走来，走到身旁时竟蹲下身来看我的脸，并用手肘小心翼翼地触碰，最后大嚷道：

"打起精神来，兄弟！来，笑一个！"

我上下打量那个家伙，他似乎根本不知道自己在做什么。他又说了一次，只不过这次特意把声音压低了些，好似在说什么秘密的事情。

"打起精神来，兄弟！让那一切都去见鬼吧！忘了就好。来，笑一个！"

说完，他就手扶着墙壁，跟跟跄跄地继续往前走。

在那样一片庄严寂静中，在那样一个时刻，那样一个醉鬼竟给我那么亲密又那么深刻的建议，我有些蒙了。我直直地站在原地，目送他离开直到他消失在黑暗中。然后，我大笑起来，尖声地大笑，苦涩地大笑。

"打起精神来！是的，兄弟！可我没办法跟你一样流连酒馆寻开心，不能跟你一样抱着酒瓶浑浑噩噩地过日子！我在酒馆从来没有找到过真正的快乐——当然其他地方也是。我亲爱的先生，我有时会到咖啡厅去，那儿有许多令人尊敬的人抽烟，谈论政治！打起精神来，你说！可是，我亲爱的先生，经常跟我去同一家咖啡馆的律师曾这么说："人的快乐只有一个先决条件，那就是我们大家由一个拥有绝对权威的国王来统治。你只不过是一个可怜的乞丐，我亲爱的先生，你对这种事情一无所知。但这仍然不失为一个事实。我这种人的麻烦在哪儿呢？为什么我们会闷闷不乐？民主，我亲爱的先生，我们要民主！我们要多数人选出来的政府！如果权力都掌握在一个人手里，那么他知道自己的职责是让大多数人满意；可要是所有人都掌握权力，那所有人想的都是满足自己。这样一来，会是什么局面呢？我亲爱的先生，最终会变成一种最愚蠢的专制——一种伪装成民主的专制！你以为我是怎么了？我感受了，就是伪装成民主的专制！咳，不说这些了，我们还是回家吧！"

不过，这注定会成为一个惊心动魄的夜晚。

我穿过托蒂诺纳区一条灯光昏暗的街道，突然听见从街边一条黑巷子里头传来隐隐约约的哭声，接着又听到一群人推搡的声响，原来是四个男人正用棍子殴打一个孤身女人。

我现在说起这些，不是为了表明我有多勇敢，只是为了告诉大家这件事给我带来了多么可怕的后果。路见不平拔刀相助，当时我选择了挺身而出，而那几个人自然也将矛头对准了我——四个彪形大汉，并且其中两个还抽出了匕首。我手上只有一根手杖，便本能地朝四周胡乱挥动手杖以阻挡来自四面八方的进攻。慌乱间，手杖的金属把手刚好打中了其中一个人的脑袋。他踉跄着后退，最后摔倒在地。而此时那个女人也正扯着喉咙叫喊，其他三个人见势不妙，决计先走为上。我的额头中间也被划了一道很深的伤口，但我真的不记得那伤是怎么来的。我的第一个想法是让那个女人安静下来，可当她看到血流满面的我，叫得比之前更大声。她从脖子上解下一块丝质手帕，试图来擦拭我的伤口。

"不要管我，谢天谢地！"我厌恶地推开她的手，"马上离开这儿……我没事！再不走，他们会把你抓起来的！"

我急忙跑向桥旁边的一个喷泉，洗去流进眼睛中的血。可这时两个警察跑了过来，他们不断盘问刚刚的打闹声是怎么回事。那个女人是个那不勒斯人，喜欢夸张地表演，她把事情添油加醋地说了一遍，并说我救了她，对我大加夸赞。两个警察坚持要我跟他们一块儿回警局，将我救人的全部过程详细记录，无论我怎么推托，他们始终不改变主意。这下麻烦大了！我的名字和地址会被警察记录下来，白纸黑字，阿德里亚诺·梅伊斯，一个救人的英雄。而我一心只想躲开人群视线，躲在黑暗中，不让人知晓。

现在我明白了，我甚至都无法光明正大地当一名英雄——除非我想暴露自己。

可话又说回来，我已经是个死人，又还有什么好怕的呢？

"梅伊斯先生，恕我冒犯，请问您是个鳏夫吗？"

一天晚上，塞尔维亚·卡博拉尔突然问我，这让我的大脑瞬间空白。当时，我正跟她还有阿德里亚娜坐在露台上闲聊。

我措手不及，尴尬地沉默了一会儿，才说："我，鳏夫？怎么会呢！你怎么这么问？"

"因为我注意到你总是摩擦左手的第三根手指，看起来那儿曾戴过一个婚戒。是吧，阿德里亚娜？"

现在你们知道女人的眼睛有多厉害了吧，至少有些女人是。但阿德里亚娜不是，她说从来没有注意到我有这个习惯。

"哦，或许这是因为你从来没有关注过这些。"钢琴教师塞尔维亚答道。

我想，我最好还是给个解释，尽管我自己完全没意识到这个习惯。只听卡博拉尔又说："几年前，我的左手中指也戴过一个戒指，可后来因为我的手指长胖以至于戒指把手指钳得太紧，我便只能让金匠把那个戒指剪开。"

"真让人心疼。"卡博拉尔叹息着说，那天晚上这个四十几岁的女人仿佛又回到了十八岁，"戒指取不下来？太紧了？那个戒指有许多美丽的回忆……"

"塞尔维亚！"小阿德里亚娜打断她。

"说说怎么了？"卡博拉尔反诘道，"我觉得，那应该是你的初恋……说说吧，梅伊斯先生，跟我们说说你的事……你真的就打算把那些事都憋在心里？"

"哦，你看，"我说，"我正在想你刚说的话，你从我揉手指就得出这样的结论，未免有点武断。据我观察，鳏夫通常还是会戴着他们的戒指，这已经是某种不成文的规定。所以我想更重要的是看妻子，而不是戒指。退伍老兵通常都为他们在战斗中赢得的勋章而感到自豪，对吗？同样的道理，鳏夫通常也会愿意戴着结婚戒指。"

"哦……"卡博拉尔又说，"显然你是想转移话题！"

"你怎么能这么说？我只是想更深入地探讨这个问题。"

"更深入地探讨？胡说！我可对这些深层次的东西不感兴趣。我只关注事物留给我的印象，或者说事物表面！"

"所以我留给你的印象就是鳏夫？"

"是的。阿德里亚娜，你怎么看？难道你不觉得梅伊斯先生看起来像鳏夫吗？"

阿德里亚娜偷偷地看了我一眼，不过她马上就垂下了眼睛。她太过害羞，无法承受任何人的注视目光。她轻轻地扯动嘴角——在我看来，还是那种既温柔又悲伤的笑——答道：

"我怎么知道鳏夫是什么样子？你可真有意思，塞尔维亚！"

她说这些话的时候肯定是想起了某些不开心的事或画面，因为她的脸突然阴沉下来，并转过头看向下面的河水。塞尔维亚自然明白个中缘由，因为她也转过头，看向底下的河。我愣了一会儿，不过当我最后留意到阿德里亚娜身上穿的黑色宽袍时，我顿时明了。是的，还有第四个人，一个看不见的人，参与了我们的谈话。特伦齐奥·帕皮亚诺，那个去了那不勒斯的男人，也是一个鳏夫。我想帕皮亚诺肯定是没有为妻子的去世而痛心疾首，但卡博拉尔却轻易觉出了我的悲凉气息。

我得说，话题突然转到这儿让我很不高兴。卡博拉尔的失言引得阿德里亚娜再次陷入姐姐过世的悲伤中，这无疑是一种惩罚。不过我又想——如果从卡博拉尔的角度来讲，这种在我看来十分冒犯人的好奇心或许是一种正常且合理的东西。大家肯定都认为我很神秘！现在既然我做不到完全一个人独处，忍不住要跟人交往，那么跟我交往的那些人肯定有权利知道他们是在和谁打交道，那我回答他们的问题也就是很有必要的了。而回答这些问题只有一个办法——欺骗。除此之外，别无他选。所以过错不在他们，而是在我。欺骗无疑会让我错上加错，但要是我无法接受这种状况，我也可以走开，再次回到我一个人沉默而孤独的世界中!

我注意到,阿德里亚娜尽管从来没有直接问过我什么问题,但卡博拉尔逼问我时她听得十分认真。我必须得说,她那种认真的样子都不仅仅是满足好奇心可以解释得通的。

有一天晚上,按照惯例,吃过晚餐后我们又在露台闲聊。卡博拉尔当时问了我一个问题,一边大笑一边跟阿德里亚娜低声说闹着什么,只听阿德里亚娜叫起来:"不行,塞尔维亚,你敢!你怎么能这样子!我会生气的!"

"听着,梅伊斯先生,"塞尔维亚说,"阿德里亚娜想知道你为什么不留胡须……"

"别相信她,梅伊斯先生,别信她!是她想知道……我没有……"

这位小个子女人急得不行,说完竟掉下泪来。

"好了,好了!"卡博拉尔试图安抚她,"哦,别哭了!我只是跟你闹着玩的!再说了,问这么一个问题又有什么关系呢?"

"关系大了——我根本没说过这样的话。你这样子对我不公平!梅伊斯先生……我们只是在讨论那些演员,是她说'是的,跟梅伊斯先生一样?鬼知道他为什么不留胡子呢?'而我只不过是重复了一遍她的话,'是呀,谁知道呢?'"

"哈,"塞尔维亚接腔道,"要是有人说'谁知道呢,'那就意味着这个人想知道……"

"可是你说在先,不是我。"阿德里亚娜急得直跺脚。

"我可以打断一下吗?"我试图调解她们两个人。

"不行!"阿德里亚娜啜嚅着说,"晚安,梅伊斯先生!"接着,她便作势要跑回自己房间。

但塞尔维亚·卡博拉尔一把将她拉住:"别傻了,阿德里亚娜……我不过是跟你开玩笑。你可还真是个暴脾气!梅伊斯先生脾气好,他不会介意的,对吧,梅伊斯先生?他肯定会告诉我们不留胡子的原因的!"

闻言,阿德里亚娜竟破涕而笑,尽管她的睫毛上还挂着泪珠。

"因为,"我小声嗫嚅道,"因为……我参加了一个秘密组织,组织成员都不允许留胡子!"

"我们才不信。"塞尔维亚说,她学我的样子说,"不过我们知道你确实是一个神秘的人。说说你自己的事吧,先生!比如,你今天下午到邮局的寄信窗口做什么呢?"

"我,在邮局?"

"是啊!你还想否认吗?大概下午四点的样子!我恰好在圣·塞尔维斯托餐厅,亲眼看到你在那儿的!"

"那肯定是我的影子,塞尔维亚。我可没到那儿去!"

"哦,你当然说没去!你当然没去!"塞尔维亚满腹狐疑地说,"秘密寄信,是吗?这是事实,你说对吧,阿德里亚娜?这位先生可从来不把信寄到家里!这是女佣跟我说的。"

阿德里亚娜在椅子上不安地挪动。她似乎不喜欢这种玩笑话。

"你别介意她说的。"阿德里亚娜安慰似的看了我一眼,代塞尔维亚跟我道歉,"别理她!"

"我在这儿没收过信,在邮局也没收过!"我答,"你刚说的是事实!确实没有人写信给我!"

"你一个朋友都没有?在这世界上一个朋友都没有?"

"一个都没有!我只能和影子做伴!我和我的影子是好朋友!我去哪儿,我就把它带到哪儿,不过我从来不会长久地在一个地方停留!"

"幸运的人儿。"塞尔维亚叹息着说,"四处旅行的感觉肯定很好。好吧,既然你不肯说其他的事情,那就请跟我们讲讲你的旅途见闻吧!"

这些令人尴尬的问题好似一个暗礁,好不容易避开之后,我连忙划动"欺骗"的大桨,以免触礁沉船。接着我再次划动"谎言大桨",一路乘风破浪,最后抵达虚妄的彼岸。

奇怪!才过了一两年的沉默生活,我竟迷恋上了这种谈话的快乐。每天晚上,我都会在露台上大讲特讲,讲我这一路上的见闻,讲我对各种人事的印象,讲我自己曾遇到过的那些事。我的脑海里竟储存了这么多的东西,这一点连我自己都很吃惊。之前埋藏在心底的记忆这时全都复活了,经过时间的打磨,说出来时还增添了许多别样色彩。两个女人听得津津有味,这让我隐约有一点后悔,后悔自己没有更好地体验当时的快乐,而这种怀旧的伤感之情让我的故事显得更加迷人。

经过几个晚上的讲述,卡博拉尔对我的态度彻底改变,同样变化的还有她的脸。因为迷醉,她那双鼓起来的眼睛此时看起来更像是洋娃娃的眼了,一张一合都好似灌了铅似的。而这种多愁善感更增加了眼睛与苍白脸庞的对比。

毫无疑问,塞尔维亚·卡博拉尔爱上了我!

这个发现让我惊讶不已,与此同时,我发现自己那些话似乎并不是讲给卡博拉尔听,而是特意为那个始终静静聆听的小姑娘而讲。阿德里亚娜似乎也明白了这一点,我们之间仿佛有了某种秘密约定,不时地会心一笑。确实没想到,我的故事竟会如此触动这个教钢琴课的老女人的心弦。

不过我必须强调,这第二个发现只是激发出我对阿德里亚娜更加纯洁的感情。这样天真脆弱的人儿,我如何能对她有非分之想呢?她那孩子气的羞涩,以及我俩之间的默契,让我兴奋不已。有时她向我投来飞快的一瞥,脸颊顿时变得绯红,更添一份娇媚;有时是同情的微笑,笑的是卡博拉尔过分的诌媚;有时又是一种默默的呼唤,一个眼神,一个动作。对于卡博拉尔而言,我的高谈阔论好似一只放飞的风筝,这风筝带着她的希望与快乐,而只要我一拉线,她的希望与快乐便也随之摆动。

"你可真是个潇洒的人。"卡博拉尔有时会这么说,"要是真如你所说——反正我是不太相信——那你简直是对生活有免疫了!"

"免疫,卡博拉尔?对什么有免疫?"

"你自己清楚得很!我是说,你这一辈子都没有真正地爱过!"

"哦,从来没有,卡博拉尔,从来没有过!"

"好吧,可那个戒指是怎么回事呢?你为什么要将它去掉?你敢说从来没有爱过谁?"

"哦,那不过是因为戒指戴久了,开始钳得手指痛。我跟你说过的!并且,那个戒指是祖父送给我的!"

"你骗人!"

"千真万确!嘿,我甚至可以告诉你时间和地点。当时是在佛罗伦萨,祖父带我到乌菲兹美术馆去。你肯定猜不到祖父为什么要给我那个戒指!那是因为我——当时我只有十二岁——我把佩鲁济罗当成了拉斐尔。就是这样,卡博拉尔!我犯了个错,然后我得到了一个戒指——那戒指是祖父在维奇奥集市的一个小摊上买的!后来我才知道,祖父认定那幅公认为是佩鲁济罗所作的画其实就是拉斐尔画的,而我刚好又这么说,所以他就奖励我一个戒指!所以他的快乐建立在我的谎言之上!"

不过你应该明白，十二岁的我的手和现在这双大手肯定是不一样的。你注意到我现在的手有多大了吧？你不可能还把一个小孩儿的戒指戴在手上，对吧？不过你说我铁石心肠，卡博拉尔，这有点言过其实了。我的心还是柔软的，只不过我缺乏常识。你知道吗，每当我看着镜子里的自己，我都觉得自己很难过，卡博拉尔，我觉得难过。'看这儿，阿德里亚诺，老伙计！'我对自己说，'你的脸长得这样难看，就不要做梦会有女人爱上你了！'"

"你怎么会有这种想法！"卡博拉尔叫起来，"你故意跟自己说那种话，是想显示你的公正吗？不，你这样做首先对我们女人就不公平。就拿我来说，梅伊斯先生，女人往往比男人更宽容大方；她们不会过多地注重外表，说到底那不过是一副皮囊而已！"

"你说得没错，不过得是十分有胆量的女人才有可能接纳我。终日对着我这样一张脸，或许是让人绝望的一件事！"

"哦，住嘴，梅伊斯先生。我知道，你是爱上这种妄自菲薄的感觉了。你根本没有你说的那么丑，而且我相信，你是故意要把自己弄得难看！"

"这个还真被你说着了。你知道我为什么会这么做吗？因为我不想被人同情！要是我稍微打扮一下，你知道其他人会怎么说吗？'看那个可怜虫！他还以为留个胡子就能挡住那张难看的脸了呢！'不过我现在把胡子都剃了，也就没这个烦恼了！我衣衫褴褛，不修边幅，但至少对自己诚实，无须伪装！我说得对吧，卡博拉尔！"

卡博拉尔长叹一声："你错了，大错特错。我先不说留络腮胡子，可要是你试着留一点胡子，那肯定也会比现在英俊得多！"

"那我的这只斜眼呢？"

"哦，好吧，既然你说到这儿来了——我本来是打算过些日子再跟你提这个的！你为什么不去做个矫正手术呢？很简单的事情！非常方便，只需要几天时间，你就能摆脱这个困扰了。"

"啊，我明白你的意思了！"我说，"女人或许比男人更大方，卡博拉尔，但我还是得指出来，你提这些建议，无非是想让我换一张全新的脸！"

我为什么要故意拖长这段谈话？难道我真的想让卡博拉尔讨论这么多我的事情，让她不顾我难看的下巴和眼睛而爱上我？不，原因不在这儿。我之所以会跟她说这么多，是因为我发现每次卡博拉尔驳倒我时，阿德里亚娜都会表现得很兴奋——也许那是无意识的。

所以我明白了，尽管我长相丑陋，这个姑娘还是有可能爱上我的。我跟自己都从没说过这么多话。不过自从那一晚之后，我身下的床似乎都变得柔软了，屋子里的一切都变得熟悉而温馨，空气更清新，天更蓝，就连阳光都更灿烂了！尽管我仍然骗自己说，这些变化是因为已故的帕斯卡尔死在了"鸡笼"庄园的水渠里；是因为我，阿德里亚诺·梅伊斯，在长达一年的漫无目的的游荡之后，终于找到了属于我的道路，实现了成为另一个人的目标。我过上了新的生活，一种让我觉得活力无穷的崭新生活。

过往的痛苦经历给我的灵魂和身体带来的折磨全都烟消云散。我好似回到了青春时期，激情满怀，活力百倍。我觉得就连安塞尔莫·帕莱亚里都没之前那么无趣了，他念叨的那些哲学思想似乎还让我觉出了一种新的快乐。

可怜的老安塞尔莫！他认为这世界上的人只应该关心两件事，但他却没意识到自己到目前为止只关注到一件！不过，到了现在，我们确实应该诚实一点！难道他没想过要过好日子吗？从没想过？

更值得同情的自然是卡博拉尔，现在就连去博格·诺瓦酒馆买醉都无法让她高兴起来！她渴望生活，可怜的人；她认为男人只注重女人外表的美丽是一件很残忍的事！所以她想象自己早已丢掉的灵魂或许是美丽的。但谁知道呢？或许她能做出许多牺牲——比如，不再喝酒——当她找到一个真正"慷慨"的男人的时候。

"若犯错是人的天性。"我想，"那么公平是否是最大的残忍？"

无论怎样，我决心不再对塞尔维亚·卡博拉尔残忍。我说"决心"是因为我的残忍并非故意为之，我做出的事越残忍，我就越于心不忍。事实证明，我的和善让卡博拉尔的热情之火烧得更旺，我们很快就到了这样一种局面——无论我说什么，她都会脸色苍白，而阿德里亚娜则是双颊绯红。

在表达内容和话题上，我确实没有深思熟虑，但我确定无论是从语气还是从表达方式来看，我的话都不至于让阿德里亚娜（我所有的话事实上都是对她说的）生气到打破我俩先前好不容易建立的默契。

在我们的外在身体仍然受困于日常的繁文缛节装腔作势时，灵魂却能通过一种神奇的媒介来找到彼此。灵魂有自己的需求和渴望，由于那些需求和渴望不可能得到满足，我们的身体也就拒绝认可它们。这也就是为什么两个灵魂相通的人独处时进行身体接触会觉得特别尴尬，甚至抗拒；即便气氛缓和下来，即便有第三个人介入。直到这种不安感消失，两个灵魂才会放松下来，继续以它们的方式交流，并隔着安全的距离相视而笑。

我和阿德里亚娜经常是这种情形，不过她的沮丧多半出于羞涩，压抑是由于天真；而我，我想那是因为悔恨，我为自己不得不欺骗而悔恨，为自己欺骗这样一个天真无邪、脆弱善良的小人儿感到悔恨！

在过去的一个月里，她在我的眼中的形象也有了很大的变化。她变得不同了，对吧？我在她偷看我的眼神中看到了某种发自内心的光芒，还有她的笑容，难道不是比之前更温柔吗？或许她觉得如今的生活有了一些盼头，所以自然而然也就更高兴了一些，同时也更尽职地扮演她家庭女主人的角色——尽管我一开始觉得这是件很荒唐的事。

是的，也许她本能地有了跟我一样的对新生活的渴望，而不曾想过新生活的模样，也不曾想要如何实现。那只是一种模糊的渴望，打开了未来的一扇窗户，而喜悦的光就从那窗户照进来。我们两个都不敢靠近那窗户，也不知道究竟是要把百叶帘拉下来还是只欣赏着外头的美丽风景。

我们这种纯粹的快乐也对塞尔维亚产生了影响。

"对了，卡博拉尔，"有天晚上我对她说，"你知道吗，我已经决定接受你的建议了。"

"什么建议？"她问。

"做眼睛矫正手术。"

闻言，卡博拉尔高兴地合起双手说："哦，这可真是个好消息。去找阿姆布罗西尼医生——他是城里最好的医生。他曾给我母亲做过白内障的手术。我说的没错吧，阿德里亚娜！镜子确实能解决这个问题！我就知道！"

阿德里亚娜微笑，我也笑了。

"不过，这可不是因为镜子。卡博拉尔，"我说，"我只是觉得确实有这个必要了。最近我的眼睛给我惹了不少麻烦。这眼睛从来没起过什么作用，但我还是不想失去它。"

我在撒谎！卡博拉尔说得没错，确实是镜子让我下了这个决心。镜子让我明白，如果一个相对简单的手术能够抹掉已故的马提亚·帕斯卡尔留下的显著特征，那阿德里亚诺·梅伊斯或许就能摘下那难看的蓝色眼镜，再留一撇胡子，然后呈现新的外貌！

可是这种快乐没有持续多久。几天以后的一个晚上，我躲在窗子后面看到了一幕场景，而这幕场景打破了我的快乐。

像往常一样，我跟那两个女人在露台上聊天一直到十点。然后我回到房间，意兴阑珊地读老安塞尔莫最喜欢的一本书——《轮回》。

突然我听到外面的露台有说话的声音，我凝神细听，想知道阿德里亚娜是否在其中。外面是两个人在说话，声音压得很低，但言语中压抑不住兴奋。据我所知，屋子里除了我也没有其他的男人，我的好奇心顿时被勾了起来。于是我走到窗户边，透过窗缝往外窥看。

尽管外头很黑，但我还是认出那个女人就是塞尔维亚·卡博拉尔，但跟她说话的那个男人又是谁呢？难道特伦齐奥·帕皮亚诺从那不勒斯回来了？

这时，卡博拉尔的声音突然拔高了一点，我听到他们原来是在谈论我。我贴近窗户，想听得更清楚一些。

不管塞尔维亚说我什么，那个男人似乎都很生气。而塞尔维亚显然是想说得婉转一点，好打消男人的怒气。

"有钱？"我听到那个男人问。

"这个我不敢肯定！"女人回道，"看起来是这样。反正他没有工作，但却总是有钱用。"

"老待在家里？"

"谁说不是呢！反正，明天你自己见见他就行了。"

卡博拉尔说"你"是用的"tu",这是意大利语中表示亲密的一种用法。所以她肯定跟这个男人很熟。难道帕皮亚诺(显然这个男人就是帕皮亚诺)是塞尔维亚·卡博拉尔的情人?如果是这样,那她这段时间为什么要表现得对我那样着迷?

我的好奇心完全被勾了起来,不过他们接下去的声音压得更低,我根本就听不清。

因为听不清他们说话,我就想用眼睛去看。突然我看到卡博拉尔把一只手搭上帕皮亚诺的肩头,但帕皮亚诺发现后很快就甩开了。卡博拉尔再开口时,声音明显带了一丝恼怒。

"我有什么办法啊?我算什么啊?我在这屋子里算什么啊?"

"快去把阿德里亚娜给我叫过来。"男人厉声命令道。

听到他以这种口气叫阿德里亚娜,我不由握紧拳头,气血上涌。

"可她在睡觉!"塞尔维亚说。

男人闻言显得很生气,威胁似地说:"那就把她从床上拉起来,快点去。"

我怒火中烧,恨不得把窗板直接扔过去。但我还是努力控制自己,让自己冷静下来;这时我又听到了塞尔维亚·卡博拉尔生气地叫嚷:

"我算什么啊?我在这屋子里究竟算什么啊?"

我从窗子旁退回来。这时我突然想到,这两个人刚才是在讨论我。

所以,我理所当然地可以探听,更何况他们现在还谈到了阿德里亚娜。我有权利知道那个人对我的态度!

我很快给自己找了一个继续探听的理由,但让我自己心惊的是,当时我对另一个人的兴趣竟多过对自己的担忧。

我又走回到窗子旁。

卡博拉尔不见了，就剩那个男人在；他的手肘撑在露台栏杆上，俯视着河水，头紧张地埋在两手之间。

我一只眼贴近窗缝，双手搭在膝头，焦急地等待阿德里亚娜过来。阿德里亚娜的动作很慢，但我并不为此气恼，相反这让我有一种很大的满足感。不知道为什么，我就是觉得阿德里亚娜会拒绝这个嚣张家伙的要求。事实上，我可以想象塞尔维亚·卡博拉尔此时正催促她，乞求她，哄骗她，让她同意到露台上来。

与此同时，那个男人站在栏杆旁很不耐烦。我希望卡博拉尔回来告诉说，阿德里亚娜不肯过来。但事实上阿德里亚娜还是来了，卡博拉尔就走在她的后面！

帕皮亚诺转过脸面朝她们两个。

"你去睡觉，"他对塞尔维亚命令到，"我有些事要跟我的小姨子谈。"

于是，卡博拉尔走了。

帕皮亚诺走过去把连接餐厅和露台的门关上。

"不要关！"阿德里亚娜用背抵住门。

"可我有话要跟你说！"男人压低声音。

"有什么话就说吧！"阿德里亚娜回道，"你想干什么？有什么话等到明天早上说不行吗？"

"不行，我现在就要说！"之间他粗暴地抓起阿德里亚娜的一只手，将她拉到露台旁。

"放开我！"阿德里亚娜尖叫一声，努力挣开帕皮亚诺的钳制。

我把窗户重重推开，让他们看到我。

"哦，梅伊斯先生，"阿德里亚娜叫道，"你能出来帮帮我吗？"

"我很乐意,阿德里亚!"我回道。

我的心因为狂喜而剧烈地跳动!一个转身便走到了走廊上。

可就在我快走到房间入口时,看到一个年轻人提着个箱子等在那里。他高高的个子,一头黄发,脸庞消瘦,睁着一双没精打采的蓝眼睛。

我吃了一惊,定定地望着他。一个念头突然闪过我的脑海:"这是帕皮亚诺的弟弟,阿德里亚娜曾跟我提过的!"我急忙走到露台上。

"我给你介绍我的姐夫,梅伊斯先生?这是特伦齐奥·帕皮亚诺!他刚从那不勒斯回来。"

"很高兴见到你!非常高兴!"那个男人叫起来,他取下帽子弯腰向我行礼,并热情地握住我的手,"不好意思这段时间我都不在家,不过我想我的小姨子应该把你照顾得很好吧?要是你房间里还需要什么,尽管跟我说……你的书桌用得还舒服吗?给你换个更大的或许会更好……要是还有其他的什么需要……总之,我们会竭尽全力让我们的客人满意的。"

"谢谢,谢谢你,"我打断他,"现在这样就很好!谢谢!"

"不用不用,或者,我还有其他的什么可以帮您……我认识一些人。哦,阿德里亚娜,亲爱的,不好意思我吵醒你了。你要是困了,就先去睡吧!"

"哦,"阿德里亚娜脸上又现出了之前的那种带着悲伤的笑,"可我现在已经起来了……"

然后,她走到栏杆旁,低头看着下面的流水。

我本能地察觉到她是不想让我和那个男人单独待在一起。她在害怕什么?

阿德里亚娜站在那里出神,而帕皮亚诺则是将帽子拿在手中,滔滔不绝地跟我谈论他在那不勒斯的经历。他说自己被逼在那儿抄了一大批文件,是一个名叫特蕾萨·拉瓦斯基艾利·菲艾思吉女公爵私人档案馆的一批文件。这个女公爵很有威望,大家都称她为"女公爵妈妈",他则称女公爵为"善良的妈妈"。帕皮亚诺说他抄的那批文档非常珍贵,里面详细记载了两西西里王国是如何灭亡的,并且对加埃塔诺·费兰吉艾利这个人有新的材料补充。费兰吉艾利是萨特里诺这个小地方的君主,伊尼亚奇奥·吉利奥·达乌莱塔侯爵正在为费兰吉艾利撰写传记,而他就是伊尼亚奇奥侯爵的秘书。

帕皮亚诺讲个没完,他似乎很得意自己的好口才,手舞足蹈眉飞色舞,时而停下以营造紧张气氛,时而吃吃地笑。

我木头似的站在那里,有时冲他点点头,但我的视线始终放在阿德里亚娜身上。

那个小人儿始终斜倚着露台栏杆,出神地望着河里的流水。

"哎,真可惜!"帕皮亚诺提高声音,像是准备结束他的讲演。"吉利奥侯爵是个亲波旁王朝的人,又是个教权主义者。可我——就是在自己家里也得低声说——我每天早晨离开家时都要对着贾尼克罗山顶那尊加里波第将军的铜像致意。

您看到了吗?在这就能看到那位反教皇英雄的铜像!我常喊——九月二十日(1870年9月20日,加里波第率兵打进罗马,教皇屈服,意大利实现统一)万岁!

可我却不得不去给这样一个人当秘书!他是个好人,这一点没错,但他偏偏又是个亲波旁王朝的人,是个教权主义者!

是的,都是为了糊口!我们总得活下去……作为一个忠诚的意大利人,有时候我真想朝他脸上吐口水——不好意思,我有些激动。但他的那些言论真让我恶心,可有什么办法呢,我得养家糊口呀。所以我还是坚持了下来!是的,都是为了糊口……"

帕皮亚诺耸耸肩,双手拍了拍屁股,做出一副无奈的表情,然后笑了起来。

"过来,过来,小姨子!"说着,他便朝阿德里亚娜走去,并将两只手轻轻搭在阿德里亚娜的肩头,"是时候休息了,对吧?时间不早了,我想梅伊斯先生应该也累了。"

阿德里亚娜跟我道别,她用手按了按我的手——这是她从没有过的。我记得当晚她离开之后,我一直双手合十,好似想把她按我手的感觉留住。

那天晚上我辗转反侧,心中满是焦虑。

帕皮亚诺虚伪地跟我客套,假装殷勤招待,殊不知我已经偷听到了他和卡博拉尔的谈话。他肯定会想办法把我赶走,然后哄骗糊涂的老丈人,做这个家的男主人。

不过他想怎样把我逼出去呢?根据我出现在露台后他态度的转变,我大概也有了一些判断。

不过我在这儿能碍他什么事呢?房子里又不止我一个租客。关于我,卡博拉尔又跟他说了些什么呢?难道他嫉妒她?或者他嫉妒其他什么人?

我想起帕皮亚诺之前趾高气扬的行事作风:他还粗鲁地把卡博拉尔赶去睡觉,留阿德里亚娜跟他独处;然后又粗暴地钳住阿德里亚娜的双手,阿德里亚娜不愿意让他关上身后的门,还有阿德里亚娜每次提到他时都明显会情绪激动——是的,这所有的事情都让我怀疑帕皮亚诺对阿德里亚娜心怀不轨。

不过，他为什么这么讨厌我呢？

再说，如果他故意给我脸色看，要我搬出去又有何难呢？这儿有什么是可以留住我的？

什么都没有。可突然间我记起了阿德里亚娜在露台上呼唤我的神情，她好似是在请求我保护她。还有她跟我道晚安时故意用力按了按我的手……

房间的百叶窗仍然是打开的，帘子也没有放下。明月初升，随着时间的推移，西移的月亮刚好挂在我的窗前。月亮看到我还没睡着，似乎是在嘲笑我。

"啊，我明白了，我懂了，伙计。可你还是没明白，对吧！哦，不，你不明白，你个浑蛋！"

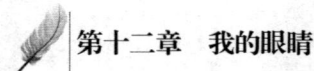 第十二章　我的眼睛

"今晚一个木偶剧团会表演俄瑞斯忒斯的悲剧。"安塞尔莫·帕莱亚里对我说，"完全自动的新式木偶戏，是种新把戏，今天晚上八点半在普雷菲迪大街五十四号上演，很值得一看，梅伊斯先生。"

说完，老人招手要我从房间里出来。

"是俄瑞斯忒斯的悲剧？"我问道。

"是的，海报上写的是达普雷斯·索夫克莱，我想也有可能是厄勒克特拉。（希腊传说中阿伽门农的女儿，其母与情夫阿奎斯托斯杀死她的父亲，后由她救出弟弟俄瑞斯忒斯，报了杀父之仇。索夫克莱是古希腊悲剧诗人。）

我突然有一个想法，假如演到高潮部分，扮演俄瑞斯忒斯的木偶要

替父报仇,这时剧场纸糊的天空突然裂开,你说这会怎么样?"

"我不知道。"我耸耸肩,说道。

"你想一下嘛,梅伊斯先生。俄瑞斯忒斯肯定会被突然出现在天空的洞吓得目瞪口呆。"

"为什么?"

"你让我说完……俄瑞斯忒斯一心想要报仇,他急切地要用仇人的血祭奠父亲,这时天空出现一个大洞。他肯定会抬眼望向天空,而所有的罪恶也都会在舞台上一览无余。他会崩溃。换言之,俄瑞斯忒斯会成为哈姆雷特。一部是古典戏剧,一部是现代戏剧,我敢这么跟你说,梅伊斯先生,它们之间唯一的不同就在于这纸糊的天空!"

说完,安塞尔莫就趿拉着鞋走了。

老安塞尔莫总是这样,他经常会生出许多奇怪的想法,好似那些想法是从云雾弥漫的峰顶而来。那些想法的来由,动机,彼此的关联仍然留在峰顶,而峰顶下面的人通常都不明白他的意思。不过这次他却把我说愣了。

"幸运的木偶。"我叹息道,"木偶头上纸糊的天空很少会被撕裂,即便裂开,也能用胶水再次粘上。它们没有焦虑,没有困惑,没有束缚,没有踌躇,没有悲伤。它们只需安静地坐在那儿,怡然自得地演出,彼此爱护彼此欣赏,从不慌张,从不失去理智。因为它们的角色和行为动作都已经设置好,是跟头顶的蓝色天空相匹配的。

"可这些木偶的原型呢,我亲爱的安塞尔莫先生,你知道是谁吗?就是你那宝贝的女婿,特伦齐奥·帕皮亚诺。还有谁比他更满意那个纸糊的天空呢?上帝给他舒适安静的居所,做成头顶的天空。这个上帝是制造箴言的上帝,是宽宏大量的上帝,他随时准备睁一只眼闭一只眼,随时准备高抬贵手饶恕别人,这个上帝对任何把戏都会睡眼惺忪地说:'自助者天助'。

"你的宝贝女婿特伦齐奥·帕皮亚诺先生当然会自助,我亲爱的安塞尔莫!生活对他而言,不过是一个又一个的急转弯。他事事都要过问——他是这样地有进取心,激情澎湃,充满力量!"

帕皮亚诺已经年过四十,他身材高大,四肢发达,略微有些秃顶,浓密的络腮胡间或有几根白胡子。他还有一双灰色的眼睛,眼神锐利,喜欢看来看去,就跟他的手老是不得安生喜欢动来动去一样。他那双眼睛什么都能看穿!他的手指什么都要碰触一下!比如他明明是在跟我说话,却总是能看到在他身后正在收拾屋子的阿德里亚娜,当阿德里亚娜费力地把家具移回原处时,他总是能知道。

"不好意思!"他会突然来一句,然后跑到阿德里亚娜身旁,从她手上接过东西。

"嘿,姑娘,这是我们男人做的事,知道吗?"

然后他就会将家具推回原处,然后拍拍身上的灰尘,再快速走回到我这边。

又或者他那患有癫痫的弟弟发作时,他总是能注意到。他会快速跑到弟弟旁边,轻拍他的脸颊,抬高鼻子,一边打他的脸一边大叫,"西皮奥内,西皮奥内!"直到弟弟恢复正常。

要不是知道他弟弟那么虚弱那么可怜,看到这一幕该多么有趣啊。这一点帕皮亚诺也意识到了,至少他有所怀疑。

他总是梅伊斯先生前梅伊斯先生后地叫着,表面上看对我礼遇有加。可谁知道他心里打什么坏主意呢,无论他对我说什么话,问什么问题,我都觉得是他给我下的套;与此同时,我又不能把这些表现出来,以免让他更不信任我。但我得说,我真的很讨厌他那些状似关心的询问,他就是想探知我的真实情绪。

我对他的厌恶还有两个原因。一个是——我从来没做错任何事,我从未伤害过谁,但我总是被迫要处于防卫的状态,好似我是个潜逃的罪犯。还有一个原因是——我不想承认——哪怕是对自己——我的克制其实让我的内心更添憎恨。我只能在心里咒骂:"你个笨蛋!大不了自己收拾东西离开这儿!为什么还要忍受这个讨人厌的家伙呢?"

可是这招没用,我没有离开。我也不能离开——我知道我永远都无法离开。

我不愿意承认我爱上了阿德里亚娜,内心的挣扎让我无法理智地考虑这种感情可能带给我的结果。所以我就这么一天天地挨着,尽管我表面上还是装作若无其事,见谁都是一张笑脸,但内心满是困惑,烦躁,不安,沮丧。

那天晚上我躲在百叶窗后面听到的话始终是我心里的一个疙瘩,但我又没办法解开它。一开始卡博拉尔跟帕皮亚诺说那些话,以至于帕皮亚诺对我的印象很不好,但在我们第一次见面之后他似乎对我的印象就好了。他殷勤地问我问题,没错,这对我而言确实是个折磨,不过这也不能证明他是故意想拆穿我的伪装,逼我出去呀。相反,他还总是做很多事情让我在这儿住得更舒服。那么,他居心何在?自打他回来,阿德里亚娜就变得跟以前一样闷闷不乐,对我也是冷冰冰的,很是疏远。有其他人在场时,塞尔维亚·卡博拉尔还是称帕皮亚诺为"您",但帕皮亚诺却是用的"你"字,有时也叫她雷亚·塞尔维亚。我不太能理解帕皮亚诺对待女人的态度——带有某种戏谑的亲密。当然卡博拉尔这个酒鬼确实也不值得如何尊重,不过她也不应该被一个完全不相干的男人这样轻视呀。"

一天晚上,月明如昼,我透过窗户看到卡博拉尔一个人坐在露台上,神情忧郁。自从帕皮亚诺回来之后,我、阿德里亚娜还有她鲜少再在露台上碰面,更不用说似从前那样谈天说地,因为帕皮亚诺肯定会插进来讲个不停。这个时候我要是突然走过去,她会是什么反应呢?我决心要和她谈一谈。

我跟往常一样走出房间,看到帕皮亚诺的弟弟还是蜷缩在过道上的那个大箱子旁。他是自己喜欢这样子,还是有人特意安排他来监视我呢?

走到露台,我看到塞尔维亚·卡博拉尔在痛哭。一开始她不愿意跟我说话,只是借口说自己头疼得厉害。但她后来又突然间改变了主意,转过头看着我,并拉住我的一只手问:

"我们是真正的朋友吗?"

"如果您能看得起我,那我们自然是朋友了。"我欠身答道。

"哦不,别跟我说这些好听的客套话,梅伊斯先生。此时此刻我需要一个朋友,一个真正的朋友。你应该能明白,因为你跟我一样孤独……当然,你是男人,男人和女人不一样……哦,梅伊斯先生,要是你能明白就好了!"

说着,她咬住了手中的手帕,不让自己哭出声;但这于事无补,于是她生气地将手帕撕成条。

"一个女人,一个丑陋的女人,一个老女人!"她叫道,"说的就是我!我的厄运永远不会结束。我还有什么理由活在这世界上?"

"事情有这么坏吗?"我试图安慰她,"别这么沮丧,塞尔维亚。你怎么会这么想呢?"

"因为……"她叫道，但突然又止住了话头，没再往下说。

"请你告诉我，"我鼓励她，"如果我这个朋友有什么地方能帮到你的话……"

闻言后她用撕烂的手帕抹眼泪，然后说，"我真觉得死了的好！"她呜咽着说，言语中的悲痛让我动容。我永远都无法忘记她说这话时的痛苦表情，也不能忘记她那被黑色头发掩住的颤抖的下巴。

"可我甚至连死都死不了。"她又说，"哦，不，梅伊斯先生，你能为我做什么？什么都做不了！谁也帮不了我。顶多说几句安慰的话，施舍我一点同情！顶多就这样。我孤零零地活在这世界上，并且我还必须得忍受……你可能也注意到了！但他们根本没有权利那么对我，你知道的！他们没有权利这么做！我不要靠他们的施舍过活……"

然后，塞尔维亚·卡博拉尔跟我讲了那六千里拉的事。这个我之前提到过，那六千里拉是帕皮亚诺连哄带骗从她那儿弄走的。

这个女人的个人麻烦已经很是戏剧化，但这还不是我知道的全部。我承认，我的确是趁她当时神志不清醒套了她的话——也许是她晚餐时喝多了酒。我鼓起勇气问了她一个问题：

"但你为什么要冒险把钱给他呢，塞尔维亚？"

"为什么？"只见她握紧拳头，"因为我想让他看看！我比他更卑鄙！我想让他明白，我知道他想从我这儿得到什么！当时他妻子还活着！"

"啊，我明白了……"

"你想想，"卡博拉尔打起精神，继续道，"可怜的丽塔……"

"他妻子叫丽塔？"

"是的，丽塔，阿德里亚娜的姐姐。她在床上整整躺了两天，命垂一线……你能想象我当时……哎,反正他们都知道我是怎么做的了。阿德里亚娜也知道,这也是她这么喜欢我的原因,那个可怜的人儿是真的喜欢我!我还有什么可留恋的呢?哦,我甚至得放弃我的钢琴,因为……哎,你都知道的,这所有事情……哦,这不仅因为我是一个老师!钢琴就是我的全部。我在音乐学校念书时还能自己写歌。从学校毕业之后,我写了不少的曲子。后来我有了钢琴,我还能谱曲,哦,那不是为了公开演奏,只是弹给我自己听……我能安静地坐在那儿,沉浸在音乐的世界里,有时都到了废寝忘食的地步。我也不知道那是什么,好似它是从灵魂里出来的,我承受不住,我几乎要眩晕了……我成了钢琴的一部分,它也成了我的一部分,所以我几乎感觉不到自己的手指在触碰琴键。那是我内心的哭泣和哀伤。哦,这个你自有判断。一天晚上,一群人聚集到我的窗子下面——当时只有我跟母亲在家,我们住在二楼——那些人为我鼓掌,激动得手舞足蹈,他们鼓掌,他们跳跃……而我,被吓住了!"

"亲爱的塞尔维亚,"我试图安慰她,"要是你需要的只是钢琴,那我们也可以租一台,不是吗?我想听你演奏,如果你愿意为我弹奏一曲的话……"

"不!"她打断我的话,"我现在还能弹什么?都结束了……或许我还能敲出一首最常见的曲子,但也仅此而已。"

"帕皮亚诺难道没有承诺要让你有所回报吗?"我再次问起,把话题拉回我最关心的问题上来。

"那个人?"塞尔维亚诅咒似地叫起来,"谁能对他抱有期待?首先,我从没问过他这笔钱。不过他现在嘴上说要把钱还给我。哦,是的,现在他会把钱还回来的。假如……假如我帮他……没错,就是这样!他想让我帮他——这个忙只有我能帮他。你知道吗?他的脸皮真的够厚,真的能开口求我这件事。"

"什么事?你怎样帮他?"

"他又在打一个坏主意。难道你不知道吗……我想你肯定能猜到的……"

"阿德里亚娜……帕莱亚里小姐……"我喘着粗气问道。

"没错!他要我帮他撮合!我……"

"撮合他们两个在一块儿,让阿德里亚娜嫁给他?"

"还能有其他的什么吗?还有,你知道这一切是为了什么吗?因为那个可怜的姑娘能得到一笔一万五千里拉的嫁妆——那本来是她姐姐的嫁妆,按照约定,那笔钱在她姐姐死后又立刻回到了安塞尔莫·帕莱亚里手上——因为丽塔死的时候未留下一儿半女。我不知道他拿我的那笔钱去做了什么,不过他现在说要我给他一年时间,他会把那些钱还给我。所以他就想……嘘,阿德里亚娜来了……"

阿德里亚娜比以前更沉默寡言,疏远而害羞,她走到我们跟前,对我微微点头,然后双手环抱住卡博拉尔的腰。刚听卡博拉尔说了那些话,知道她正想办法把阿德里亚娜推到帕皮亚诺那个浑蛋身边,又看到阿德里亚娜对她如此顺从而依赖,我不由怒从中来。但我没有时间去理会这种情绪。没过多久,帕皮亚诺的弟弟就跟幽灵一样走近我们,他是突然出现在露台上的。

"他在这儿!"塞尔维亚对阿德里亚娜努一努嘴。

小阿德里亚娜半闭着眼睛,她的嘴角泛起一抹苦笑。然后她生气地推了推脑袋,转身往屋子里走去:

"晚安,梅伊斯先生,"她对我说,"我得走了!"

"他在监视她。"卡博拉尔一边对着帕皮亚诺弟弟所在的方向点头,一边跟我低声说。

"但帕莱亚里小姐在害怕什么呢?"我情不自禁地问道,心中更添烦躁和不安,"难道她不明白这样子只会让帕皮亚诺更肆无忌惮吗?我能跟你说句实话吗,塞尔维亚?我最羡慕并欣赏那种热爱生活并游戏生活的人。如果非得让我在欺负他人和受人欺负中做个选择,那么,我会选择做欺负人的那个人!"

卡博拉尔注意到了我说这话的愤怒情绪,她对我的回答也添了一份讽刺的意味:

"哦,那你为什么不反抗呢?"

"我?"

"是的,说的就是你!"她反诘道,眼神里满是对我的讽刺。

"我跟这一切有什么关系?"我回道,"我只有一种反抗的方式,那就是收拾东西搬出去!"

"那么,"卡博拉尔耸耸肩,道,"阿德里亚娜可不想让你搬出去!"

"她不想我搬出去?"

卡博拉尔挥舞手中的手帕,然后揉成一个团,圈住自己的大拇指:"你难道看不出来吗?"

我耸耸肩说:"那个,我……我要去吃晚餐了!"说完,我转身就走,留她一个人站在原地。

我想趁热打铁,于是当天晚上我在西皮奥内·帕皮亚诺歇息的木箱前站定。

"打扰一下,"我说,"你能到其他地儿坐着吗?你挡着我路了!"

西皮奥内一脸茫然地看着我,他似乎并不觉得尴尬。

"你听到我的话了吗?"说着,我摇了摇他的手臂。

可西皮奥内一动不动,石头一样坐在那儿。这时,走廊尽头的一扇门打开了。是阿德里亚娜。

"我在想,"我说,"你们不能让这个可怜的小伙子换个地方坐着吗?"

"他有病。"阿德里亚娜回道,她想尽量缓和气氛。

"但还是可以换个地方呀。"我反驳道,"这儿的空气不好,另外……他老喜欢坐在箱子上!我能跟你姐夫谈谈这事儿吗?"

"不行,不行。"阿德里亚娜连忙拒绝,"我自己去跟他说这事儿!"

"嗯,那是最好了。"我补充道,"我可不想有人整天守在我门口,跟监视我似的。"

从那一刻起,事情开始失控——我开始利用阿德里亚娜的胆怯逼迫她妥协,不去管后果,完全按照感觉行事。哦,那个可怜的小主妇!一开始她不知道怎么办,希望和恐惧同时在她心里生根。她还不敢完全信任我,并且我的突然改变让她手足无措;与此同时她又意识到她的恐惧源于心底那秘密甚至是无意识地希望——她不想失去我。而现在我以这种方式对待她,强化她内心的渴望,不让她向心中的恐惧妥协。另外一方面,她的脆弱和矜持又让我头脑混乱,同时也让我坚定了跟帕皮亚诺斗争的决心,为了她,我可以和任何一个人作战。

我故意赶西皮奥内走,本是想着帕皮亚诺第二天早上会直接来挑衅我。但我猜错了!帕皮亚诺竟然让步了。他听到这件事后,马上就把弟弟从我门前转移,而且移得很远,并且还当着我的面挖苦阿德里亚娜。

"你可不能怪我的小姨子。梅伊斯先生。只要有陌生人在,她就害羞得跟个小尼姑似的!"

帕皮亚诺的忍让出乎我的意料之外。他这样做,目的何在呢?

一天晚上,我看到他带了一个人回来。那个人拄着拐杖,走路的时候拐杖把地板敲得叮咚响,好似他穿的是毛毡靴,所以想通过这种方式来确定他的双腿还是好的。

"你的亲戚在哪儿呢?"帕皮亚诺大声叫着,他讲的是都灵方言。帕皮亚诺戴着一顶大檐帽,帽子压得很低,连眉毛都遮住了。他看起来眼神迷朦,肯定是喝了很多的酒。叫嚷的时候,他仍叼着烟斗,而那烟斗把他的红鼻子烤得更红了,简直比卡博拉尔的鼻子还要红。

"你的亲戚在哪儿呢?"

"啊,他在这儿。"帕皮亚诺指着我所在的方向说。然后他转向我,说,"给你一个惊喜,阿德里亚诺!我来介绍,这是弗朗西斯科·梅伊斯,是你的亲戚,他来自都灵!"

"我的亲戚?"我惊讶地嚷道。

帕皮亚诺显然已经喝得烂醉,这会儿连眼睛都睁不开了。他像熊一样举起手,站在那儿,等我过去。

我愣了一瞬,定在原地,只是直直地望着他。

"你在开什么玩笑?"过了一会儿,我问道。

"玩笑?你怎么说这是玩笑呢?"帕皮亚诺答道,"弗朗西斯科·梅伊斯先生说你跟他是……"

"表兄弟。"不速之客插进来,"所有姓梅伊斯的人都来自同一个大家庭!"

"不好意思,我以前从来没有见过你!"我回道。

"可我是特意来找你的！"那个男人叫起来。

"梅伊斯？来自都灵？"我假装在回想，"可我不是都灵来的！"

"怎么回事？"这时，帕皮亚诺插了进来，"你不是跟我说，十岁之前都住在都灵的吗？"

"那肯定没错。"不速之客又插了进来，"表兄弟，表兄弟！他现在的名字叫……"

"帕皮亚诺——特伦齐奥·帕皮亚诺！"

"哦，是的，特伦齐奥！特伦齐奥跟我说你父亲曾去过美洲！这意味着什么呢？这就是说你是托尼叔叔的儿子，巴尔巴·安托尼，没错！我叔叔曾到美洲去过，所以我们是表兄弟！"

"可我父亲叫帕奥诺！"

"安托尼！"

"错了，是帕奥诺，帕奥诺！难道你比我还清楚吗？"

男人耸耸肩，嘴角扬起一抹意味深长的笑容，同时用手摸着自己下巴上的白胡须。

"我想应该是安托尼奥。不过也可能是你说得对。这个我不敢跟你争，因为我未曾亲自见过他！"

那个家伙比我占优势，这点我很清楚，不过他似乎对我俩是表兄弟这件事很高兴。他后来告诉我，他父亲也叫弗朗西斯科，是安托尼奥的兄弟——或者说是帕奥诺的兄弟——他也曾从都灵出发去到美国，当时小弗朗西斯科·梅伊斯才只有七岁。他说自己一直离乡背井，在政府部门当一个小公务员，所以跟父亲和母亲这边的亲戚都不太熟悉，不过我跟他是表兄弟——这点毫无疑问。

"可你肯定知道你祖父是谁吧？"我故意问道。

他回答说知道祖父是谁,但记不清是在帕维亚还是在皮亚琴扎。

"哦,真的吗?那他长什么模样?"

"模样?这个,我也不好说。那已经是三十多年前的事了。"

他看起来不像是在撒谎。我想他很可能是个用酒精来麻醉自己以逃避贫穷和孤独的可怜虫。他站在那儿,头低垂,双眼紧闭,无论我说什么都随声附和。就算我跟他说我们曾上过同一个学校,并且我曾打过他一顿,只要我说我们是表兄弟,他也就通通认了这些事情。但在我们是表兄弟这件事情上,他却丝毫不肯让步。所以我们就这样成了表兄弟。

突然间我瞥了帕皮亚诺一眼,我看到他脸上的那种表情,突然就不想这么开玩笑下去了。我跟那个酒鬼道别,并用眼神告诉帕皮亚诺,我不会这么轻易就被他耍倒的。

"你能告诉我,"我问,"是从哪儿找来这个疯狂的笨蛋的?"

"哦,不好意思,"帕皮亚诺回道(我必须得承认他是一个很有智谋的人),"我知道把他带回来您可能不太高兴……"

"恰好相反,你对这事可高兴得很呢,对吧!"我嚷道。

"不,我的意思是……我误以为您见到他会很高兴。不过请您相信我,这完全是巧合。我还是把事情的原委都告诉您吧。今天早上我替侯爵先生跑税务办公室,正办事的时候,突然听到有人叫:'梅伊斯先生!梅伊斯先生!'于是我转头去看,心想那可能是你。我以为你也是要到那儿办事,那我兴许还能帮上你的忙——还是那句话,您有什么事尽管开口。可我回过头一看,那并不是你,而是你说的这个'疯狂的笨蛋'。出于好奇心,我便走上前去,问他是不是真的姓梅伊斯,还问了他是哪儿人,因为我家里刚好也住了一位梅伊斯先生!然后他就说你是他的表亲,并坚持要跟我一起回家来见见你。整件事就是这样。"

"在税务局?"

"没错。他在那儿工作,是一名助理收纳员还是什么的。"

我该相信他的话吗?我决定亲自去调查一番。

事实证明,帕皮亚诺没说假话。

还有一个事实——帕皮亚诺在打听我的消息。在我想跟他正面干一场的时候,他却暗中调查我过去的事情,这无异于从后面插我一刀。我深知帕皮亚诺是怎样的人,如果让他继续调查下去,那早晚会找到线索;到时候他就会顺藤摸瓜,发现在米拉格诺水渠里自杀的那个人并非马提亚·帕斯卡尔,而真正的帕斯卡尔就住在他家里。

想到这儿,我内心一阵惶恐。几天后,我正在房间里看书,突然听到走廊里传来一个声音,那声音仿佛是从另一个世界传来的,但我听得还是很清楚。

"也许我得谢谢上帝,西格诺尔,我终于甩掉了她!"

是那个西班牙人!那个身材矮小却留一脸大胡子的西班牙人,他从蒙特卡洛一直追我到奈斯,后来我跟他吵了一架,因为我不愿意跟他合作。天啊,被他找到了!该死的帕皮亚诺终于找到破绽了!

我跳起身,双手抓住桌子一角,以免被这突如其来的惊恐击倒。我整个人都愣住了,膝盖打颤,心里盘算着只要帕皮亚诺和西班牙人(我知道那肯定是他,我记得他的声音和他的烂西班牙式意大利语)推门进来,我立马就从走廊逃出去。可是,真的要逃跑吗?首先,假设帕皮亚诺进来时已经问过仆人我是否在家呢?那我这样子离开,会让他怎么想?其次……现在,我还是得冷静下来,好好想个办法。他们知道我叫阿德里亚诺·梅伊斯。但那个西班牙人还知道我的其他事情吗?他曾在蒙特卡洛见过我。我得仔细回想一下,之前有没有跟任何人提起过我的真名叫马提亚·帕斯卡尔？也许有，只是我不记得了……

当时我刚好是站在一面镜子前，这似乎是冥冥中有人安排的。我看着镜子里的自己。啊，是的，我的那只斜眼！那该死的斜眼！就凭这个，他肯定会认出我来！但帕皮亚诺究竟是怎么发现我曾在蒙特卡洛赌博过呢？这是最让我惊讶的事情。那么，现在我又能怎么做？显然，我什么都做不了！我只能等待，等待接下来发生的事情。

可是，接下来什么都没有发生。

尽管当天晚上帕皮亚诺跟我解释了整件事情，向我证明他并非故意追踪我，并且一切都只是巧合，但我还是惊魂未定。我只能说命运再一次青睐了我，那个西班牙人很可能已经忘了我的存在。

据帕皮亚诺后来跟我说，我才知道那个西班牙人原来是个职业赌徒，所以在蒙特卡洛碰见他是在所难免的。但怎么我到了罗马还是能遇见他呢？或者更准确地说，他刚好走进我住的房子呢！当然，要是我问心无愧，这种古怪的巧合倒也对我没有多大影响；可是，我们究竟有多大机会和同一个人在不同地方不期而遇？不管怎么说，他来到罗马并且跟帕皮亚诺到家里来肯定是有原因的。我错了，我错在剃光胡子，还改了名字。

约莫二十年前，吉利奥·达乌莱塔侯爵——帕皮亚诺就是给他当秘书——将独生女儿嫁给唐恩·安东尼奥·潘托加达，后者是西班牙驻教廷大使馆的一名官员。婚后不久，警察在一家赌场抓了潘托加达和其他几名罗马贵族，之后他便被召回马德里。他在马德里定居，可后来又干了些不光彩的事，被逼离开外交界。从此之后，达乌莱塔侯爵再也不得安宁，他不得不给这个烂赌成性的女婿寄钱让他还赌债。四年前，潘托加达的妻子去世，留下一个十来岁的女儿。侯爵决定把外孙女接到自己身边，因为他知道，如果他不照顾外孙女，那她不晓得会沦落到什么境地。潘托加达原本不想让侯爵将女儿带走，但后来由于急需一笔钱，他也不得不让步。而现在，他不断威胁老丈人说要把自己女儿接走，事实上他这次来罗马就是为了这事。说穿了，他就是想趁机敲诈一笔钱。他很清楚，侯爵不会让心爱的外孙女帕皮塔落到他的手上，所以肯定会同意他的条件。

帕皮亚诺对这种敲诈行为表现得义愤填膺，我看得出他确实对此很反感。他的良心让他深恶痛绝别人做的坏事，但他自己却可以心安理得地对老丈人帕莱亚里做出同样坏的事情来。

不过，吉利奥侯爵并没有想象中那么好说话。显然潘托加达要在罗马逗留一段时日了，自然也会经常来拜访特伦齐奥·帕皮亚诺。那我迟早都会跟他碰上的，我该怎么应对？

我再次看向镜子。我看见的是已故的马提亚·帕斯卡尔的脸，他正用他那歪斜的眼睛透过米拉格诺水渠盯着我，好似在对我说：

"你可真是一团糟，阿德里亚诺·梅伊斯！现在，请你诚实一点！说出事实真相！你害怕特伦齐奥·帕皮亚诺，你还想把过错推到我头上——再一次推到我头上——只是因为我曾在奈斯跟一个西班牙人有过小小争执。哦，被我说中了，对吧？这点你一直都知道。你认为你可以把我的痕迹都从你脸上抹去吗？去做吧，我亲爱的梅伊斯先生。听从塞尔维亚·卡博拉尔小姐的建议！给阿姆布罗西尼医生打电话，把歪斜的眼睛矫正过来……然后，然后你就能看见了……"

第十三章 红灯笼

整整四十天,我生活在黑暗的世界中。

手术成功了。哦,我得说,手术相当成功。尽管其中一只眼睛比另一只要大点。

我在黑暗中渡过了四十天时间。

我现在知道了,当一个人处于痛苦中时,他对于善与恶便会有其独特的看法。关于善,他会认为人们应当善待他,并且他觉得自己有权享受,把这看作所受折磨的一种补偿;另外,他会觉得自己可以对别人恶,好似这是受难者的特权。因此,这样一个人会认为其他人有义务对他好,而自己则可以理所当然地对别人不好。

在黑暗中囚禁了一星期之后,希望得到别人的安慰,或者说需要别人安慰的愿望特别强烈。我知道,我住在别人家里,所以应当感激主人家对我的照顾。可我还是觉得他们对我关心得不够,甚至有时会让我生气,我觉得他们好似对我有敌意似的。但事实上他们非常地关心我,这一点从他们对我殷勤的探看就能知道。阿德里亚娜总是安慰我说,她陪着我,她会一直陪着我。这对我无疑是很大的安慰!如果情况反过来,我会这么无微不至地照顾她吗?只有她能安慰我,这是她的责任!她肯定比其他任何人都更明白我有多无聊,多孤独,多么想见她——至少是想感觉她在我身边!

处于手术恢复期的我本就神经敏感,而当我知道潘托加达几乎是马上就离开罗马的消息时,我顿时火冒三丈。难道是我愿意受这样的折磨,整整四十天关在这比监狱还让人难受的地方吗?要是我知道那个笨蛋这么快就会离开,那我何必再受这样的罪!

为了让我高兴一点儿,老安塞尔莫·帕莱亚里试图让我明白,大多数的黑暗不过是我自己想象出来的。

"想象?"我暴跳如雷,"你竟然说这不过是想象,也真亏你想得出来!"

"少安毋躁,你听我慢慢跟你说!"

为了让我的精神平和下来,他开始跟我讲他的哲学,那是一种似是而非的哲学,或者我们可以称为"灯笼哲学"。

他讲着讲着,经常会停下来问我:

"你睡着了吗,梅伊斯先生?"

有时候我会忍不住讥讽地回答:"是的,感谢上帝!"

不过这样一来我也确实知道了他是真心想帮我,他想帮我打发一点儿时间。所以,大多数时候我还是回答说:

"没呢，我亲爱的帕莱亚里先生。我在听你说！真是受益良多！您请继续！"

接着，他便继续往下讲。

"我们人呀，跟树木不一样，树木有生命，但它感觉不到大地、阳光、空气、雨水、风、雪的存在，这些东西对它不过是有益或有害而已，你明白我的意思吗？我们人类一来到这个世界，就拥有了一项令人遗憾的特权——我们可以感知到自己的存在，随之而来的就会有许多幻想，也就是把我们内心对于生的观念当作我们的身外之物，而这种对待生活的观念会随时间和环境或者意外事件的发生而不断变化。

"这种关于生的观念就相当于一盏灯笼，我们每个人的心里都点着这样一盏灯笼。这盏灯笼让我们看到迷途者，让我们看清善恶；这盏灯笼在我们周围形成一个光圈，越过这个光圈便只剩黑暗。假如我们心中没有这盏灯笼，黑暗也就不会存在，只要我们心中还有光闪烁，我们就得相信那是真的黑暗。那好，想象我们的灯笼现在熄灭了，那想象中的黑暗便会将我们全部吞噬，对吗？在幻想的阴天之后，剩下的便是永恒的黑夜！但这真的是永恒黑夜吗？或者说我们只是更加靠近了本质，触碰到了形式不确定的理性？你睡着了吗，梅伊斯先生？"

"你继续说，亲爱的帕莱亚里先生！我清醒得很呢！我几乎都能看到你说的那些灯笼了！"

"那很好，不过因为您有一只眼睛正在忍受痛苦，我们还是别太深入地探究哲学问题了。就让我们把那些变幻莫测的灯笼看成萤火虫，在命运的旅途中，萤火虫有时也会迷路。首先，萤火虫有着斑斓的色彩——幻想像是彩色眼镜，我们透过它看这个世界。不过，我个人认为，梅伊斯先生，在历史的特定阶段，以及我们个人人生的特定阶段，某些颜色会占据支配地位,你觉得呢?特定的阶段,总会有某种偏见或者某种思考方式占主导地位,而真理、美德、美丽、光荣等事物会闪烁出不同的颜色。比如说,你不觉得异教的道德灯笼是红色的,而基督教道德的灯笼是让人感到压抑的紫罗兰色吗?在某些根本问题上,集体感情会强化一种共同思想,但这种集体感情,这种共识一旦遭到破坏,外界事物以及抽象名词本身依然会存在,但是内层的火焰,思想的火焰会开始破裂,这一点贯穿生命的任何一个时期。历史从来不缺狂风暴雨,有时一场风暴便会将真理的火炬同时浇灭!时间的力量很强大,非常强大!现在全世界都处在黑暗中,我们每个人的灯笼都毫无方向地转着,有的向前,有的退后,有的转弯——十个二十个甚至上百个灯笼互相碰撞,推挤,可是却找不到通往真理的路。它们争执不休,最后只能一哄而散。于是,惊慌、混乱、专制、困惑随之而来!

"梅伊斯先生,我现在觉得,我们自己就是在这样一个转换期。疑惑、混乱、心情复杂。所有火炬都已经熄灭!所有灯塔都不再闪亮!我们的方向在哪儿?我们要走哪条路?也许应该后退?我们是否应该向那些伟大的逝者寻找答案?说到这儿,我想起尼可洛·托马赛奥(1802~1874年,作家,诗人。1848年参加反奥地利统治的斗争,威尼托共和国成员,但后来反对加富尔等人的斗争,文学上也持较落后观点)的一首诗:

我的光芒很弱很弱,
不像太阳,普天光照,
也不像火焰,浓烟扶摇;
我的光不劈啪作响,也不必加燃料,

但它射向天空,
它使我头顶的天空光芒永照。
它永远照耀我,即使我被埋葬,
它始终在那儿,无论狂风暴雨,
岁月流逝,它不会变老;
未来的人在流浪,
他们的灯已经熄灭,
他们将取我的光点灯。

"托马赛奥是一位优秀诗人,尽管他有些文过饰非——也许他的那盏灯笼光芒不强,不足以点燃世界,但他仍然照亮了某些人的生活。怎样都好,只要你自己的那盏灯笼得到了足够的油料就行!可是,梅伊斯先生,许多人都没能做到!许多人的灯笼油料都不够!那他们该怎么办呢?

"他们中有些人会到教堂去,对吗?想多获取一些油料,期许能在这世界上多活些时日——大多数都是些可怜的老人,他们生活不幸,只能跌跌撞撞地在生活的路上摸索前进,而信仰就如同还愿的蜡烛,照亮他们崎岖的道路。他们小心翼翼地保护着自己的那盏灯笼,祈祷那灯芯永远都不要熄灭,直到尽头。他们不再听周围的喧嚣骚动,他们只关心手中微弱的亮光,一遍一遍告诉自己,这亮光足以引来上帝的关注。

"梅伊斯先生,那微弱摇摆的亮光会让我们中的许多人痛苦,尽管其他有些人认为自己得到了科学的闪电,认为这种闪电能代替灯笼——对这种人我不无同情。梅伊斯先生,那么我就要问了——这些黑暗,这种哲学家几百年来都未解决的谜团——尽管现在大家已经不再去研究它——但科学就能否定它的存在吗？这无边的黑暗难道不是一个骗局，一种没有色彩的幻想吗？就算我们能说服自己，所有这些未解之谜都只存在我们的心中，可我说的那个灯笼，也就是对生命的感觉，难道不是一种不幸的特权吗？总而言之，如果让我们恐惧的死亡并不存在，那么最终它会被证明是吹熄我们生命灯笼的风，结束生命的忧伤、痛苦、恐惧，而并非生命的停止。我们之所以会恐惧，是因为它是受限的，是被那想象出来的黑暗包围的，灯笼的光从哪儿亮起也就会在哪儿熄灭。在这黑暗中，我们就如同迷路的萤火虫，绝望地追寻任何一道亮光，想用它来驱散阴霾和黑暗。可我们已经同这世界切断联系，终有一天，我们会'尘归尘，土归土'。不过，从事实的角度来说，我们已经是更宏大生命的一部分，并且永远都是，所以那种折磨是永远都摆脱不了的。

"不，梅伊斯先生，包围我们的栅栏不过是想象的产物，它是跟我们内心的亮光成比例的。我不知道你是否喜欢这个说法，但这是事实——我们一直并且会继续以同一个生命活在这世界上。我们通过外在的躯体参与到宇宙生活中。但我们都还未意识到这一点，它是隐藏的，因为属于我们的那个小灯笼只会告诉我们自己它能照亮多大的地方。更糟糕的是，它并不会照出事物的真实模样，相反，它会按照自己的方式改变其色彩，所以我们有时看到的场景会让人汗毛直竖，看到的长相只让人觉得好笑。我是说觉得可笑，因为它们看起来那么简单，以至于我们会为自己曾害怕过这些东西而感到可笑！"

安塞尔莫·帕莱亚里先生跟我说过彩色小灯笼的事情之后，我总是忍不住想他为什么那么急切地想用他的红色灯笼照亮别人？难道麻烦还不够多吗？

我决定问出心中的疑惑。

"这个嘛，"他答道，"灯笼会彼此影响。另外，我将要点亮的这个红灯笼在某个时刻也会熄灭，你明白的！"

"可你真的认为，"我追问道，"这套哲学是发现事物本质的最好方法？"

"科学家称为'光明'的东西，"安塞尔莫丝毫不受我的影响，继续不疾不徐地说，"不足以让我们意识到真正的生活，并且它不但不会促进，反而会阻碍。科学界也有沽名钓誉的人，许多人只是为了自己的利益才大肆宣扬某种科学理论，而像我进行的红灯笼这类实验在他们看来无疑是对科学和自然的挑衅。梅伊斯先生，上帝会帮助我们！无稽之谈！不，我们只需要在同一宇宙中发现其他规则，其他力量，发现其他生命存在的证据，对，就是同一个宇宙中。除一般的经验之外，我们要开动脑筋去想象，而那有限的感觉手段对我们的想象是有害的。现在科学家们不是都要求有合适的实验条件吗？一个摄影师要是没有冲洗照片的暗房，他还工作得了吗？另外，现在也有各种方法来检验结果，揭穿那些骗人的把戏……"

就我后面的观察，安塞尔莫并未使用任何这种手段，也许是因为他的实验仅仅是家庭内部的事情。他如何会怀疑卡博拉尔小姐和帕皮亚诺正在设法骗他？为什么骗他？有什么用处？他不需要被说服，只是需要进行这些实验，以深化自己的信仰。像他这样一个好人很难设想，别人会为了不良目的去欺骗他。神智学也能给他合乎逻辑的解释，尽管收效甚微。"心界"的高级生物，或者比"心界"更高一级的生物，是不会通过"通灵者"与我们交流的。因此，我们只能满足于过去的低一级的生物大致的表达，也就是"抽象界"的生灵的表达，这是最接近于我们的一级生物。

谁能反驳他呢？阿尔贝托·菲奥伦迪诺写道："信仰是希望的一切事物的集中，是不会出现的议题和证明。"

我知道阿德里亚娜一直都不愿意参加这种"实验"。自从她看到帕莱亚里关上我的房门后，她就很少进来，询问我的情况，尤其是有他人在场的时候。即便问了几句，也不过是出于礼貌客套。我过得好不好，她很清楚！我甚至能在她的话语中觉察出一丝戏谑的味道。当然，她肯定不知道我突然进行这个手术的真正原因，她肯定会认为我进行眼睛矫正手术是出于虚荣心，是想让自己看起来更英俊一些，或者至少不要这么难看，就像卡博拉尔说的那样让脸部更协调些。

"我还好。"我总是这么对她说，"反正我什么都看不见！"

"可再过一段时间你就能看见了。"帕皮亚诺这时总是会插进来。

听到他这么说，黑暗中的我会握紧拳头，朝着他的方向挥舞。他说这种话，显然是想剥夺我努力想留住的最后一丝幽默感。他怎么会察觉不出我对他的讨厌呢？反正我表现得很明显，朝他大喊大叫，挥动拳头，一会儿打哈欠，一会儿伸懒腰。可这个家伙几乎每天晚上都到我房间，一坐就是几个小时，拉着我说这说那。他的声音让黑暗中的我颤抖，我紧紧地抓着椅子，指甲刺进手掌中。有那么几个时刻，我都想用手掐死他。他感觉到这些了吗？难道他没有感觉？我想他是感觉到的，因为每当那种时刻，他的声音就会放柔，好似在抚慰我似的！

我们总是习惯于把生活中的苦难怪到他人头上，我明白，帕皮亚诺是想尽办法让我离开，要是理性之声能告诉我这一点，那我定当感激不尽。可要是理性之声是通过这样一个人的嘴巴说出来，我如何能听得进去呢？我早已把这个人贴上错误的标签，我认为无论他说什么做什么都是错误的。愤怒中的我认为他只是想拜托我，只是想欺骗帕莱亚里，毁掉阿德里亚娜。在我看来，他跟我滔滔不绝地说的那些话只有这一个意思。难道帕皮亚诺这种人还能说出什么有意义的话来吗？

但这也许只是我自己找的借口，或者是因为我厌倦了黑暗，又或者是我厌烦了帕皮亚诺的滔滔不绝！总之，我不愿意承认这是有道理的话。

帕皮亚诺每天晚上都跟我讲帕皮塔·潘托加达的事。

尽管我平素生活简朴，但他就是认定了我是个有钱人，所以现在为了转移我对阿德里亚娜的注意力，他试图撮合我跟侯爵的外孙女。帕皮亚诺说侯爵外孙女是一个聪明伶俐，睿智果断，热情开朗，温柔敦厚的姑娘，而且还很漂亮。除此之外，她还得过奖，黑色的头发，身量苗条，有一双乌黑闪亮的眼睛，嘴唇较薄。可关于嫁妆，他却一句话不提。侯爵自然巴不得尽快给外孙女找一个归宿，这不仅是为着摆脱潘托加达，另外也是因为他自己跟帕皮塔的关系也不是很好。侯爵是喜欢安静且性格随和的那种人，习惯了旧事物和旧传统，而外孙女帕皮塔却是一个性格坚强又充满活力的姑娘。

难道帕皮亚诺不明白他越夸赞帕皮塔，我就越不喜欢她吗？尽管我都还没见过她。他说，我很快就能和帕皮塔见面，因为他会说服帕皮塔来参加我们的聚会。并且他还会介绍我跟侯爵认识，侯爵也很想认识我，因为他在侯爵面前经常说起我。不过侯爵深居简出，受宗教信仰的影响，他离群索居，尤其不愿参加这种讨论神智世界的聚会。

"这是怎么回事？"我问，"他让外孙女过来，自己却不来？"

"但他知道帕皮塔是跟谁在一起的呀！"帕皮亚诺不无自豪地说。

阿德里亚娜为什么不肯参加这种活动？因为她坚持自己的宗教信仰。可现在连吉利奥侯爵都能允许自己的外孙女来参加这类活动，那阿德里亚娜为何不能参加？我想说服她。

活动前夕，阿德里亚娜同父亲帕莱亚里一同到我房间里来。

听了我的提议后，安塞尔莫叹息道："说来说去还是那些话，梅伊斯先生，在这个问题上，宗教和科学是一样的，它让人变得执拗顽固，阻碍人的行动。我都跟我女儿说了不下百遍，我们的实验不会伤害任何人，事实上，它还能体现出宗教最根本的真理。"

"可我要是害怕呢？"阿德里亚娜反驳道。

"害怕什么？"安塞尔莫追问道，"害怕被说服？"

"或者害怕黑暗？"我跟着说，"我们都会在这儿，阿德里亚娜。大家都参加，难道你真的想错过吗？"

"可是我……"阿德里亚娜有些犹豫，"我……算了，我也不隐瞒了……说实话，我就是不相信，我不相信这一套……哎，你们别管我！"

阿德里亚娜不愿再解释，不过我从她犹豫的口气中可以很确定地知道，除了宗教之外，肯定还有其他原因。她用恐惧当借口，让安塞尔莫不再怀疑！或者那仅仅是为了发泄她对父亲被帕皮亚诺和塞尔维亚·卡博拉尔玩弄于股掌之间的不满？

我无心再追究，不过阿德里亚娜似乎也看出了她拒绝参加聚会让我有多失望。所以，她后面又说了个"不过"我马上就抓住了她的话头。

"啊，太好了！所以你答应参加了！"

"可能我就明天参加一次。"她笑着说。

第二天的午后，帕皮亚诺提前布置露台。他带了一张不带抽屉的松木四方形小桌子，一把吉他，一个带铃铛的狗脖套，还有其他几样东西。他将我房间里的家具搬到另一边，横着拉了一根绳子，绳子上再挂一块白布。此时,红灯笼自然是亮起来了,而帕皮亚诺一边忙活一边滔滔不绝地说着话。

"这块布,相当于一个蓄能器,可以储存神秘的能量。梅伊斯先生,你只要看着它就好,你会看到它摇晃颤抖着,飘来荡去,并发出神秘的不属于尘世的光芒。是的,我们还不能"物质化",但光可以。你可以亲眼验证,要是卡博拉尔小姐今天晚上像平常一样打扮,那她就会跟她在音乐学校的老同学的魂灵相见。她的那个同学十八岁就死了,死于消耗过度,那个同学来自——我忘了是哪儿了——哦,瑞士的巴塞尔,我应该记得没错,不过他跟家人在罗马住了很长一段时间。那本是一个前程似锦的青年,一个真正的天才,可惜过早地夭折!反正,塞尔维亚是这么说的。你知道吗,早在塞尔维亚意识到自己有灵媒的天分之前,她就能跟麦克斯通灵,对,那个同学就叫麦克斯。麦克斯·奥利兹,没错,反正是奥利兹什么的。据塞尔维亚自己说,当她在钢琴旁坐下,麦克斯的魂灵就会进入她的身体,然后她就会弹呀弹呀,还会谱曲,直到她累得支撑不住。有天晚上,一群人聚集在她家窗子前,为她的琴声鼓掌欢呼,鼓掌欢呼……"

"而卡博拉尔小姐害怕了……"我波澜不惊地补充道。

"哦,所以你都知道了!"帕皮亚诺叫起来。

"是的,她跟我讲过。所以就是说,那些掌声是给麦克斯的,对吗?"

"没错!可惜我们屋子里没有钢琴。只能将就着用吉它了——这只是走一个形式——你明白的。我跟你说,麦克斯是个捉摸不定的人。有时候他一来就开始表演,不断地拨动琴弦;可有时候你等一晚上,都听不到他演奏的半个音符。嗯,我们差不多可以开始了……"

"帕皮亚诺先生，"在他走开之前，我还是决定问出心中的疑问，"我在想，你真的把这一切当真了吗？你真的相信……"

"为什么不呢？"他说，仿佛早就知道我会问这个问题，"我不能说完全相信，事实上，梅伊斯先生，我并没有完全弄明白……"

"太黑了，我想！"

"哦，不是，我不是说那个。我说的是物象和象征本身是真实的，这点无可否认……就像现在，我们不可能怀疑彼此的好意吧？"

"为什么不可能呢？"

"你说'为什么不可能'是什么意思？"

"哦，欺骗自己是一件很容易的事，尤其是在你急于想相信某件事的时候。"

"其实，我并不是那么急切。相反，是我的岳父热诚地想做这样一个实验。是的，他相信这些，至于我……你知道的，我也没有那么多时间，所以对这些东西兴趣也没那么大。侯爵那些该死的文档把我累得要命，哦，我有时候从早忙到晚，一刻都不得停歇。我一直相信一件事，只要上帝还让我们活着一天，我们就不可能了解死亡。所以为什么还要费这个劲呢？梅伊斯先生，照我说，我们努力活好每一天就行了。你现在知道我是怎么想的了吧。我现在先去把潘托加达小姐接过来，好吗？"

约半个小时后，帕皮亚诺回来了，他似乎很是气恼。帕皮亚诺身后跟着帕皮塔和她的女家庭教师，另外还有一个西班牙画家模样的人。帕皮亚诺介绍说那是马纽尔·贝纳尔，是侯爵的一个朋友。那个人说一口流利的意大利语，不过还是发不准确我名字的末字母"s"。碰到那种辅音时，他就会略微停顿一下，仿佛辅音会害他咬掉舌头似的。

"阿德里亚诺·梅伊斯！"他重复了几次，那神情突然让我觉得好熟悉。

"阿德里亚诺–Tui。"我真想这么回答！

接着几个女士也进了房间，帕皮塔、女家庭教师、塞尔维亚·卡博拉尔，还有阿德里亚娜。

"咦，你怎么也来了？"帕皮亚诺问道，他的话有着掩饰不住的气恼。

他又失策了。从帕皮亚诺欢迎贝纳尔的样子我就看得出，老侯爵肯定不知道这位画家也出席了今天的聚会，并且他应该还跟帕皮塔闹了一点别扭。不过强大的特伦齐奥怎么会被这么点小事打败呢？他神秘兮兮地让所有人都坐成一个圈，并让阿德里亚娜坐在他旁边，然后安排潘托加达坐在我旁边。

我喜欢这种安排吗？一点都不喜欢！帕皮塔也不喜欢。事实上，她立刻就表示了自己的不满。

"那个，特伦齐奥，我想坐在帕莱亚里先生和我的家庭教师中间！"

房间里只点了一盏昏暗的红灯笼，连房间的大致轮廓都看不太清，所以我不知道帕皮塔·潘托加达的长相和帕皮亚诺描述得究竟有几分相似。当然她的举止和语气以及对任何不满她意的事情都立即反对的样子跟我之前对她的想象完全符合。她如此傲慢地拒绝帕皮亚诺安排的位置无疑是对我的不尊重，但我对此倒是很高兴。

"那好，"帕皮亚诺叫道，"很好，那我们这样安排吧——让康迪达太太坐到梅伊斯先生旁边，然后再是您。我岳父的位置不动，其他人也照旧。怎么样？"

听到这种安排，不仅是我，就连塞尔维亚·卡博拉尔、阿德里亚娜也都明显不悦,而帕皮塔当然是高兴了,她终于在麦克斯·奥利兹魂灵的安排下找到了一个满意的位置。这时,我意识到旁边的女人头上顶了一个尖塔样的东西,那或许是一个帽子?或者翅膀?或者是用来束住头发的东西?如果不是这些的话,那究竟是什么呢?一种类似叹息的声音才能够从那尖塔样的东西下面传出来,绵延不绝。竟然没有人想起要给我介绍一下西格诺拉·康迪达。现在我们得拉起手来,让这个神秘之圈保持完整!可怜的人,她整个人都在颤抖,手指冰凉刺骨!

我的右手拉着塞尔维亚·卡博拉尔的左手,塞尔维亚坐在桌子中间,背部抵着那块白布。帕皮亚诺则拉着塞尔维亚的另一只手。阿德里亚娜坐在帕皮亚诺旁边,再过去就是那个画家。安塞尔莫坐在塞尔维亚对面。

帕皮亚诺第一个开口讲话:

"我们得先跟梅伊斯先生和潘托加达小姐解释一下规则,这是叫……"

"叫提普密码吧!"老帕莱亚里提议道。

"我也还不是很清楚!"西格诺拉·康迪达颤抖着说。

"当然,我们也得跟西格诺拉·康迪达说一下!"

"好。"老安塞尔莫接腔道,"是这样的:敲两下就表示'是的'。"

"敲两下?"帕皮塔紧张地问,"怎么敲?"

"就是敲两下呀!"安塞尔莫答道,"要么敲桌子,要么敲椅子,反正这之类的东西都可以,或者触碰人也行!"

"哦,天啊!"这个西班牙姑娘开始颤抖,她跳起身来,"我可不想被谁碰。谁要碰我?"

"是麦克斯,鬼魂,亲爱的!"帕皮亚诺说,"我跟你说过的,他在另一个世界！所以不会伤害你的，你不用害怕。"

"只是碰一下！"家庭教师有点得意地接腔道。

"我刚说了，"安塞尔莫接着说，"敲两下表示'是'，敲三下表示'不是'，四下表示'黑暗'，五下表示'说话'，六下表示'光明'……现在我们就先记下这些。现在请大家集中注意力。"

房间安静了下来。所有人都凝神屏气。

第十四章 麦克斯的玩笑

不安？不，不是那种感觉，只是一种强烈的好奇，当然也有点担心，担心帕皮亚诺丢脸。本来他丢脸我应该很高兴，可我现在一点也不幸灾乐祸。看一场拙劣的小丑喜剧，并且小丑们都还不清楚自己的角色，谁能高兴得起来呢？

"只有两种可能性，"我想，"要么他比我想得更深藏不露，要么他就是走进了死胡同。他想把阿德里亚娜留在身边，殊不知却让贝纳尔和帕皮塔、阿德里亚娜和我都不满意，我们都很清醒，因此能毫不费力地发现他的骗局。所有在场的人中，阿德里亚娜揭穿他骗局的可能性最大，因为她离他最近，并且对这一切早有怀疑。她之所以参加，不过是为了跟我一起。我想她已经在责问自己，为什么会同意参与这样一件愚蠢并且与其宗教信仰相违背的事情。贝纳尔和帕皮塔肯定也是这么想。帕皮亚诺那么精明的人,怎么会不明白一旦他撮合我跟潘托加达失败自己就会面子扫地呢?到时他要如何收场?"

我思绪万千,几乎都要忘了坐在旁边的塞尔维亚·卡博拉尔。她突然开口说话,好似已经进入了通灵世界。

"位置,"她说,"位置得换一下!"

"麦克斯已经来了?"老安塞尔莫关心地问。

卡博拉尔停顿了一会儿。

"是的,"她用一种迷幻的声音答道,"他说我们人太多了……"

"确实。"帕皮亚诺叫道,"不过这样应该也是可以的……"

"小声一点!"帕莱亚里嘘道,"让我们听听麦克斯怎么说!"

"位置!"卡博拉尔小姐继续说,"位置!他觉得我们的位置坐得不对,力量失衡。这边(说着,她抬起了手)有两个女人挨在一起坐。他说帕莱亚里先生要跟潘托加达小姐换个位置!"

"这很好解决。"安塞尔莫从椅子上站起身来,"来,潘托加达小姐,你坐到这儿来行吗?"

这一次帕皮塔没有反对,她现在牵着的是画家的手。

"还有,"灵媒卡博拉尔继续说,"西格诺拉·康迪达应该……"

这时,帕皮亚诺插了进来:"我是不是要跟阿德里亚娜换个位置?我刚想到的,要不试一下吧!"

握住阿德里亚娜的手时,我重重地捏了一下。同时,我感受到了卡博拉尔小姐手指上传来的力量,好似在问我:

"这样好些了吗?"

我也激动地握住她的手,左右晃动,意思是说:"一切由您做主!"

"现在安静！"安塞尔莫厉声喊道。

刚才谁说了话？一，二，三，四！桌子！四下！

"黑暗！"

我很确定，我刚才什么都没听见。

可灯笼熄灭的这一刹那，我突然感到一股力量。紧接着，卡博拉尔发出一声凄厉的尖叫，并将我们所有人都拉了起来。"点灯，电灯！"

发生了什么？贝纳尔划燃一根火柴，我们看到卡博拉尔的鼻子和嘴巴都在流血。她的脸被人重重打了一拳。

帕皮塔和西格诺拉·康迪达不由后退了一步。帕皮亚诺连忙点亮红灯笼。阿德里亚娜立刻松开了我的手，而贝纳尔站在椅子上，手里拿着火柴，一副不敢置信的表情。老安塞尔莫则丢了魂似的嗫嚅着：

"所以他打了她？打得那么重？这是什么意思？这到底是什么意思？"

其实，我也跟老安塞尔莫一样困惑。他为什么要打塞尔维亚一拳？难道是因为神秘之圈没有像之前一样安排，他生气了？塞尔维亚违背了帕皮亚诺的意思，所以就被打了？那接下来还会发生什么事？

卡博拉尔将椅子推开，用手帕按着流血的嘴角。她不愿再留下来，而帕皮塔·潘托加达则用古怪的意大利语加西班牙语说着什么：

"Gracie, segnori, gracie! Acqui se dano cachetas！谢天谢地！"

"哦，不！"帕莱亚里嚷道，"女士们先生们，这绝对是通灵历史上最不可思议的一幕！我们一定要坚持下去。我们要他给个解释！"

"问麦克斯？"我问。

"当然是问麦克斯！"他说，"塞尔维亚，有没有可能是你误解了他的意思？"

"肯定是这样,肯定是弄错了!"贝纳尔大笑着说。

"梅伊斯先生,你怎么看?"帕莱亚里似乎对贝纳尔的态度很不满意。

"我想,应该也是这样。"我回道。

但塞尔维亚·卡博拉尔坚定地摇头。

"所以,你觉得没有弄错他的意思。"帕莱亚里继续说,"可这又要怎么解释呢?麦克斯昏了头!我真是搞不明白了!特伦齐奥,你怎么看?"

特伦齐奥站在红灯笼旁边,一句话也没说。他只是耸耸肩。

"卡博拉尔小姐,"我鼓起勇气,"假如真像帕莱亚里先生猜测的那样,那就让我们问问麦克斯,要是他今晚心情不好,那我们就取消活动。帕皮亚诺,你同意吗?"

"当然。"他答道,"你们想问什么就问!我没意见!"

"可我已经不在那种状态了!"卡博拉尔用尖厉的声音喊道,并且直接转向了帕皮亚诺那边。

"为什么对我说?"帕皮亚诺说,"你要是想停的话……"

"对,我们试一下!"阿德里亚娜也附和我。

可老安塞尔莫这时却不无讥讽地说:

"行,我们试一下!真没见过这么傻的人!阿德里亚娜,我真为你羞愧!塞尔维亚,反正你自己决定。这些年来你一直都跟麦克斯通灵,你也知道这是他第一次……哦,被破坏了真让人遗憾,更糟糕的是,他弄伤了你,不过,今晚真的很神奇……"

"简直太神奇了!"贝纳尔大笑着说。

"不过,"我又说,"要是他还想打人的话,真希望能把我的眼睛打掉!"

"哦,上帝啊!"我听见帕皮塔小姐低声叫了一句。

"那我们现在还是围到桌子边来。"帕皮亚诺毅然地说,"我们就按梅伊斯先生说的办,要一个解释。要是事情太离谱了,我们就立刻停下。小姐们,大家都请坐下!"

接着,帕皮亚诺吹熄了灯笼。

这次我发现阿德里亚娜的手是冰凉且颤抖的。我理解她的心情,所以没有用力地握她的手,只是轻轻地按了按,表示我的问候。很可能帕皮亚诺后悔了之前的决定,这次他改变了策略。反正,在麦克斯对阿德里亚娜或我生出兴趣之前,我们还能暂时共享这一片呼吸空间。"要是他敢伤害阿德里亚娜,"我在心里对自己说,"那我会让他好看!"

安塞尔莫这次也开始跟麦克斯对话,那样子仿佛是跟屋子里某个活着的人说话。

"你在这儿吗,麦克斯?"

接着,我们听见了两声几乎不可闻的敲击声——他在这儿。

"麦克斯,这是怎么回事?"老人略带责备地问道,"你一直都善良且有礼貌!为什么这次会如此粗暴地对待卡博拉尔小姐呢?你愿意跟我们说说吗?"

这时,桌子左右摇晃了几下,过了一两秒,桌子响了三下!麦克斯不愿再讨论这个问题。

"好吧,那我们也不问了!"安塞尔莫继续说,"我想你是碰到什么烦心事了吧?看得出你现在心情不好。我明白的,麦克斯,我理解!我理解你!不过你愿意告诉我们,你是否满意神秘之圈之前的位置安排呢？"

帕莱亚里的话还没落音，我就感觉到两下轻触，好似是有人用手指尖触碰我的额头。

"行！"我大叫道，"他刚显灵了。"说着，我掐了下阿德里亚娜的手。

我得承认，当时这两下轻触让我不受控制地颤抖了。我很确定，要是我抬起手，肯定能抓到帕皮亚诺的手；可与此同时，我又不希望是这样子的结果，那两声轻触带给我一种神奇的力量。不过，帕皮亚诺为什么要选我来考验他的耐心呢？他是想让我放松一点吗？抑或是向我挑衅？

"你真好，麦克斯！"安塞尔莫叹道。而我则在心里说："是的，简直是太好了，可你要是再敢越矩一步……"

老人又说，"要是你给我们一些善意的指引，我们会很高兴的！"

这时，桌子响了五下——说话！

"这是什么意思？"西格诺拉·康迪达紧张地问。

"敲五下的意思是让我们开口说话！"帕皮亚诺小声地解释。

这时帕皮塔说："说话？跟谁说话？"

"随便跟谁，比如跟你旁边的人！"

"大声说？"

"是的，大声说出来！"安塞尔莫接着说，"梅伊斯先生，看来麦克斯给我们准备了有趣的东西。或许我们该亮起一点光。所以，说话吧，大声说！"

有什么好说的？我已经通过手指的轻击跟阿德里亚娜说了好多的话，而我的脑袋却是一片空白。当我感觉到她用手指包住了我的手时，我的心里一阵狂喜。在她天真纯洁的外表之下,我知道她的心是火热的。而此时我们的手还是牵在一起,突然我意识到有什么东西在刮擦我的双腿。

一种奇异的感觉传遍我的全身。帕皮亚诺的脚肯定伸不了这么长,更不用说我跟他中间还隔着椅子。难道他是绕过桌子,站到了我身后吗?可要是这样子的话,西格诺拉·康迪达除非是个十足的傻瓜,不然怎么会不吭声呢?在我给出"显灵"的提示前,我想自己先整理下思绪,然后我突然想到旁边的阿德里亚娜就是被我拉来的,那我必须要按规则来才公平。于是,我大声喊了出来。

"真的!"帕皮亚诺从他的位置上站了起来,一副惊讶不已的样子,我都差不多要以为他是真的了。

而卡博拉尔也表现得很惊讶。

"有人在抓你的腿?"老安塞尔莫十分关切地问,"是什么样的感觉?什么样的感觉?"

"就是跟挠痒痒似的!"我不愠地说道,"他还在这儿!好似是一条小狗……在摩擦我的椅子。"

这时,屋子里响起一阵大笑。

"哎哟喂,是米妮瓦,是米妮瓦!"帕皮塔·潘托加达叫道。

"米妮瓦是谁?"我不悦地问。

"哦,是我那调皮的小狗!"她又说,"La viechia mia,每次它只要在椅子旁边,就会用爪子去抓!Con permisso!Con permisso!"

神秘之圈断了。贝纳尔点燃一根火柴,而帕皮塔则从我的椅子下面把米妮瓦抓了出来,抱在怀中。

"现在我明白麦克斯今晚为什么会不高兴了。"老安塞尔莫不无愤怒地说,"这真是太不像话了!"

安塞尔莫先生说得没错,我相信一切都是帕皮亚诺的把戏。而之后的几个晚上,通灵仍然在进行。

毫无疑问,麦克斯的所有把戏都是在黑暗中完成的。桌子旋转,或者擦擦作响,时而轻击时而重响。有时他也会轻敲椅子,或者屋子里的家具。我们甚至都能听到指甲刮擦木头和衣物在空中飘动的声响。古怪的磷光在空中闪烁,好似鬼火。窗帘不时地掀起鼓动,有时还会被灵异的光照亮。有一次,我们还看到一根烟蒂在屋子里旋转,最后在我们面前的桌子上静止。吉它似乎长了翅膀,在空中飞舞,琴弦随之波动。不过我觉得麦克斯的铃铛演奏最为动听,那铃铛曾一度绕着卡博拉尔的脖子左右甩动,声音煞是好听。老安塞尔莫说那代表麦克斯喜欢卡博拉尔,但卡博拉尔自己对这样的玩笑却不甚欢喜。

显然这一切都是帕皮亚诺的弟弟西皮奥内在黑暗中完成的,而他的一举一动都是按照帕皮亚诺的指示。西皮奥内的确是癫痫患者,但他并不傻,甚至还有点小聪明。经过长时间的训练,我想他在黑暗中完成这些把戏是驾轻就熟。说实话,他的动作天衣无缝,要抓住他的把柄还真是不容易。帕皮亚诺成功地抓住了安塞尔莫和那个女教师的注意力,而我们四个人——贝纳尔和帕皮塔,阿德里亚娜和我——也就乐得凑个热闹。老安塞尔莫十分高兴,他像个看木偶戏的小孩子一样又蹦又跳。而他的那些话有时让我很难受,这不仅是因为看着他那样一个聪明的人被人欺骗,另外也是因为我知道阿德里亚娜心里并不那么痛快——看着自己父亲被人当个小丑一样耍,如何能真正痛快呢?

想到这点,我的欢乐心情就会蒙上一层荫翳,而这也是唯一能扰乱我思绪的事情。我了解帕皮亚诺,我知道自己绝不能掉以轻心——他同意让阿德里亚娜坐到我旁边，并且还让麦克斯参与到我们的游戏中来，这背后肯定有阴谋。但我又是如此喜悦，黑暗中我和阿德里亚娜手牵着手用沉默的方式互诉衷肠，所以，我也管不得那么多了。

"不！"帕皮塔突然叫起来。安塞尔莫接腔道：

"亲爱的，有什么话就说出来！你感觉到什么了？"

贝纳尔也催促帕皮塔说出来。

"哦，"她说，"我感觉到有人摸了我的脸颊一下！"

"是手指吗？"帕莱亚里问，"轻轻的抚摸，手指冰凉，但是很轻，很轻！哦，我敢跟你保证，麦克斯对女人绝对有一套！麦克斯，我说得对吗？你能再轻拍帕皮塔小姐一下吗？"

"哦——哦——"帕皮塔大笑，"Aquest，Aquest？"

"你说的是什么意思？"安塞尔莫问，他听不懂西班牙语。

"他真的拍了我一下……他在挑逗我！"

"吻她一下，麦克斯？"帕莱亚里提议说。

"不，不，不行！"帕皮塔尖叫起来。

这时，我听到了一声重响。

我几乎是下意识地抓起阿德里亚娜的手放到我的嘴唇上，而这突然的相触几乎令我疯狂。我弯下腰，寻找她的嘴唇。

这是我们的初吻，沉默的甜蜜的长长的吻。

不过，刚刚发生了什么？有那么一瞬，我的心被羞耻和困惑占据，不明白刚才的纷乱是怎么一回事。难道我被人发现了？

所有人都在尖叫大吼。有人划燃火柴，接着又划燃了一根，蜡烛也被点燃了——红灯笼里的蜡烛。

所有人都跳了起来。为什么？为什么？

灯火通明的房间，所有人都清晰地看到桌子中央凹下去了一块，像是被看不见的庞然大物重重踩了一脚。

所有人都被吓坏了，帕皮亚诺和卡博拉尔尤其吓得不轻。

"西皮奥内！西皮奥内！"特伦齐奥大叫。

原来，西皮奥内摔倒了，正在地上喘气。

"坐在位置上别动！"安塞尔莫大叫，"他也通灵了！哦，看，那张桌子！它在动！浮在空中！麦克斯，干得漂亮，干得漂亮！"

没有人碰那张桌子，它向上浮了几英寸的高度，然后又重重地砸到地上。

塞尔维亚·卡博拉尔脸色苍白，浑身颤抖，她吓得把脸埋进我的胸前。帕皮塔和那个家庭教师则尖叫着跑出房间。帕莱亚里则十分兴奋：

"坐下，坐下！看在上帝的份上，请你们坐下！不要破坏了这神秘之圈！麦克斯，麦克斯！你是最棒的！"

"麦克斯，无稽之谈！"帕皮亚诺终于从惊恐中恢复了过来，他迅速朝西皮奥内跑了过去。

这突如其来又不可思议的一幕暂时分散了我的注意力，将我从那个缠绵悱恻的吻中带了出来。如果真如帕莱亚里所说，我们所在的房间里存在一股神秘而强大的力量，那力量来自看不见的魂灵，那我也敢肯定地说那魂灵并非麦克斯——帕皮亚诺和塞尔维亚·卡博拉尔的表情就是最好的证明。麦克斯只不过是他们凭空捏造出来的。那么刚才是谁搞的鬼呢？是谁移动了桌子？

我想起了帕莱亚里给我的那些书，书里面的内容纷纷往我脑子里钻。一个激灵，我想起了那个在米拉格诺水渠投水而死的人，是我夺走了本属于他的哀思。

"也许是他。"我对自己说,"假如他就在这儿,并且为了报复而揭穿我的一切……"

与此同时,帕莱亚里对于发生的一切既不惊奇也不恐慌,他不明白,如此平常的现象怎么会让我们如此失措。只不过房间里突然亮起了灯,让老帕莱亚里有些不习惯。他有些想不通的是,本应躺在床上的西皮奥内怎么会出现在房间里呢?

"我是有点意外。"他说,"因为这个可怜的小伙子通常什么都不关心。现在看来,是我们这些神秘的活动引起了他的好奇,他想过来探探情况,没想到就摔了一跤。梅伊斯先生,通灵过程中的不寻常现象都是因为癫痫、昏厥和歇斯底里等神经质病症。麦克斯从我们身上获得力量,而他只需要花费很少的力量就能使我们看到的那些神奇现象成为可能。肯定是这样。你不觉得自己丢了什么东西吗?"

"老实讲,我现在还没有这种感觉!"我答道。

夜幕降临,我不安地躺在床上,以我的名义躺在坟墓里的那个倒霉鬼在我的脑海里挥之不去。他是谁?他从哪儿来?他为什么要自杀?也许他希望自己的悲剧结局能被人知晓,从而得到一些同情或怜悯,可我却抢走了这一切!

我承认,不止一次地我躺在床上,却感觉全身冰凉。通灵就发生在我的房间,桌子的重击,桌子的漂移,这一切无法解释。其他人也都看到了!真的是他吗?也许他就站在我的床边,只是我看不见他?我屏住呼吸,凝神倾听房间里的动静。最后,我终于累得睡着了,却再度被噩梦惊醒。

天亮后,我拉开窗帘,打开窗户,让阳光洒满房间。

第十五章　我和我的影子

在这之后的一段时间里，我经常在半夜醒来，于黑暗和沉默中感受到一种让人好奇的惊喜，一种古怪的迷思，白天的幕幕场景会毫无征兆地钻进我的脑海。每当这时候，我就会想，围绕着生命之圆，周边事物的形状、颜色和声音是否就决定了我们的行为？

我敢说肯定是这样。安塞尔莫说得对，我们同宇宙息息相关，难道不是这样吗？我真想知道万能的宇宙促使我们做了多少愚蠢的事情，而我们还傻乎乎地为做过的那些蠢事良心不安。但我们这些可怜人不过是某种神秘外力的牺牲品，是被某种并非来自自己的光芒迷了眼。另一方面，多少在夜晚暗暗定下的计划，多少决定，多少计谋到了白天就变成一场空，变成愚蠢的证明！白天是一回事，晚上又是一回事！所以我们在白天和晚上是不同的人，尽管是同样地卑微。

在四十天的黑暗幽禁之后，我让阳光洒进我的房间，可这并没有带给我喜悦。我想起白天的种种，阴暗的回忆给阳光蒙上了阴影。当窗帘拉开，窗子打开，那些原本在黑暗中让人信服的原因或理由或借口便全都站不住脚。我被关在黑暗中许久，曾想尽一切办法减轻幽禁的无聊，而此时身处明亮阳光的沐浴之下，我却不由得皱眉，只能硬着头皮迎接新的一天。渐渐的，这些恼人的想法又被其他的思绪代替，比如站在镜子前的时候，我还是不由得为手术的成功以及再度长出胡子而高兴，我的脸部轮廓的确好看了不少。

"你个傻瓜！看你都做了些什么！你都做了些什么！"

我做了什么？其实，我什么都没做。真的，我不过是爱上了一个姑娘。

在黑暗中——我应该为那黑暗负责吗——我并没有意识到这个问题，就连自我标榜的古板克制也被扔到了脑后。帕皮亚诺想阻止我和阿德里亚娜的联系。而这次塞尔维亚·卡博拉尔站到了我这一边（要知道可怜的塞尔维亚好心帮帕皮亚诺，结果却被人重重打了一拳）！我是个病人，正忍受痛苦，所以我自然会跟其他处于相同处境的可怜虫一样，认为自己理所应当地要得到补偿，而现在他们主动要"补偿"我，那我自然却之不恭。老安塞尔莫还在围着鬼魂打转，而此时的我却更想活着，一个充满爱意的吻，让我的生命突然绽放。哦，马纽尔·贝纳尔在黑暗中吻了他的帕皮塔，所以我……我倒在扶手椅中，将脸埋进手中。一想到那个甜蜜的吻，我的嘴唇不由地颤动起来。阿德里亚娜！阿德里亚娜！我给了她什么希望？订婚吗？而现在窗帘拉起窗子打开——我只觉得胃口很好！总之，这是一个美好的时刻，一切都很好！

我坐在椅子上胡思乱想，双眼盯着天空，有时剧烈地抖动仿佛是要摆脱来自内心的某种折磨，我也不知道自己究竟那样子坐了多久。终于，我明白了一切都是虚妄的幻想，一开始我为那虚妄的自由沉醉，将它看作最大的财富，但那不过是欺骗而已。

一开始，我以为这自由是不受任何限制的，是无穷无尽的；后来我发现它有所限制——为我口袋里不多的钱所限！再后来，我发现尽管说这是一种解放，但我却需要为此付出惨重的代价，这自由将我拉入孤独和寂寞中，让我得不到任何陪伴。尽管我靠近人群，但我却避免和任何人产生感情联系，即便是最浅的感情都让我避之唯恐不及。渐渐地我发现，生活似乎不再属于我，我被迫斩断生活中的一切联系，尽管我小心翼翼，可最后还是掉进了痛苦的旋涡。每次想到这儿，我都无法入眠。在事实面前，我无法再找借口不承认我对阿德里亚娜的感觉，也无法再掩饰我的意图，我说过的话和我做过的事都摆在那儿，无法否认。我说了许多的话，但其实什么都没说出来——我只是将她的手握在我的手中，手指紧紧缠绕。一个吻，一个轻柔而甜蜜的吻，让这份爱意变得神圣。我要承诺什么？我能跟阿德里亚娜结婚吗？可家里的那两个女人，罗米尔达和寡妇佩斯卡特尔已经认定我跳进了"鸡笼"庄园的水渠。罗米尔达肯定是恢复了自由身，可我不是。我的身份是一个死人，只不过我想过一种新的生活，成为一个和之前完全不同的人。我确实能变成另一个人，只是条件呢？成为另一个人的条件是，不能做任何事，任何事都不能做。悄无声息地活在这世界上，就是这样。如同一个人的影子！没错，是血肉之躯的鬼魂！可是生活如此美好！只要我仍满足于自己内心，甘心做其他人生活的看客，那就有可能维持这种过新生活的幻想。可我要是从那美丽的嘴唇上偷得一两个吻……

我突然变得恐惧，好似吻阿德里亚娜的是一具尸体，一具不可能再活的尸体。

哦，要是阿德里亚娜……要是阿德里亚娜明白我的这种困境……阿德里亚娜？不可能！那个天真得像个孩子的姑娘——假设她对我的爱很深，深到可以跟社会或伦理等对抗——哦，可怜的阿德里亚娜！我可以将她带进我的世界吗？让她成为一个没有身份的男人的妻子。那样子可以吗？我究竟能怎么做？

这时，两声叩门将我带回了现实。是她，阿德里亚娜。

尽管我努力克制自己的情绪，但内心的骚动还是掩饰不住。她似乎也在压抑什么，脸上的神情跟以往有些不同，也许是在日光之下，她羞于表现见到我的开心。哦，为什么不表现出来呢？我察觉到她偷偷看了我一眼，脸瞬间红了。然后，她递给我一个封印的信封。

"这个——是给你的！"

"一封信？"

"我不这么认为。很可能是阿姆布罗西尼医生寄过来的账单。送信人还在下面等，看你需不需要回复口信。"

阿德里亚娜的声音有些颤抖。她的脸上挂着微笑。

"稍等一会儿！"我答道，心里涌起一股柔情。我知道，她给我送信来不过是找了一个由头来见我，实际上是想在我这里讨一句话，使她那埋藏心底的希望得到肯定。我的心突然又被一种深沉的感情占据——我同情她，也同情我自己，这种残酷的同情心让我很想抚慰她，我的痛苦只有她能解救，因为她就是这痛苦的源头。我很清楚，我会进一步妥协，我无法克制自己。我伸出双手，阿德里亚娜脸上闪烁的是信任和希望的光芒，她也缓缓抬起双手，放进我的手中。我轻轻将她拉入怀中，温柔地抚摸她美丽的金发。

"可怜的阿德里亚娜!"我说。

"怎么这么说?"她任我爱抚,"我们现在难道不开心吗?"

"很开心!"

"那你为什么说'可怜的阿德里亚娜'?"

她这么一问,我几乎不能自已。我恨不得将心里所有的话都告诉她,"为什么?听着,小姑娘。我爱你,可是我不能和你在一起,我不能爱你。可要是你愿意……"

"要是你愿意!"在这样的事情上,我的小阿德里亚娜能做什么呢?我将她的头按在我胸前,心里明白要是把这一切说出来,那对她将是很残忍的一件事。阿德里亚娜沉浸在爱情的狂喜中,我真的要将她拉进这绝望的深渊,让她忍受无尽的痛苦和折磨吗?

"因为,"我试图安慰她,"因为我知道许多可能会让你不高兴的事!"

她抬起头,脸上是苦涩的表情。我随即停下那温柔的抚摸,并避免使用亲密的"你"字。显然,她没想到我会突然这么疏远。她盯着我看了一会儿,察觉到我的沮丧后,小心翼翼地问:

"你知道什么事情?是关于你自己的,还是关于我们其他人的?"

我打了个"其他人"的手势,这么做是为了克制自己想要一吐为快的冲动。

终究,我还是忍住了!我的话让她吃惊不小,但总比让她知道所有真相来的好,为了避免更多麻烦,我只能选择守口如瓶。但我还是明白得太晚了,事情有些失控。爱和同情跟我的决心在心里打架。我真的不想毁掉阿德里亚娜的希望和我自己的新生活——至少是幻想中的新生活。只要我保持沉默,我就能暂时拥有这种生活。现实是多么地让人讨厌:我已经娶了妻子!是的,我无处可逃,一旦我承认我不是阿德里亚诺·梅伊斯,那我就会再次成为马提亚·帕斯卡尔。马提亚·帕斯卡尔的确死了,但他的婚姻关系并没有结束!我如何能将这些事情讲出口?我想,一个妻子能带给丈夫的最大折磨也莫过于此——通过错认尸体来摆脱他,但又永远抓住他,成为他永远的负担。这一切原本可以改变的,我原本可以回家,告诉所有人我还活着!可换作是你,难道不会是一样的选择吗?任何人在我当时的处境下,肯定都会抓住这样一个从天而降的好机会,摆脱难缠的妻子和岳母,摆脱欠的一屁股债,摆脱那无希望的、痛苦的、无意义的人生!那个时候我并未意识到,即便正式宣告我的死亡,我也无法摆脱妻子——她可以再嫁,但我不能。所谓的新生活,所谓的无尽的自由,不过是一个永远无法实现的梦而已,不过是我不得不说的谎言。因为害怕谎言被揭穿,所以编造更多的谎言,这究竟是对还是错呢?

阿德里亚娜也看出,一提到家里人我就不甚高兴。她站在那儿望着我,嘴角扬起一抹无奈而惆怅的笑容。难道我和她注定有缘无份,难道我俩真的要被现实阻隔?

"真的不是跟你自己有关的事情?"她脸上的惆怅又添了一分,眼神仿佛是在说:"可我们还是得还钱给阿姆布罗西尼医生!"

我大叫一声,假装突然记起送信人还在另一个房间等着。

我拆开信封,语带笑意地说:"六百里拉!阿德里亚娜,你怎么看?我又被上帝耍了一次。年复一年,我带着那只斜眼生活,无法摆脱。现在一个医生给我开了一刀,然后又让我在黑屋子里头关了四十天,这只是因为上帝当时的一个小错误。咳,等这一切结束,我就去付账单！你觉得怎么样？"

阿德里亚娜微笑，她回答说："要是阿姆布罗西尼医生知道你把他的账单算到上帝头上，他可能会生气的。我敢打赌，他肯定想听你说一声感谢，因为你的眼睛……"

"你觉得手术对我有改善吗？"

阿德里亚娜扬起脸，但很快就转开去，然后小声地说："是的，好多了！"

"是我，还是眼睛？"

"我说的是你！"

"我担心这些胡子……"

"为什么呢？胡子很好看！"

我本可以自己将那眼睛挖出来的！现在眼睛复位，对我还是有好处。

"不过，"我说，"也许眼睛本身更满意之前的样子。现在它时不时地跟我闹！不过……我会克服的！"

我朝柜子走去，那儿放着我的钱。阿德里亚娜转过头要出去，但我拦住了她。在我这一生经历的大大小小的危机中，财富之神一直都是站在我这边。不过这一次，她似乎抛弃了我！

走到储物柜旁，我发现钥匙竟插不进钥匙孔。我轻轻地转动，门倏地一下开了——储物柜竟然是开着的！

"哦，天啊！"我大叫，"难道我之前没锁？"

注意到我突然的情绪转变，阿德里亚娜也面如纸色。我望着她。

"怎么回事，阿德里亚娜，"我说，"肯定有人偷偷开了我的柜子！"

我的箱子被人翻了个底朝天，原本放在皮夹里的提款单被人拿走了。

阿德里亚娜将脸埋在手中，惊恐不已。

我情绪激动地将散落的钱拢到一块儿，急忙点数。

"这怎么可能？"数完之后，我用颤抖的双手抚上额头，将冷汗抹去。

阿德里亚娜紧紧抓着桌子一角，这才没摔下来。然后她突然用空洞的不像她的声音问我：

"你的钱被偷了吗？"

"怎么，怎么会这样！等等，我脑袋晕了！"

我又算了一遍，指甲都快把单子掐出洞，仿佛这样就能让不翼而飞的钱飞回来。

"被偷了多少？"阿德里亚娜颤抖着声音问，她很惊恐。

"一万二千里拉……"我迟疑着说，"总共是六万五千里拉，现在这里只剩五万三千……不信你数数！"

阿德里亚娜闻言双腿一软，要不是我动作快扶住她，她很可能就摔在了地上。她费力地站直身子，抽泣不已。

"我要去叫父亲。"她挣扎着要往门口走，"我要把父亲叫过来！"

"不行！"我大叫，迫使她坐回椅子，"不行，阿德里亚娜，你别激动！你这样让我更难办了！我不会让你去的！不会让你过去！这事跟你有什么关系？请你别哭了，好吗？我得看看四周，以防……是的，储物柜是开着的，但我还是不能也不敢相信，这样一大笔钱就不翼而飞了。乖姑娘，冷静一点，好吗？"

我再次仔细地将钱数了一遍。尽管我很确定之前将所有的钱都锁在柜子里头，但我还是把整间屋子都翻了个底朝天，甚至连最小的缝隙都摸了一遍。其实我心里明白，我真的被偷了，只能说这个小偷实在是太大胆了。阿德里亚娜在一旁歇斯底里地哭喊，她的脸埋在手中，泣不成声：

"哦，不，不！小偷，怎么会有小偷呢？这肯定是有计划的！有天晚上我听到了一点动静，当时有点怀疑，但我没想到……"

帕皮亚诺！是的，帕皮亚诺！肯定是他趁我们摸黑做"通灵"实验的时候，利用他那个弱智的弟弟把钱偷走了！除了他，没有别人。

"可我不明白……"阿德里亚娜又哭了起来，"我不明白！你怎么会把这么多钱带在身边，而且就这样放在家里的柜子中？"

我转过头看着她，一时无言。我要怎么回答这个问题？我是否要告诉她，我是迫不得已才把钱带在身边，我不敢将钱存到任何一家银行或托付给任何一家财产经纪公司，因为我没有合法的身份证明和财产所有权？

我知道，我的沉默只会让她更疑心，于是我冷冷地说："我怎么知道……"

可怜的阿德里亚娜难过不已，"哦，天啊，这该怎么办！"她号啕着。

小偷作案时心情肯定很慌张，当我想到随之而来的后果，我的心也是一样地慌乱。帕皮亚诺肯定猜得到，我不会控告那个西班牙画家、老安塞尔莫、帕皮塔·潘托加达、塞尔维亚·卡博拉尔，至于麦克斯·奥利兹的鬼魂就更是不会。他很清楚，我只可能起诉他，起诉他和他弟弟。但他还是肆无忌惮地这么做了，这是对我赤裸裸的挑衅。

我接下来能怎么做？把他抓起来？怎么可能呢？不行，那肯定办不到！我什么都做不了，什么都做不了！

这个想法几乎令我崩溃。

明明知道小偷是谁,却无法让他受到应有的惩罚。我根本不在法律的保护范围之内。我是谁?我究竟是谁?我谁也不是!我不存在,从法律的意义上说,我根本不存在!任何人都可以拉开我的口袋,但我只能保持沉默。

说到这儿,帕皮亚诺怎么知道呢?

他不可能知道!所以呢?

"他怎么有这个胆量?"我在心里思忖,"他怎么有胆子以身犯险?"

阿德里亚娜抬起脸,惊讶地望着我,说:"难道你不明白吗?"

"是的,是的,我明白了!"她这么一说,我顿时明白了她暗含的意味。

"你要把他抓起来。"阿德里亚娜决绝地嚷道,她站起身,"我要去告诉父亲!让父亲把他抓起来!"

我再次及时地阻止了她。阿德里亚娜是最后一根稻草,她压得我喘不过气来!我被偷了一万二千里拉,但这并不是最重要的。我担心的是,偷窃罪行一旦公之于众,我的身份也会被揭穿。看在上帝份上,我一定要拦住阿德里亚娜,让她不要说出去,这件事情谁都不能知道!

可照现在的情况,阿德里亚娜不可能保持沉默。她无法接受我这看似大度的举动,这其中有几个原因——第一,是出于她对我的爱;第二,还为着家庭的名声;第三,也是出于对她这位姐夫的畏惧和厌恶。

可在这样痛苦的时刻,阿德里亚娜这种理所当然的反抗却更增加了我的痛苦,我甚至感到愤怒。

"你不能对任何人讲,听见了吗?一个字都不能讲,明白吗?难道你想闹出人尽皆知的丑闻吗？"

可怜的阿德里亚娜经我这一说，又忍不住抽泣起来。

"不，不，我不是想闹丑闻！但我受不了那个让家族蒙羞的浑蛋，我要摆脱他！"

"可他肯定会矢口否认的！"我坚持道，"而你们其他所有人也都会被当成嫌疑犯带上法庭！你难道不明白吗？"

"凭什么？"阿德里亚娜回道，她变得异常愤怒，"你让他否认，让他否认！但我们还有其他许多对他不利的证据。梅伊斯先生，去告发他！不要担心我们！相信我，你告发他就是帮了我们大忙！这么做，也算是为我那可怜的姐姐报了仇。如果你不向警察告发他，那就是对不住我。就算你不告发，我也会去告发的！我和父亲如何能带着这样的羞耻渡日？不，我不会的，不会的！另外……"

我抓住阿德里亚娜的手臂，钱的事暂时被我抛在脑后，看到她如此难受，我更是心如刀割。我答应她一切都听她的，只要她擦干眼泪。我知道始作俑者是谁——帕皮亚诺认为我对阿德里亚娜的爱值一万两千里拉。那么，我该告发他吗？

"你想他被警察抓起来？那行，我去告发他，我的小阿德里亚娜！这不是因为我丢了钱，而是借此将他赶出去。对的，我马上就去办，不过我有一个条件，你得擦干眼泪，别再哭了，好吗？放心，我会让警察把他抓起来，不过你要答应我，亲爱的，在我咨询律师之前，你不能向第三个人提起这件事。我们要考虑周全一些，现在我们的情绪太激动了，可能会犯错误……你能答应我吗？能保证吗？用你最珍贵的东西发誓？"

阿德里亚娜发了誓，看着她流着眼泪的脸，我知道她确实是拿自己在这世界上最珍视的东西发的誓。哦，我可怜的阿德里亚娜！

待阿德里亚娜离开，我一个人站在屋子中间，茫然不知所措，脑袋一片空白，仿佛我不属于这个世界。我要多久才能恢复神智？我要怎样平复心情？白痴，真是白痴！看着储物柜，我在心里骂自己。那把锁是被撬开的吗？不，储物柜根本没有强行撬开的痕迹。一定是他们从我口袋里偷了钥匙，刻印了一把，然后打开了储物柜……

"你不觉得丢了什么东西吗？"我想起最后一次"通灵"聚会中，帕莱亚里曾这样问过我。我丢了一万二千里拉！

我再次感到一种深深的无助，内心一片虚无。我被偷了，但我却一个字都不能对别人讲，好似我就是那个小偷，内心惶恐不安。

"丢了一万二千里拉！这还算好的，他们本可以拿走我所有的钱，让我一文不剩。嘘，嘘，我有什么权利开口说话呢？'你是谁？这笔钱是怎么来的？'要是警察这么问我，我要如何回答？或者今晚我直接去找帕皮亚诺，揪住他的衣领，大吼：'你个混蛋，把偷我的钱还给我！'而他肯定会假装无辜，信誓旦旦地说我冤枉了他。他一定会矢口否认。你能想象他说：'哦，是的，我拿了你的钱，伙计！我只不过是搞错了而已！'想都别想。他甚至还会反咬我一口，告我诽谤。听，那轻柔的踏板声！哈，我想他们宣告我的死亡确实是一种幸运！所以，我现在是真的死了！死？不，比死更糟糕。老安塞尔莫曾说过，死人不必再死，可我还得再死一次。我还能怎样活下去？只能孤独地活着，孤独至死！"

想到这，心里一阵惊惧，我把脸埋进手中，瘫坐在椅子上。

我本可以那样活下去，听天由命，随遇而安，漫无目的地游荡，斩断一切感情联系。可我怎能做到！我必须要做点什么来改变这一切，可我现在又能做些什么呢？一走了之吗？可是，我能去哪儿？还有阿德里亚娜，我能为她做些什么？什么都做不了！经过这些事之后，我如何还能一走了之，连个解释都不给呢？她肯定会把这归结为偷窃的事，她会问："为什么他选择保护窃贼，却要这样惩罚我？"哦，不，不，可怜的阿德里亚娜！可如果我什么都不做，又如何能守住这个秘密？我不得不对她残忍，这是没办法的事！从我决定以阿德里亚诺的名义活着的那一刻起，残忍就成了我生命的一部分，而我是这残忍的第一个受害者。即便是偷我钱的帕皮亚诺都没我这么残忍。

他想娶阿德里亚娜，这样就不用返还第一个妻子的嫁妆。如果我把阿德里亚娜抢过来，他就得把嫁妆还给帕莱亚里，这样是否会公平一些？

帕皮亚诺肯定不这么想。他甚至不认为拿走我的钱是偷窃。帕皮亚诺了解阿德里亚娜是怎样的姑娘，也了解我，他知道我会娶阿德里亚娜做妻子，而不仅仅是将她当作情妇。那样子的话，我就能得到嫁妆，也就扯平了。钱还是会回到我的口袋，并且我还能得到亲爱的阿德里亚娜，我还要求什么呢？

我很确定，只要我们耐心等待，只要阿德里亚娜能替我保守秘密，那我们一定能看到帕皮亚诺偿还他欠安塞尔莫的钱，甚至会提前还清。还有一件确定的事是，我得不到那笔钱，因为我永远都不可能跟阿德里亚娜结婚。但阿德里亚娜还是能得到它，前提是她听从我的建议不把事情说出去，并且我继续留在这儿。这是一个巨大的挑战，达到这个目的需要技巧，也需要耐心。不过阿德里亚娜最后还是能得到嫁妆的。

这个推断让我得到了一些安慰，至少在阿德里亚娜的事情上是这样。至于我自己，哎，我还是得提心吊胆地过日子，生怕哪一天谎言被揭穿。与新生活的谎言被揭穿相比,丢失一万二千里拉实在不算什么,如果这能帮助阿德里亚娜最后得到嫁妆,它还不失为一桩好事。

我知道,我已经永远地被隔绝在生活之外,再没有机会得到它。我的内心满是悲伤,现实更是让人恐惧不安,好不容易找到一个让我觉得有所依的地方,却不得不离开。是的,我得再次上路,这条路没有尽头,没有目的地,只是漫无边际地游荡!我害怕再次落入生活的圈套,所以我要远离人群。孤独一人!孤独!只和孤独相伴!

我心情忧郁,对坦塔罗斯所施的刑罚落到了我头上。(希腊神话中的坦塔罗斯为众神宠儿,有幸参观奥林匹斯山众神。但他骄傲起来,侮辱众神,泄露天机,于是被罚站在水中果树下,渴时想喝水水退去,饥时想吃果果升高。)

我拿起帽子和外套,像个疯子一样冲出房间。

清醒过来时,我发现自己到了弗拉米尼亚大街,不远处就是横跨台伯河的莫莱大桥。我怎么会来这儿?我往四周看去,阳光很是灿烂。视线落在白色人行道上的影子,我愣了好一会儿神。终于我抬起脚,踏过影子。不,不,我不能踩踏自己的影子。我是影子,还是影子是我?

两个影子!

地上有两个影子!任何人都能踩上去,踩烂它的头,踩碎它的心。但我不能说话,或者说我的影子不能说话!

"一个死人的影子,对,这就是我!"

这时,一辆马车向我驶来。我站在原地不动,想检验下我的想法:没错,马蹄踏过了它,一只,再一只,然后是两个车轮轧过!

"好家伙,刚好轧过我的脖子!哦,还有一条狗过来凑热闹,嘿,你的腿能抬高一点吗?抬高一点就行。"

想到这儿,我忍不住大笑起来。那只狗被我吓得急忙跳开。驾车的人也转过头来看我,不知道我在笑什么。我开始向前走,影子也跟着移动。我突然感到一种近似疯狂的喜悦,我让影子钻到马车的轮子底下,钻到马蹄下,钻到每一个过路人的脚下。我知道,这影子将永远无法摆脱。我转过身,影子便也转到了我身后。

"就算我跑起来,它也还是会跟着我!"我暗忖。

我疯了吗?我怎么会质疑如此确定的事?我拍一拍额头,确定我还是我。不过我确实在想这个问题,并且想得很深入。影子是一个象征,是我真实生命的幽灵。当我躺平在地上,所有人都能践踏过我的身体。已故的马提亚·帕斯卡尔竟落到了这样的地步!他的人躺在米拉格诺的公墓里头,而他的鬼魂,他的影子便在这罗马的大街上游荡!

影子有心,但他无法爱人!影子有钱,但任何人都能将他的钱拿走。影子有头脑,他能思考,但他的思考仅限于明白这是一个影子的头,却并非头的影子!没错,就是这样!

我的头好痛!似乎那车轮和马蹄真的碾过了我的头。哦,怎么不能轻一点呢?怎么不能抬高一点呢?

一辆街车驶过,我跳上车,往家赶去。

第十六章 米妮瓦的画像

未等进屋,我知道家里头肯定发生了大事——我听见帕皮亚诺叫喊的声音,而帕莱亚里也不甘示弱地回吼。

最后是卡博拉尔跑过来给我开门,她脸色苍白,显得十分惶恐。

"所以,这是真的?"她大叫,"一万二千里拉?"闻言我愣在原地,无法呼吸。这时,那个患有癫痫的弱智儿西皮奥内·帕皮亚诺刚好经过,他将鞋子提在手中,光着脚走路,外套也脱下了。他同样是苍白的脸色,一副惶恐不已的样子。

我听见特伦齐奥激动地嚷道:"行,那就叫警察来,叫呀,他妈的!"我突然对阿德里亚娜感到生气。尽管我一再劝阻,可她还是打破了自己的誓言,将丢钱的事捅了出来!

"是谁告诉你的？"我几乎是在对卡博拉尔吼，"没有那样的事，钱我已经找到了！"

卡博拉尔一脸不解地望着我。

"钱？找到了？真的吗？哦，谢谢上帝！感谢上帝！"她举起双手，欢呼起来。然后她又匆忙跑进帕皮亚诺和老安塞尔莫尖声争执的餐厅，阿德里亚娜在一旁啜泣。

"他找到了！他又把钱找到了！"塞尔维亚高兴地大喊，"梅伊斯先生回来了！他找到了丢的钱！"

"什么？"

"回来了？"

"真的吗？"

餐厅里的三个人听到这个消息，都惊讶不已。阿德里亚娜和安塞尔莫红着脸，而帕皮亚诺则是双眼圆睁，面如纸色，脚下跟着踉跄了几步。

我定定地看了他几眼。我的脸色肯定比他还要苍白，我感觉全身都在颤抖。他不敢迎上我的视线。他似乎也要瘫了，手里拿着的衣服掉在了地上。我走到他面前，拉住他的手，说："不好意思，这是一个误会，给大家添麻烦了……"

"不！"阿德里亚娜大喊，但她随即又用手帕捂住了嘴巴。

帕皮亚诺望着阿德里亚娜，他不敢伸出手。然后我又说："请原谅我！"然后，我强行拉起他的手，感觉到他全身颤抖，我竟生出一种奇异的满足感。他的手冰凉冰凉的，一脸见鬼了的神情，尤其是那两只玻璃一样的眼珠，直直地望着我，好似就要掉出来。

"真的很抱歉。"我补充道，"给大家造成这么大的麻烦，我不是故意的……"

"没事。"帕莱亚里结巴道,"没事儿……或者,那东西本来就不应该在那儿……梅伊斯先生,恭喜你把钱找回来,因为……"

帕皮亚诺用手擦了擦泪水沾湿的眉毛,捋捋头发,深吸一口气,然后转过身背对我们,面向通往露台的落地窗。

"我就跟故事里的那个人一样,"我挤出一丝微笑,假装轻松地说,"自己骑在驴上,却以为驴子丢了,四处寻找。那一万二千里拉就装在我的口袋里头!这真的是要让人笑掉大牙!"

阿德里亚娜表示无法承受,她说:"可我亲眼看着你找过了一遍呀,书里,口袋里,哪儿都找遍了……"

"是的,阿德里亚娜,"我打断她,表情严肃,"但我找得不够仔细,反正我现在已经找到了钱。阿德里亚娜,我尤其要请你原谅我,因为我的疏忽,让你跟着难过了这么久。我希望……"

"不!不!不!"阿德里亚娜大叫,她忍不住哭出声来,冲出了房间,塞尔维亚·卡博拉尔连忙追了出去。

"我不明白!"帕莱亚里不解地大叫。

帕皮亚诺愤怒地转过头,看着我们:"反正,我今天得把话说清楚。现在,貌似我也没必要……"

他大口喘着粗气,话都说不上来。最后,他转过脸对我说话,不过眼睛还是不愿意看我。

"我……我不能……相信我……当他们在这儿的时候,我没办法说不……咳,我得照顾我弟弟,他有病……他或许……我抓住他的衣领……那情景真是恐怖。我让他脱下衣服,搜他的身,就连贴身穿的汗衫都脱了,鞋子、袜子全都脱了,而他……"

说到这儿,他再次哽咽起来,眼睛里满是泪水。过了一会儿,他又用沙哑的声音说:"反正,他们都看到了……不过,你自然是……因为你丢了钱……不行,我得离开这儿,我受不了了!"

"不行,你不能走!"我说,"你绝不能走!因为我的缘故?不行,你得留在这儿!就算要有人走,该走的也是我!"

"哦,梅伊斯先生,你怎么会这么想呢!"老安塞尔莫叫起来。

闻言后,就连情绪激动的帕皮亚诺也做了个不同意的手势。最后,他解释道:

"无论怎样,我都是要走的!事实上,就算没发生这些事情,我也打算离开,因为我的弟弟不能再留在这儿。哦,事实是,侯爵帮我在那不勒斯找了一个疗养院,这是他写给疗养院院长的信,你们自己看……无论如何,我得到那不勒斯去,因为侯爵还想要一些文件。而我的小姨子把你看得很重,看得很高,她上蹿下跳地说事情水落石出以前,谁都不能离开屋子,因为你发现……你认为偷钱的是我,是的,她是这么说的。我可以以人格保证,那绝对不是我,并且我还得还给我的岳父帕莱亚里先生一笔钱。"

"你在说些什么?"帕莱亚里先生打断他道。

"不是,"帕皮亚诺扬起头,"我把它记在心上!我记在心上,你别担心!哦,要是我走了,可怜的西皮奥内……"

帕皮亚诺似乎无法再控制自己的情绪,他号啕大哭起来。

帕莱亚里被深深地打动,但他也不知道该怎么办。

"那么,西皮奥内跟那有什么关系?"

"我可怜的弟弟!"帕皮亚诺听上去很真诚,就连我都忍不住喉咙抽动。我想,他肯定是为弟弟难过,因为我要是向警察告发的话,他弟弟难逃其咎,并且之前的搜身确实是一个不小的屈辱。

帕皮亚诺比谁都清楚，我不可能找回钱。而我宣称钱找到了，这出乎他的意料之外，也算及时拯救了他。他当时应该是想着事情如果真的败露，那就把所有过错都推到弟弟西皮奥内身上，再推说西皮奥内有病，从而争取宽大处理。帕皮亚诺号啕大哭，这要么是为了释放他内心的压力，要么是因为他觉得泪水是攻击我的最好武器。显然，这些眼泪只是前奏曲。他跪下了，谦卑地跪在我脚下，条件是要我坚持宣称我已经找到钱；而我要是得了便宜还卖乖，接受了他的示弱最后又改口，他也不惜跟我来个鱼死网破。简单说就是这样——他完全不知道偷窃的事。我的宽容大度不过是救下了他的弟弟，而谁都知道他的弟弟无论如何也不会受到太重的惩罚，因为他的精神有病。另外，我也注意到他含蓄但清楚地保证了会把嫁妆还给帕莱亚里。

所有这些都是我在他泪水中读到的信息。最后，安塞尔莫的告诫劝导加上我的从旁抚慰总算让他的心情平复了下来。他说会先到那不勒斯去，待找到一家好医院安置好弟弟，并了结生意上的一点事情——他最近跟一个朋友合伙做了点生意——当然还要找到侯爵要的文件，然后就立马回来。

"对了，"他转向我，"我差点都忘了说，要是你今天有空的话，侯爵邀请你过去吃饭，和我的岳父还有阿德里亚娜一道。"

"哦，那太好了。"安塞尔莫嚷起来，他都没让帕皮亚诺说完，"好的，我们都会去！太棒了！总算有件好事。梅伊斯先生，你觉得怎么样？我们一起过去吧？"

"我呀……"我做了一个应允的手势。

"那好，我们四点钟过去，可以吗？"帕皮亚诺用手抹干眼泪，提议道。

回到房间，我满脑子都是阿德里亚娜，她刚刚哭着跑开了……如果她现在跑过来，要求我给一个解释，我该怎么办？她自然不会相信我刚说的话。那她会是怎么想？会不会认为我故意掩盖偷窃的事，是为了惩罚她违背誓言？我为什么这么做呢？当然是因为我咨询的律师告诉我，一旦告发，那屋子里的所有人都逃脱不了嫌疑。尽管她说过愿意面对可能会有的丑闻，但仅仅为了一万二千里拉，我肯定不会让这种事情发生！那么，她就会认为我的宽容大度是出于对她的爱，是我为她做出的牺牲！

受形势所逼，我不得不对她说谎，这是令人恶心的谎言。这一谎言使我不得不承认对她的感情，让我陷入一种微妙的处境。尽管我显得大度，但这并不是她想要的。

不，不对！我想到哪里去了？按照正常逻辑推断，我应当得出另外的结论。什么慷慨大度，什么牺牲，什么爱意，都是扯淡！我真要让这个可怜的姑娘越陷越深吗？不行，我一定要控制住自己的感情，不再跟阿德里亚娜说话，也不再用暧昧的眼神看她。可要是那样子的话，我先是装作宽容大度地原谅偷窃的事，然后又刻意跟她保持距离，她会怎么想？那到时候我还是会被迫说出偷窃的事，而且是在牺牲阿德里亚娜的感情之后！这样做有意义吗？不，现在只有两种可能性——要么是我丢了钱，但我为什么不把小偷抓起来，反而冷淡疏远她呢？或者，我确实把钱找了回来，但我为什么收回对她的爱呢？

我突然开始讨厌自己，觉得自己恶心。至少我要跟阿德里亚娜解释清楚，这整件事根本不存在任何善意，我之所以不采取法律措施，是因为我不能，我不能……哎，我必须要想出几个说得过去的理由，我不能让事情就这个样子！也许那些钱原本就是我偷来的！对，她可能会这么推断,那我就让她这么想!

或者我跟她解释,我是个亡命之徒,身上背着官司,被迫隐姓埋名!

谎言,全部都是谎言,阿德里亚娜那样天真而纯洁,但我能给她的只有谎言!

那么,或许我对她说出真相?但她会相信这所谓的真相吗?说实话,就连我自己都不太相信。这样一个荒唐的故事,谁会相信呢?那样子的话,为了不再说谎,我就得承认之前所有的话都是谎言。这样才算得一个真实的解释!而这既不能减轻我的罪孽,也不会让她受的折磨减少分毫!

尽管我心情愤怒,讨厌自己,可要是她亲自来我的房间告诉我没有遵守誓言的原因,而不是打发塞尔维亚·卡博拉尔来跟我说,我或许就把一切都说了出来。

她为什么不守诺言,帕皮亚诺实际上已经告诉我了。另外,卡博拉尔还告诉我,阿德里亚娜沮丧到了极点。

"为什么呢?"我假装不在意地问。

"因为,"卡博拉尔答道,"她不相信你找回了钱!"

我突然想到,有个办法或许能让我解脱出来——就让阿德里亚娜认为我是一个硬心肠的、自私的、奸诈的浑蛋,让她认定我不值得再爱。这能减轻一点我对她的伤害!她或许会难过一阵子,但久而久之她肯定能忘了我,得到更多的东西。

"她不相信?为什么呢?"我看着卡博拉尔,状似轻松地笑了笑,"一万二千里拉,亲爱的!那么多的钱可不是天上掉下来的!要真是丢掉了,我还能这么淡定吗?"

"可阿德里亚娜说……"她还试图说点什么。

"都是无稽之谈！"我打断她，"没错，我确实有过怀疑，但我也跟帕莱亚里小姐说了，我不相信真会有这种事发生。事实上……你说吧，要是我真丢了钱，我有什么理由不说出来？"

卡博拉尔耸耸肩道："也许阿德里亚娜认为你有其他苦衷……"

"但我告诉你，没有其他理由！我根本没丢钱！"我连忙掩饰，"要知道，这可牵涉一万二千里拉，丢两三里拉或许还不紧要，可一万二千里拉……我可没这么大方……她一定认为我是个英雄！"

塞尔维亚·卡博拉尔走了，她应该会将我刚才的话转述给阿德里亚娜。我抓紧自己的双手，用牙齿狠狠地咬！我只能这样办？好像这笔被偷的钱是给了她，当作对她落空的希望做一个补偿。还有比这更卑鄙，更无耻，更怯懦的事情吗？我想阿德里亚娜可能正在隔壁的房间里痛骂我，唾弃我，但她一定不明白，她的痛苦也正是我的痛苦。但我别无选择！我必须要让她讨厌我，唾弃我，就跟我讨厌自己唾弃自己一样。另外，为了让她彻底地讨厌我，我还要对帕皮亚诺——她的敌人——表现出十分的礼貌甚至是谄媚，装作是为了补偿她曾对他的怀疑。而帕皮亚诺这个小偷，也会被我搞迷糊，甚至会认为我是个疯子……

还有什么？我还能做比这更糟糕的事吗？对了，还有，我们要一起去侯爵家，到时候我就公开追求帕皮塔·潘托加达！

"这会让你恨死我，阿德里亚娜。"我在床上呻吟，辗转反侧，"还有什么，我还能为你做什么？"

四点前后，盛装打扮的老安塞尔莫过来敲我的房门。

"我准备好了！"我叫道，同时将外套套到身上。

"你就这么去吗？"帕莱亚里惊讶地问。

"怎么呢？"我回。

然后，我才意识到自己头上戴了个苏格兰鸭舌帽，我把鸭舌帽取下来塞进口袋，抓起一个礼帽，而安塞尔莫就站在一旁咯咯地笑。

突然，帕莱亚里转身欲走："帕莱亚里先生，你这是要去哪儿呀？"

"哦，我真是脑袋不清楚了。"他指着自己的双脚，"我脚上还穿着拖鞋呢！梅伊斯先生，我到另一个房间换双鞋子。阿德里亚娜在那儿……"

"什么，她也要去吗？"

"她原本不想去，"帕莱亚里先生边走边回，"不过我劝她改变了主意！她在卧室梳妆……"

于是，我走进房间，迎面看到卡博拉尔冷漠而责怪的眼神。卡博拉尔自己感情无望，所以她将自己很大一部分的感情都寄托在了阿德里亚娜这个天真的姑娘身上！而现在阿德里亚娜尝到了生活的苦，也尝到了感情的痛，塞尔维亚自然会陪在她身旁。我有什么资格让这样一个善良而漂亮的小人儿不快乐？至于她自己——既不良善也不漂亮——男人或许还有借口对她不好！但阿德里亚娜不应遭受这样的对待，不能对阿德里亚娜这样！

我从卡博拉尔的眼神中读出了这些信息，她责怪我粉碎了阿德里亚娜的希望。哦，我的阿德里亚娜，她的脸多么苍白，简直是面如纸色，眼睛也哭得红红的。她得费多大劲才能爬起来梳妆打扮和我一道共赴晚餐呀。

尽管赴宴的心情不佳，但侯爵本人和他的家还是引起了我的兴趣。我知道他住在罗马的原因，要想复辟两西西里王国，除了为世俗政权的胜利而斗争外别无他法。有人预言说，若把罗马还给教皇，统一的意大利就会分裂，那么……谁能说清楚呢？侯爵并不十分相信预言！人不能三心二意，一次只能做一件事情，所以专心处理好当前的工作最重要。

目前侯爵的任务就是在宗教的战场上作战,所以沙龙就是他笼络众人的手段,许多不妥协的教士以及支持黑党的勇士都会到他家里来。

不过那天晚上,我们在他那辉煌的客厅里倒一个人都没遇上。客厅正中放着一个三脚架,上面有一幅画到一半的画——帕皮塔的小狗米妮瓦,这是一个身体全黑的小家伙,它躺在白色的沙发上,尖嘴自然地靠在两只前爪上。

"这是贝纳尔画的,那个西班牙画家!"帕皮亚诺给我们介绍说,一副骄傲的神情。

接着,帕皮塔·潘托加达走了进来,身后跟着她的家庭教师西格诺拉·康迪达。

上次和她们见面是在灯光昏暗的房间里头,而这次是在灯火通明的大厅,潘托加达小姐看上去和之前很不一样,尤其是鼻子的部分。什么?难道我之前就留意过她的鼻子?我原本以为她的鼻子很小,微微上翘,可现在看到她却是个鹰钩鼻,显得十分壮实。

不过,她仍然不失为一个漂亮姑娘!健康的肤色,一双闪烁的黑色眼睛,黑色长发闪闪发亮。薄嘴唇涂成了鲜红色,一条镶白色蕾丝的黑裙更是让她的苗条身形展露无遗。

跟光艳照人的潘托加达小姐一比,阿德里亚娜的美就稍逊一筹了。

这次见面,我也终于弄明白康迪达头上顶的那个东西是什么了。一个黄褐色的卷曲假发套,发套上系着一条天蓝色绸巾,绕过后脑勺在下巴下面打了一个蝴蝶结。这条绸巾好似给她的脸镶了一个边,映衬着她那瘦削白皙、涂脂抹粉的面颊,稍稍好看了些。

与此同时米妮瓦吠个不停,以至于我们都无法听清对方的话。当然,米妮瓦并不是对着我们狂吠,它是对着画架和白色沙发叫唤,显然它是记起了刚才在上面受的折磨。这是一个受虐灵魂的反抗和抱怨!米妮瓦仿佛是在说:"嘿,出去!嘿,快出去!"可画架纹丝不动,所以它缓缓退后,然后快速奔向前,龇牙咧嘴,做出威胁的样子。

米妮瓦身子肥胖,四条腿又很瘦,看着并不好看。很多次它都让我想起祖母:眼睛里不再有光芒,头发灰白。米妮瓦背部靠近尾巴的地方有一块白斑,那可能是因为它喜欢抓椅子、书箱角或任何尖锐的硬物。

这点我很明白。最后,帕皮塔抓住米妮瓦的脖套,将它扔给西格诺拉·康迪达,大声责备道:"Cito!"意思就是"闭嘴"!

这时,伊尼亚奇奥·吉利奥·达乌莱塔侯爵匆忙走了进来。他弯着腰,急匆匆走到窗边的沙发上,刚一坐下就把手杖放到两腿中间,深深吸一口气,疲倦地笑了笑。侯爵的胡子刮得很干净,这让脸上的皱纹显得更深了,苍白的脸色跟闪亮的眼睛形成鲜明对比。侯爵已然年老,但他却有一双热诚的年轻的眼睛。几缕头发盖住前额和两颊,样子十分古怪,像湿的黑色灰烬流过脸颊留下的痕迹。

侯爵热情地欢迎我们,他说一口浓重的那不勒斯方言。接着,侯爵又让秘书向我们展示房间里的纪念品,那都是他忠于波旁王朝的证据。帕皮亚诺领着我们走到一个绿色丝绒布盖着的画框前,绒布上用金线绣着几句话:"我不藏匿,我要揭露,请你抬起我,请你仔细阅读。"这时,侯爵命帕皮亚诺将画框从墙上取下,拿到他面前。画框玻璃下面压的是比耶罗·乌洛亚的一封信。1860年9月,两西西里王国即将垮台之际,乌洛亚给他写了这封信,邀请他参加内阁。后来,那届内阁没能组成。这封信的旁边放着侯爵接受这一邀请的复信底稿。侯爵为这封复信而骄傲,也为那些拒绝任职的人感到羞耻。那些人在危险混乱的时刻,面对已经打到那不勒斯城下的加里波第,却不敢出面执掌政权。

老伯爵大声朗读这些信，他变得异常兴奋，而我也不由对他生出了敬佩之情，尽管他说的这一切都冒犯了我作为意大利人的情感。侯爵给我们讲了一个故事，确实，他算得上一个英雄。

故事发生在1860年9月15日。国王乘一辆马车离开那不勒斯皇宫，随行的有王后和两个宫廷侍从。马车走到吉亚大街却不得不停下，因为车辆全被挡在了一家药店门前。那家药店的标志是几朵金色的百合花，一架梯子搭在那标志上，挡住了路，所以大小车辆只好停下来。几个工人爬在梯子上，将标志上的金百合花取下。国王看到了这一幕，便示意王后看，让她看这个药店老板有多胆怯——尽管这金色的百合花曾带给他荣耀，因为他用的是皇家标志，可时局一变，他却急不可耐地要将标志摘下来。当时，达乌莱塔侯爵刚好经过那里，怒不可遏的他冲进药店，一把揪住药店老板的衣领，抓他去见堵在店外的国王。他愤怒地吐了药店老板一脸唾沫，然后挥舞着被取下来的一朵百合花向人群高呼："国王万岁！"

取下来的百合花标志就放在这个客厅里头，侯爵也因此而得到了荣誉，被授予内廷贵族的金钥匙和圣杰纳罗骑士勋章和其他一些东西。这些都摆在大厅里，摆在菲尔蒂南多（1810～1859年，波旁家族成员，1830年起为国王，曾镇压1849年的起义）和弗朗切斯科二世（1836～1894年，两西西里王国的最后一个国王，菲尔蒂南多之子）的两幅大画像下面。

过了一会儿，我借机撇开帕皮亚诺和帕莱亚里，走到帕皮塔·潘托加达身边，开展我的计划。

我发现帕皮塔情绪不佳，并且很不耐烦，她一开口就问我几点钟了。

"Quattro e meccio？四点四十？好吧！好吧！"

其实她并不高兴，这一点从她说"好吧"的勉强语气中就能听出。接着，她又咬牙切齿地说了许多话，不过都是些反意大利、反罗马的言辞。帕皮塔尤其不喜欢罗马沉浸在"过去的辉煌中"。斗兽场？斗兽场又怎么样？要知道西班牙也有一个高赛乐（古罗马的竞技场，也叫斗兽场，建于公元初，是罗马著名古迹之一），跟我们这儿的斗兽场一样古老，只是没有人在乎罢了。那不过就是一堆脏兮兮的石头，没什么特别！要是你想了解真正的剧院是什么样，那就到西班牙来，我让你看看我们的广场有多么恢宏，还有那些古老的画作！哦，我宁愿要米妮瓦的画像，真希望贝纳尔赶紧抽时间将它画完！

是的，就是这样！帕皮塔想要那幅画，她想让贝纳尔立刻画完。已经四点四十了，可贝纳尔还没现身！她烦躁不安地转动椅子，不时摸摸鼻子，双手一张一合，视线紧紧盯着画室的门。

终于，贝纳尔来了，他气喘吁吁地走进房间，好似刚跑完马拉松。见贝纳尔过来，帕皮塔的态度却立马转变。她转过身，朝另一个方向走去，装出一副满不在乎的样子。贝纳尔走过去同侯爵握手，并同我们鞠躬致意，然后朝帕皮塔走去，他用西班牙语请求帕皮塔原谅他的迟到。帕皮塔再也憋不住了，她朝贝纳尔机关枪似的说了许多话，用的是半西班牙语半意大利语。

"首先，你得跟我说意大利语，因为在场的人都不懂西班牙语，所以你用西班牙语跟我说话就是对他们的不敬。第二，我一点都不在乎你，也不在乎你的画，你迟到也好找借口也好，我全都不在乎！"

贝纳尔连连称是，他紧张地笑着，不时弯腰鞠躬，最后他问是否能继续画那幅画，因为再过一个小时天就要黑了。

"随你的便！"帕皮塔仍是趾高气扬的神情，"反正没有我你也能画,或者你把画的擦掉也行,对我而言没有区别!"

贝纳尔再次鞠躬道歉,然后转向一旁的西格诺拉·康迪达,这位家庭女教师手中仍抱着帕皮塔扔给她的小狗。

可怜的米妮瓦又要忍受一小时的折磨,不过跟贝纳尔相比,它的折磨还算不上什么。为了惩罚贝纳尔的迟到,帕皮塔开始当面跟我调情,尽管我之前计划要公开追求她,但她的尺度对我而言还是太大了。我感觉到阿德里亚娜瞥了我一眼,眼神中满是痛苦——她所承受的痛苦比米妮瓦、比马纽尔·贝纳尔、比我都要多。我感觉到自己的脸越来越红,火辣辣的,我知道贝纳尔一定也在忍受折磨。但我并不同情他,甚至还带有一种幸灾乐祸的意味。我的脑子里只有阿德里亚娜,她很快就被我伤到了,画家贝纳尔为什么不呢?在我看来,贝纳尔受的折磨越多,阿德里亚娜的痛苦就能减轻一些。屋子里的气氛越来越紧张,随时都可能爆发。

点燃导火线的是米妮瓦。帕皮塔本是背靠画架和沙发而坐,平时只要她瞪米妮瓦一眼,它就会老实,可这次却不是这样。当画家转向画布,米妮瓦就会小心翼翼地调整姿势,一下子伸出这只爪子,又一下子伸出那只,最后干脆把鼻子和头都埋到垫子下面,好似故意要藏起来似的。而当贝纳尔回过头,他发现自己面对的不是一只摆好姿势的小狗,而是两条后腿和一根竖起向上的尾巴。

西格诺拉·康迪达已经好几次帮着让米妮瓦回复原位,但它还是不老实。贝纳尔渐渐有些不耐烦了,而帕皮塔此时正和我聊得火热,他有时也会听几句,然后低声嘟囔几句。

好几次我都忍不住想问:"你在说什么吗,贝纳尔先生?"

终于,他的耐心被磨光了。只见他怒吼道:"潘托加达小姐,你能让这个小畜生安生一点吗?"

"小畜生?你叫它小畜生?"帕皮塔跳起身,对着可怜的画家大嚷大叫,"你竟敢称我的狗是畜生?"

"狗又听不懂脏话!"我忍不住说了一句。

当时我并没意识到,处于那种情境下的贝纳尔俨然是一只刺猬。我那么说并非批评他的用词,也无意冒犯。可他却勃然大怒。

"我怎么说不关你的事,先生!"

贝纳尔的语气很冲,我的怒火也升了上来。于是,我不甘示弱地回答:"我得说,贝纳尔先生,你也许是个了不起的画家……"

"怎么了?"侯爵察觉到我们之间的火药味,连忙问道。

贝纳尔将画笔扔到地上,直接朝我走来,脸距离我只有几公分。

"了不起的画家?先生,你说这话是什么意思?"

"了不起的画家,没错……可我觉得你的言行举止并不像一个了不起的画家;另外,你都把那可怜的小狗吓坏了!"

我的言语间充满了对他的轻蔑。

"你说的没错,这只小狗怕我。"他说,"不过我还想看看,怕我的是不是只有这只四条腿的狗!"说完,他便转身走开。

此时,帕皮塔正歇斯底里地大叫,差点昏厥过去,幸好帕皮亚诺和康迪达扶住了她。

混乱中,我的注意力转到了坐在沙发上的阿德里亚娜身上。就在这时,我的手臂突然被人掐了一把——贝纳尔竟然趁我不备袭击了我。他一拳挥向我的脸,被我及时躲过,紧接着我重重地回击了他一拳。可他立刻又朝我扑来,差点就打中了我的脸。说时迟那时快,我躲过一拳,正想还击,可帕皮亚诺和帕莱亚里却跑过来拦在我跟贝纳尔中间。贝纳尔被人拉出了屋子,他一边后退一边朝我挥舞拳头。

"我跟你没完,你给我记住!要打架我随时奉陪,这儿的人都知道我的地址!"

侯爵站在椅子前,颤抖着身子吼叫。我则拼命想挣脱帕莱亚里和帕皮亚诺的钳制,追上贝纳尔。侯爵最后提高了声音:"你是一个绅士,"他说,"你得让你这两个朋友去解决这件事。当然,贝纳尔也得给我一个交待,他如何敢在我的地盘打我的客人呢?真是太不像话了!"

我气得浑身颤抖,但我还是努力克制自己的情绪,跟侯爵告别。然后,我就冲了出去,帕皮亚诺和老安塞尔莫跟在我后面。阿德里亚娜则忙着唤醒在另一个房间里的帕皮塔。

现在轮到我向偷我钱的小偷低头了,我请求他跟帕莱亚里先生当我的证人,我要去找贝纳尔决斗。不然,我还能请求谁呢?

"我?"安塞尔莫很吃惊,"我?怎么可能,亲爱的梅伊斯先生,你在开玩笑吧?我根本不懂这种事情。这简直是荒唐。你真的要现在就去吗?"

"你必须支持我!"我坚决地嚷道,无心再和他争辩,"你和帕皮亚诺先生都是好人,难道就不能当我决斗的证人吗?"

"我?我?怎么可能,我的孩子!你让我做其他任何事都可以,可这样的事?不行,绝对不行。这也不是什么大不了的事,一点小争执而已!怎么火气这么大呢?"

"不,你错了!"帕皮亚诺插嘴道,他感觉到了我的愤怒,"这是一件很重要的事!梅伊斯先生有权讨个公道。事实上,他完全可以讨个公道。他要去找贝纳尔决斗!他得去跟他算账!"

"所以,你跟我一起去?"我说,"你一个,再叫上一个朋友……"

可我没想到帕皮亚诺竟然拒绝了我的这个要求,他张开双臂,做出一个无奈的手势。

"你知道的,我很想帮你,可是……"

"你不帮我?"我暴跳如雷,停下了脚步。

"等等,你听我解释,梅伊斯先生!"他连忙说,"你听我说,还记得我跟你说过我这段时间有很多事要忙吗?我就像是侯爵的奴隶一样,有做不完的事……"

"那和这有什么关系?侯爵自己都……难道你不记得了吗?"

"是的,我知道,可明天呢?要是他知道自己的秘书卷进了恶性打斗,会怎样?跟你说,他肯定会把我开除!另外,还有潘托加挡在中间呢,难道你不明白吗?她已经彻底爱上贝纳尔了。到时候他们亲吻做爱,跟没事人似的,可我怎么办呢?到时候我就完了!所以我真的很抱歉,梅伊斯先生,不过真的请你理解一下我的处境……"

"所以,你们两个都不愿意帮我?"我已经想不出别的办法,"我除了你们两个,我在罗马谁也不认识。"

"你听我说,会有办法的,会有办法的!"帕皮亚诺急忙说,"我建议……你看岳父和我都在这儿,所以很难……你没错!你很有道理,这种事情不能不计较……或者,你可以向军队里的军人求助,他们肯定不会拒绝这么正义的事。你去找他们,跟他们把事情的来龙去脉说清楚。他们通常愿意帮助城里的陌生人……"

说着,我们到了家门口。我对帕皮亚诺说:"劳您费心了!"说完,我便阴沉着脸走开,将他和安塞尔莫扔在原地,自己一个人漫无目的地向前走去。

走着走着,那种压抑而难受的感觉又袭上心头。我这样的一个人,能跟人决斗吗？难道我还没认清现实吗？两个军官！行，就去找他们当见证人！可要是他们问我，"你是谁？""你是哪儿人？"我要怎么回答呢？事实是，人们可以往我的脸上吐唾沫，可以扇我耳光，甚至可以拿鞭子抽我，而我只能让他们打，请求他们不要把打我的事张扬出去就行！两个军官！我不能让他们弄清我的真实身份。第一，他们肯定不会相信我的话，谁知道他们会生出怎样的怀疑呢？第二，这事对阿德里亚娜也没好处，就算他们真的信了我的话，然后我也决斗赢了，但一个已经被宣告死亡的人如何能享受这样一份荣誉呢？

所以我只能忍下这口气，就跟我对帕皮亚诺偷我钱的事忍气吞声一样，我得夹起尾巴做人，独自抚平受伤的自尊心。是的，我被人打了脸，却得像个胆小鬼一样偷偷溜走，躲到没有人看得见的地方，躲到黑暗中。而在那黑暗的世界里，就连我自己都会讨厌自己。未来，哈，我还有未来吗？我如何还能继续活下去？我要如何忍受这样的自己？不，够了，我受够这一切了！

我停下脚步，脑袋嗡嗡作响，双腿发软。我的心脏突然一阵剧烈地抽动，全身凉透。

"不过在那之前，"我对自己说，"在那之前，为什么不试一次呢？要是我成功了……无论如何要试一次……我不要做胆小鬼……反正，我也没什么好失去的了，为什么不试一次呢？"

此时，我离阿拉格诺咖啡馆只有几个街区的距离。

"对，那些当兵的人就在那儿！第一个遇到谁，我就找谁当我决斗的见证人！"

怀着满心的痛苦，我走进咖啡馆。在外厅的一张桌子前，坐着五六个炮兵军官，其中一个人注意到我站在那儿盯着他们看。我当时脸色苍

白,双眼圆睁,一副犹豫不决的样子。我朝他们鞠躬致意,然后用颤抖的声音说:

"不好意思,打扰一下,我能跟你们说句话吗?"

这时,一个胡子剃得精光的小伙子站起身,看起来他似乎都还没从军校毕业,他朝我走来,礼貌地回答:"我能为您做些什么,先生?"

"哦,是这样的,我能先介绍一下自己吗?我叫阿德里亚诺·梅伊斯!我来自外地,在这儿无亲无故。现在我有一个麻烦,是一件关乎尊严的事……总之,我现在需要两个人做我决斗的见证人,不知道您和您的朋友愿不愿意?"

语毕,那个年轻人愣在原地,他看了我好一会儿,然后才转向同伴,大喊:"格里利奥提!"

格里利奥提是一名中尉,两撇小胡子向上翘着,一个单片眼镜勉强架在鼻子上,给人一种油头粉面的感觉。只见他站起身,同时还跟同伴们耳语着什么(他发"R"这个音时明显带有法语的痕迹),然后朝我们这边走过来,冲我点点头。刚看到格里利奥提的样子时,我差点对年轻军官说,"不要那个人,那个人不行"!可后来我才知道,这群人中没有比他更适合担任这个角色的了,他对骑士决斗的规则了如指掌。

格里利奥提听我讲了事情的来龙去脉,然后告诉我一些注意事项!他让我给某个上校发电报,说明我的情况,并表达我的悲愤心情,然后亲自去见上校。原来,格里利奥提自己就曾跟人决斗过——不过他那个时候还没有入伍——那是在帕维亚。他给我讲了很多有关骑士决斗的事情,到最后我感觉头都要爆炸了。

从我看到格里利奥提的那一刻起,我就不甚喜欢他,现在他又跟我讲了这么一大堆话,我对他的讨厌可想而知了!最后我实在是受不了

了,于是不耐烦地对他说:

"亲爱的先生,你说的这些都对,可是发封电报对我这样的情况真的有帮助吗?我独自在这样一个陌生的城市,我只是想马上决斗,明天也可以,而不想费这么多的事。

"就算按照你说的做了,对我又有什么好处呢?我满怀希望地跟你们这些先生说了我的事情,不好意思,我只是希望能有两个人当我的见证人,仅此而已,其他的事情都不重要!"

我发泄一通之后,格里利奥提也不甘示弱,很快我俩就争吵了起来,两个人都扯着嗓子喊叫,谁也不让谁。而旁边围观的士兵不时发出哄笑,这让我在气势上输了一截。我转过身,飞速离开,脸上火辣辣的,好似刚被人抽了一顿。

我能躲到哪儿去?在我落荒而逃的时候,那些士兵的哄笑声还是紧追我不放,我用手捧住头,不知道接下来该怎么办。我该回家吗?不,我很快就否定了这个想法。我继续往前走,走啊走,拼命地往前走。直到我开始喘不过气来,我才放慢脚步,稍事休息。我感到筋疲力尽,就连报仇的冲动都渐渐消退。

我停住了脚步,僵在原地,头脑一片空白。过了一会儿,我又开始挪动脚步,但这次却感觉很轻松,所有的痛苦似乎都消失不见,只剩下一种奇怪的麻木感。

我走到一家商店橱窗前,橱窗里陈列着许多商品。我走近它,入迷地观察里头摆放的东西。

灯突然间熄灭了。整条街上的商铺都熄了灯。

是的,因为我的到来,灯就全熄灭了!人们各自回家,只留我一个人在这街上游荡,所有的门窗都紧紧闭着,所有灯都被熄灭——只剩下沉默和孤独，永永远远！

我机械地移动脚步。

随着整个城市进入梦乡，生命似乎也从我的周围退去，仿佛那是某种遥远的、摸不着的、没有意义或目的的东西。

那个阴暗的想法是自然而然地形成的吗？我不知道，仿佛是受到某种内在力量的指引，我来到玛尔盖里塔桥头，靠着桥的栏杆，眼神空洞地俯视桥底下黑乎乎的河水。

"跳下去？"这个想法让我颤抖了一下。

但我并不感到恐惧！相反，我的心里只有一种强烈的愤怒之情，我恨她们，恨远在米拉格诺的那两个女人。是她们认定淹死在"鸡笼"庄园的人是我，对，就是罗米尔达和佩斯卡特尔寡妇，是她们害我走到这一步。我从没想过要假装自杀来摆脱她们。可现在，在我如同幽灵一样在这世界上飘荡两年之后，命运再次揪住我，要判处我死刑！归根结底，她们没错！我确实跟死人没什么两样！她们摆脱了我，尽管我并未摆脱她们。

我要反抗。难道除了自杀，我就没有其他的办法？

自杀？一个死人，哈，一个死人如何还能自杀？一个什么都不是的人，如何自杀得了？

我直起身子，好似事情突然变得明朗起来。我要讨一个公道！这意味着什么？就是说我要回米拉格诺去，对吗？就是说我要摆脱这让我窒息的谎言！就是说我要以真实的自己再次站到他们面前，唾弃他们，惩罚他们？啊，没错，就是这样。不过我现在受困于现实，我能这么轻易地挣脱出来吗？我能将这段生活完全抛开吗？不，我做不到！我知道自己做不到！所以我站在桥上，又痛苦又混乱，无法抉择。

这时,我刚好将手伸进口袋,我那敏感的手指似乎触到了某个东西。我愤怒地将它掏出来,那是我之前在火车上戴的鸭舌帽,下午出发去侯爵家的时候,老安塞尔莫取笑我的帽子,我就直接将它塞进了口袋。

我正想将它扔进水中,电光火石之间,我有了一个主意。从阿伦加到都灵的旅途中我就想过这件事,此刻它突然蹦进了我的脑海。

我自言自语道:"就在这座桥上,我的礼帽,我的手杖……对,就跟之前在米拉格诺的水渠一样。之前马提亚·帕斯卡尔就是这样死掉的,现在,我——阿德里亚诺·梅伊斯——也要以同样的方式死掉……"

想到这儿,我的内心一阵狂喜。没错,没错,我已经死掉了,那再自杀实在是荒唐,一个死人如何能自杀呢?我要杀掉的是另一个自己,是折磨了我整整两年生活在幻象中的这个自己。我一定要结束阿德里亚诺·梅伊斯这糟糕的生活,在这生活里,我不得不做一个胆小鬼,做一个骗人精,一个毫无价值的痛苦的人!阿德里亚诺·梅伊斯,他是假的,他的脑子里装的是败絮,心是纸浆做的,血管是橡胶的,血管里流的不是鲜血,那不过是有颜色的水而已。好,跳下去吧,可怜又可恨的傀儡!像马提亚·帕斯卡尔一样跳下去淹死吧!

一命抵一命!阿德里亚诺·梅伊斯这条命本就是一个谎言,所以结束它吧,让这一切都结束!

这的确是一个办法!我伤害了阿德里亚娜的感情,除此之外,我还能如何弥补她呢?我能咽下西班牙画家的那口气吗?那个胆小鬼趁我不备攻击我,还扬言要跟我决斗,可我这样一个没有身份的人根本就不可能参加决斗!我能咽下这口气吗?我,我是说这个真实的我,丝毫不畏惧他。这一点我很清楚。他侮辱的是阿德里亚诺·梅伊斯,并不是我。阿德里亚诺·梅伊斯什么事都忍得下,这点毋庸置疑,不然他何以自杀呢？

是的，这是唯一的办法。我的身体开始颤抖，好似我真的要杀掉什么人似的，但我的头脑很清醒，心似乎一下子浮了起来，一股精神的强光照亮了我，使我无比高兴。

我往四周看去，我担心台伯河的方向或许有人注意到我已经在桥头站了一个小时，或许会有警察来，以阻止此类的悲剧发生。我得确定一下，于是我往前走去，先是去看了自由广场，然后到台伯河大街，顺便再看了看梅利尼大街。

一个人都没有！

于是，我开始往回走，可在我再次踏上桥之前，我突然在一盏街灯下停住了。

笔记本！

我将笔记本掏出来，从中撕了一页纸，用铅笔写道："阿德里亚诺·梅伊斯。"还要写其他的什么吗？哦，还得写上我的地址，或许最好还写上日期！这就行了，这样别人就能弄清楚了！死的人肯定是阿德里亚诺·梅伊斯，你看他的礼帽和手杖在这儿呢！

至于其他的东西，比如衣服和书等，就把它们留在房间吧！没有其他的了，至于剩下的那些钱，我自然是要带在身上。

我蹑手蹑脚地爬上桥，头钻过栏杆。我双腿打颤，心跳到了嗓子眼儿。我选了光线最暗的一块地方，取下礼帽，把那张折好的纸条塞到帽子下，然后把礼帽挂到栏杆上，手杖就靠在一边。然后我把鸭舌帽戴到头上，这是我的幸运帽——就是这个鸭舌帽让我想到了逃脱的办法。做完这一切之后，我带着影子悄悄离开，像个小偷一样在黑暗中前行，不敢回一下头。

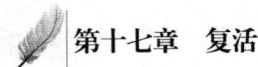 第十七章　复活

我来到火车站，凌晨开往比萨的火车还没有开。

买票上车之后，我看到二等车厢一个角落位置。我立刻在那位置上坐下，将鸭舌帽拉得低低的，这是为了不让人看见我，也是为了不去看别人。

可我的思绪并未静止，我能看到那顶宽沿礼帽和手杖静静地躺在桥头。也许，现在已经有路过的人发现它们，觉得蹊跷；又或者一个巡逻的警察发现了它们，并立刻拉响了警报！而我还在罗马！这会有什么后果？我心里像是有无数只蚂蚁在爬，焦躁不已，连呼吸都觉得困难。

不过，火车最后还是开动了。感谢上帝！车厢里只有我一个人，我站起身，将手臂举过头顶，仿佛压在胸口的巨石突然被移开，我长长地

舒了一口气。啊,我终于又活了过来——真正的我——马提亚·帕斯卡尔。我真想大声呼喊,让所有人都听见——我,马提亚·帕斯卡尔,没有死。看,我就在这儿,我马提亚·帕斯卡尔就在这儿!哦,从此我再不用担心身份被揭穿!我再也不需靠谎言和欺骗过活。当然,这一切得等我到达米拉格诺之后才能实现!我得先宣告我的回归,让所有人都知道我没有死,我要重新在那被埋葬的根芽上接续我的未来。

我真的是疯了!我如何还能接上原来的生活活下去呢?不过,在从阿伦加到都灵的路上,我也曾如此快乐过!"疯狂!自由!自由!"当时的我放肆地叫喊着,以为从此就能摆脱过去,过上自由的新生!自由,哈,多么美妙的词——可是它却在我的肩头压上了重担,让我像个受困的幽灵一样活着!我现在要去找回我的妻子,还有我的丈母娘,她们如果看到我"死而复生"会是怎样呢?不过,我至少还活着,还能去经历生活。我们等着瞧,等着瞧!

现在当我想起这些事,我简直都不能相信自己两年前真的如此疯狂地切断了和社会的所有联系。刚开始的那段日子里,我在都灵过得无忧无虑(我现在明白,那是一个疯狂的世界);然后我从一个城市到另一个城市,渐渐地我感觉到孤独,我不跟任何人交往,一个人沉默地过活,当时我以为那就是快乐,是自由;后来我去了德国,乘一艘游轮游览莱茵河……那是一场梦吗?绝不可能!那是真的,我确实曾到过那儿!啊,我真的曾拥有那种心境,如同一个过客在我自己的生命中来来去去!可没过多久,我在米兰想从一个卖火柴的可怜老汉那儿买一只小狗……是的,就是从那时候起我开始明白我的不自由,再后来……

我的思绪一下子跳回了罗马。我看见自己像个幽灵一样溜进那所废弃的房子。他们都在床上睡觉吗?所有人都睡着了,也许只有阿德里亚娜还醒着,她在等我回家。其他人肯定告诉了她,我要跟贝纳尔决斗,所以出去找见证人去了。她肯定很害怕,肯定在流泪……

我将脸埋在手中,心一阵剧烈的疼痛。"哦,我的阿德里亚娜,我的小阿德里亚娜!"我在心里叫着,"我不能留在你身边,因为我是假的。所以你就当作我死了吧,曾经的那个吻也忘了吧。可怜的阿德里亚娜!哦,试着忘了我,忘了这一切!"

第二天早上,要是警察去到家里调查我自杀的事情,会怎么样?他们会如何猜测我自杀的原因?因为和贝纳尔的决斗吗?不,这说不通。一个从来没表现出胆怯的人如何会退缩呢?阿德里亚诺宁愿死在决斗中,也不会自杀的,他们会这么想!可那究竟是什么原因呢?难道是因为我没能找到见证决斗的人?不可能!哎,谁知道呢,也许是因为其他神秘的原因……

是的,他们最后肯定会得出这个结论。我这样自杀了,确实有点怪,没有任何明白的原因,以前也从未表露过这样的念头。没错,之前几天我的行为确实有点怪异,比如丢钱的事,先是声称钱被偷了,可后来又说钱找到了……"有没有可能那些钱本就不属于他呢?也许他还欠着谁的钱,所以就编了这么一个借口,说是别人偷了他的钱……之后又为自己的行为感到后悔,所以自杀了?谁说得清楚呢!有一件确定的事是,他的确很神秘——从来没有朋友来找过他,也没有人写信给他……"

要是我在那张纸条上除了写名字、地址和日期外,还多写几句话该多好呀,我可以编一个我自杀的原因。不过,我又能编出什么合情合理的原因呢?

"不知道报纸会如何报道。"我在心里暗忖,思绪飘飞,"这么神秘的阿德里亚诺·梅伊斯，他们肯定能编出不少东西！有一件事我可以确定，他们会写上我的表兄弟——来自都灵的梅伊斯先生，就是那个助理纳税员，他肯定会跳出来讲他知道的所有事情。他们会循着这根线索，谁知道接下来会发现什么呢？当然，还有那些钱，我的钱到哪儿去了？阿德里亚娜见过我的那些钱……可怜的帕皮亚诺，他忙活了那么久，结果却竹篮子打水———场空。所以，钱是被人偷了吗？还是和尸体一起沉入了河中？真是太可惜了！帕皮亚诺肯定要气疯了，他一定后悔当初没有一次性全部偷完。警察会拿走我的衣服和书，那些东西最后会落在谁的手上呢？哦，留点小东西给我的阿德里亚娜吧，至少也是一个念想！她看着空空如也的房间，该是多么难过呀！"

火车向北一路前行，而我坐在火车上思绪万千，根本没办法睡着。

保险起见，我想还是在比萨逗留几天为好，以免让人将米拉格诺马提亚·帕斯卡尔的死而复生和罗马的阿德里亚诺·梅伊斯离奇自杀联系起来。新闻报纸肯定会大肆报道我自杀的事情，而我在比萨早报和晚报全都能看到。如果关于阿德里亚诺·梅伊斯没有什么特别的报道，那我就再到奥列格利亚去一趟，先看看我的哥哥罗贝尔托会有什么反应，然后再回米拉格诺。不过我在罗马生活过的事情一定不能让罗贝尔托知道，我可以跟他说，这两年多来我去了国外很多地方，经历了很多惊险刺激的事……现在我重新活过来了，可以毫无顾忌地撒谎说大话，并且这带给我一种莫名的快感……

我还有五万二千里拉。那些债主们肯定都以为我死了，所以就会拿"鸡笼"庄园抵债。卖掉庄园的钱差不多能让他们满意，我想他们不会再来烦我了。将来我一定要避免这种麻烦事。在米拉格诺这种地方，五万二千里拉已经够用了，不算大富大贵，但舒服地过日子肯定是没问题。

我在比萨下了火车，第一件事就是去买一顶马提亚·帕斯卡尔常戴的那种帽子，第二件事则是去找理发店，把阿德里亚诺·梅伊斯的长头发剪掉。

"帮我剪成寸头，可以吗？"我问理发师。

也许是因为胡子长长了一点，然后头发剪短，我的样子看着竟顺眼了不少。另外我的身材也苗条了一点，最重要的是，我的斜眼矫正了过来。从这个意义上来讲，我失去了马提亚·帕斯卡尔最明显的一个特征。阿德里亚诺·梅伊斯在我身上留下了一点痕迹，不过现在的我看起来和哥哥罗贝尔托竟出奇地相似，我从来没想到我和罗贝尔托竟会这么相像！

为了装得更像一点，我买了个旅行袋，心里盘算着也能用这袋子装当下要穿的衣服。我要去置办几套衣服——我的妻子肯定不会再留着我的衣服。于是，我在一家成衣店里买了套西装，然后提着行李走进内图诺旅馆。

之前，我曾以阿德里亚诺·梅伊斯的身份到比萨来过，当时我下榻在伦敦旅馆。现在这个城市不再有吸引我的景点，奔波了这么久，我感觉十分劳累。我甚至都忘了吃东西，最后只是随便吃了点早餐，就直接爬上床睡了。

我一直睡到下午才醒，醒来时，我突然感到一种可怖的绝望和痛苦之情。这么重要的日子，我竟不知不觉地睡过去了大半天，帕莱亚里家里现在是不是闹翻天了？困惑，烦闷，陌生人的好奇，怀疑，假设，推测，无疾而终的调查，我的衣服和书，还有悲剧发生之后常有的那种惊恐……我竟然在睡觉，并且我还得耐着性子等明天的罗马早报出来，才能知道那边是什么情况。

因为我暂时还不敢去米拉格诺,也不敢去奥列格利亚,所以只得在比萨逗留。此时,米拉格诺的马提亚·帕斯卡尔是死了的,罗马的阿德里亚诺·梅伊斯也是死了的。

除了带着两具已死的躯壳在比萨的街上走,我想我也没有其他的事好做。坦白跟你说,这确实是一件挺有意思的事。我之前也说过,阿德里亚诺·梅伊斯对比萨了如指掌,所以他坚持要给马提亚·帕斯卡尔带路;但帕斯卡尔心里压着那么多事,根本就无心观赏风景,所以他对戴蓝眼镜,穿长大衣,戴宽边礼帽的这个我十分厌烦。

"啊,说到那条河,难道你不知道你是淹死的吗?"

此时,我想起阿德里亚诺·梅伊斯两年前曾走过同样的街道,而那时却是他对马提亚·帕斯卡尔厌烦,甚至想把他真的推进米拉格诺的水渠中。至于我,我夹在两个人中间,无法抉择。哦,看那闪闪发光的白色比萨塔!你可以随自己喜欢倾向某一边,可我?不行,我要公平公正,绝不偏倚任何一方。第二天,阿德里亚诺·梅伊斯和马提亚·帕斯卡尔都好好地休整了一番,罗马的新闻报纸也都出来了。翻开报纸的时候我的心都快跳到了嗓子眼儿,不过很快我就放下心来:一切都跟我预想的一样。我自杀的事件并未被大肆渲染,不过是当作一般的社会新闻,稍作报道而已。

各大报纸报道的内容大同小异,都是说在玛尔盖里塔大桥上发现了一个礼帽一根手杖还有一张字条;并说我来自都灵,性格古怪;目前无法判断确切的自杀原因。不过有一家报纸猜测这件事或许有"内情",因为"梅伊斯先生自杀前一天,曾在一位德高望重的教会人士家里跟一个年轻的西班牙画家发生冲突"。另外还有一份报纸指出:"我最近遇到了经济麻烦"。总之报道内容都是含糊其词。

但还是有一份报道非常翔实的报纸如实记录了帕莱亚里家的情况。"安塞尔莫·帕莱亚里先生一家为这个消息感到万分震惊和悲伤,帕莱亚里先生退休前是教育部某部门负责人。梅伊斯先生自杀前就租住在他家,并对帕莱亚里的高尚品格和善举十分钦佩赞赏。文中还提到了我跟西班牙画家的冲突,并暗示我的自杀是由于'某种秘密而无望的感情'"。

所以最后得出的结论是,我是为帕皮塔·潘托加达而自杀的!

好吧,这样说更好!这样更好!至少阿德里亚娜没被卷进来,偷窃的事也未涉及。警察或许还会继续调查,不过我现在可以放心大胆地去奥内利亚了。

到罗贝尔托家时,我被告知他在一个农场的葡萄园里。回到熟悉的老地方,让我分外高兴;我曾以为再也回不来,只能在脑海里想象。不过我还是有点不安,担心没等我完全实施计划就被老熟人认出来。他们或许会根据我给人的整体感觉,突然发现我"死而复生"。事实上,我很快就兴奋到了极点,我甚至都不像平时的自己。过往的所有在我眼前一幕幕掠过,我心潮澎湃。这条路怎么这么远?

当我走到罗贝尔托和妻子所住的漂亮别墅大门前时,我这才感觉自己终于回到了真实的世界。

我按响门铃,用人过来应门。

"请进!"用人退到一边,侧身扶着门,"请问您找谁?"

由于心情太过激动,我几乎说不出话来。但我还是努力挤出一个微笑,以隐藏心中的骚动,然后结结巴巴地说:

"哦,那个,那个我是他的一个老……老朋友,我从……从很远的地方来……那个……"

那个用人肯定以为我是个结巴,不过他还是安排我在大厅坐下等,并将我的皮箱放在衣帽架跟前的地板上。

我心里的感觉很复杂,既不耐烦又很期待,坐在这个窗明几净的装饰辉煌的房间里,围绕我的是笑声喘气声和好奇的注视。罗贝尔托到底要什么时候来?

突然,我听到有人推开了门。

是一个小孩子,四岁左右,他手里拿着一个玩具花洒,另一只手拿着把玩具耙子。他睁大眼睛好奇地望着我。我突然感到一种无法描述的温柔滑过我的心间。这是我的小侄子!罗贝尔托最大的儿子!我爱怜地向他俯下身,并示意他到我怀里来,可他却害怕地飞快跑开了。

就在这时,我听到另一扇门推开又关上的声响。我站起身,眼里含着泪水,喉咙一紧,又哭又笑起来。出现在我面前的是罗贝尔托。

"哦,敢问阁下是……"他说。

"罗贝尔托!"我张开双臂,大喊,"罗贝尔托,难道你不认识我了吗?"

听到我的声音,罗贝尔托顿时面如纸色,他用手飞快地揉了揉眼睛,踉跄着后退几步,整个人差点摔倒:

"怎么……怎么……怎么可能?"

我奔向前扶住他,但他还是惊恐万分地后退。

"是我,马提亚!你别害怕!我没死,看?你可以摸摸我!是我,罗贝尔托!我还活着!真的,不骗你!"

"马提亚!马提亚!马提亚!"我那可怜的哥哥差点哭出声来,他还是不敢相信自己的眼睛,"你?还活着?哦!我的弟弟!马提亚!马提亚!"

他紧紧抱住我,抱得我都觉得疼了。我的情绪也几乎崩溃,哭得像个孩子。

"你……你告诉我这到底是怎么回事……"最后,罗贝尔托抽泣着问,"把事情的来龙去脉都告诉我,告诉我!"

"是我,你看到了吗?我又回来了!我没死,哦,我从来都没有离开过这个世界!你先松开我,我慢慢跟你讲!"

但罗贝尔托还是不肯放开我。他紧紧抓着我的手臂,抬头望着我的脸,神情困惑。

"可……可水渠里的那个人……"

"那不是我!跟你说,是他们搞错了。当时我已经离开米拉格诺,我是在报纸上看到了这个消息,说我在水渠里自杀了……"

"所以,那不是你?"罗贝尔托定了一下神,问,"那你当时为什么不说出来?"

"装死,悄无声息地离开。放心,日后我会跟你说清楚,不过现在不行。我现在只能跟你说这么多——这两年来我四处游荡,一开始我以为我会过得很开心,可后来我经历了一些事情,渐渐发觉我错了,装死一点也不让人快乐。所以我回来了!我又回来了!"

"疯了,疯了,疯了……我总是这么说!"罗贝尔托微笑着说,"不过我还是有点无法理解。哦,马提亚,你肯定无法理解我现在的感觉!哦,我以为你真的死了!马提亚!我不敢相信!让我看看你!咦,你看着有点不一样了!"

"是的!"我说,"我把那只斜眼矫正过来了!"

"啊,没错!难怪我没认出你来。我不知道……不过你的声音我还记得……我看你看得越久……没错，就是你……对了，快上楼来，让我妻子看看……

这时，罗贝尔托突然停住了，他望着我，一副闷闷不乐的神情。

"你要回米拉格诺去？"

"当然……我下午就回去！"

"所以，你还不知道发生了什么？"

他用手摸了摸脸，咆哮道："你个浑蛋！看你做的好事！看你都做了些什么！难道你不知道你的妻子……"

"死了？"我惊恐地问。

"比那更糟！比那更糟！"他说，"她又嫁人了！"

我脑袋一蒙。"嫁人了？"

"嫁人了！嫁给了帕米诺！一年前的样子，我得到这个消息！"

"帕米诺？帕米诺？嫁给了帕……"我语无伦次地说着。我想笑，想大声地笑，把我内心的苦和伤都笑出来。我大声笑起来，如同雷鸣一般。

罗贝尔托愣愣地看着我，他担心我一下子受不住刺激，疯了。

"你还觉得高兴？"他问。

"高兴？"我大吼，"说高兴还不足以形容！"我摇晃他的手臂，"这简直是我人生中最开心的事！"

"你在说什么鬼话？"罗贝尔托生气地说，"什么最开心的事？你说你去了……"

"当然是，至少这一刻是！"

"可你不明白吗？你得把她要回来！"

"我要把她要回来？这是什么意思？"

"你绝对要！"罗贝尔托坚持道，"如果你把她要回来的话，那她的第二段婚姻也就没有法律效力了。"

这下轮到我震惊了，我一屁股坐到椅子上。

"你想跟我说什么？"我尖声大叫起来，"我的妻子又嫁人了，而我……哦，怎么能这样！怎么会有这么疯狂的法律……"

"我跟你说了，"罗贝尔托强调说，"等等，我的小舅子刚好在这儿。他是一个律师，他更了解这种情形该怎么办。你跟我来……或者，你先在这儿等一会儿……我妻子身体不太好，还是不要惊着她……我会慢慢把这个消息告诉她……所以，你先坐一会儿，行吗？"

不过罗贝尔托一直抓着我的手走到门边，好似他担心一松开我，我就会消失不见。

罗贝尔托走后，房间里就剩我一个人，我好似一只刚从笼子里放出来的狮子，四处张望。

"又嫁人了！嫁给了帕米诺……哦，当然是嫁给他……他这次总算如愿以偿了，是他先爱上她的，而她……为什么不呢？有钱，嫁给帕米诺……现在她又嫁人了，而在罗马……现在我要把她要回来……没错！"

没过一会儿，罗贝尔托就带着一行人匆忙进来了。这让我有点郁闷，对于他这样兴师动众地欢迎我，我有点不太领情。罗贝尔托察觉到我的心不在焉，所以他直接跟小舅子咨询我最关心的事。

"那叫什么法律？"我打断道，"是Turks法吗？"

"没错！"他微笑着回答，"罗贝尔托说得对，我没办法一字一句地引用法律条文，不过这个案子完全适用。如果第一配偶重新出现，那第二段婚姻就会失去法律效力。"

"所以,"我不无讽刺地说,"我得把一个嫁作他人妇一两年的女人重新要回来……"

"我亲爱的帕斯卡尔先生,冒犯地说一句,这本来也是您的错!"律师脸上仍然挂着微笑。

"为什么是我的错?"我说,"为什么说是我的错?是那个女人先把我错认成另一个倒霉鬼,然后又迫不及待地嫁给别人!你说这是我的错?我得把她要回来?"

"必须这么做。"律师回答,"帕斯卡尔先生,你有你的责任,在法律规定的时间内,你有责任纠正你妻子犯下的错误。你接受了妻子的错认,并利用这个隐姓埋名。哦,我不是说你这样子错了。相反,在那种情境下你这样做无可厚非。我只是感到惊讶,你怎么会又回来,并卷入这么没道理的事情中来呢?换作我是你,我肯定再也不现身。"

这个年轻律师的冷漠和他言语中自以为是的骄矜让我感到愤怒。

"那是因为你不懂这意味着什么!"我耸肩答道。

"怎么呢,"他说,"我想象不出,还有比这更好的运气吗?"

"你要自己想试的话,尽管去试。"说完,我就转向罗贝尔托,不再看他。

可我的哥哥也开始对我发难。

"对了,"罗贝尔托问道,"这么些日子,你是怎么过来的?"

说着,他用大拇指和食指做了个钱的手势。

"我是怎么过来的?"我回答他,"这说起来可就长了!我现在没时间也没耐心讲。不过我得到了一笔钱,现在也还剩下一点。我知道你也不希望我过得太拮据!"

"所以你真的要回米拉格诺去?"罗贝尔托又问,"发生了什么事我也都告诉你了……"

"当然得回。"我大声说,"你认为我经历了这么多,我还会继续装死下去吗?不可能!我要让所有人知道我还活着,要把那张死亡证明撕成碎片,我要感觉到自己又活了过来——即便代价是我得要回那个女人。对了,佩斯卡特尔那个老寡妇还活着吗?"

"啊,这个我不是很清楚。"罗贝尔托回答,"你知道的,自从你妻子再婚后……不过据我所知,她……"

"这也算个好消息。"我说,"不过没关系,我会跟她算账的。现在我可不是当初那个毛头小伙子,但我可不会白白帮帕米诺那个傻蛋的忙,就让他受折磨去吧!"

屋子里顿时响起一阵哄笑。这时,用人走过来说,晚餐已经准备好了。我归心似箭,实在无心品尝食物,但收席时,我发现我吃得还不少。潜伏在我内心的野兽醒了过来,它迫不及待地要开始下一场战斗。

罗贝尔托想留我住一个晚上,说第二天跟我一块儿回去。他很想知道我的归来会对帕米诺一家平静的生活产生怎样的影响。不过我当时没想那么多。我坚持要当晚上路,一刻也不想耽搁。

于是,我坐上了当晚八点钟的火车,半个小时后,我到了米拉格诺。

第十八章　已故的马提亚·帕斯卡尔

　　我的心中满是不耐和愤怒，也不再管是否会有人认出我来。我只谨慎地做了一件事——在一等舱挑了个位置。夜幕降临，车上的人并不多；并且从罗贝尔托的反应来看，绝大部分人都相信我两年前已经离世，没有人会想到我就是马提亚·帕斯卡尔。

　　我将身子伸到车窗外，希望能看到某个熟悉的场景，让我暂时平复下这激烈的情绪，可结果恰恰相反，我越看心中的不耐和愤怒情绪越强烈。借着月光，我认出了"鸡笼"庄园所在的那座山。

　　"就是那儿！"我小声说道，"没错，就在那儿，不过现在……"

　　我突然想到还有许多事忘了问罗贝尔托，家里的农场和工厂都卖掉了吗？或者还在债主的手上？巴提斯塔·马拉格纳怎么样？斯克拉斯提卡姑妈还好吗？

我真的只离开了两年三个月吗？怎么感觉像是一个世纪！我碰到了那么多事情，米拉格诺似乎也发生了不少事。也许，除了罗米尔达嫁给了帕米诺之外，也没什么大事？其实，这本来也是一件寻常的事情，只是我的归来会让它变得不同寻常！

到米拉格诺车站后，我要往哪儿走？

他们现在住在哪儿？

肯定不是我原来住的地方。帕米诺的父亲那么有钱，他又是独生子，如何能住在我那简陋的居所中呢？况且帕米诺本就是一个敏感的人，他肯定不愿意生活在保存了许多有关我的记忆的地方。毋庸置疑，他肯定跟父亲住在庄园里头！想象一下佩斯卡特尔寡妇住在那里头的嘴脸，肯定是趾高气扬不可一世！格洛拉莫·帕米诺那个老可怜虫，素来胆小怕事，肯定管不住她。我敢说，他肯定被佩斯卡特尔那个老太婆吃得死死的！他的那些钱算是白赚了！帕米诺父子两人没有一个有胆量把佩斯卡特尔赶出门！现在，就让我跟她好好算算账吧！

是的，我就去帕米诺住的庄园，哪怕他们不在那儿，我也能打听到一些消息……

哦，过着平静日子的人们，等明天看到我"死而复生"，你们该会怎样地震惊呀！

那天晚上皓月当空，华灯初上。街上空无一人，因为那个时间几乎所有人都在用晚餐。

我激动不已，几乎要眩晕。我仿佛是踩在云端，双脚触不到地。语言根本无法描述出那种感觉。那就像是一阵狂笑，一阵狂喜，将我的五脏六腑全卷了进去。我知道我得控制住，不然那街道那房子恐怕都会被这狂风卷走。

走了没一会儿,我就到了帕米诺住的地方。出乎我意料之外的是,那儿竟没有一个门房,以前那儿总有人守着。

我叩响门扉。

等了好一会儿,也没人前来应门。就在这时,我瞥到门口吊了一根丧带,那带子已经褪色,上面落满灰尘,仿佛已经在那儿承受了几个月的风吹雨打。是谁死了?佩斯卡特尔寡妇吗?还是老帕米诺?肯定是这两个中的一个!我想老帕米诺过世的可能性大些。不管是谁死了,我都得在这"宫殿"里找到我要找的那两个人。我已经没有耐心再等下去。我推开前门,三步一跨地跑上阶梯。

刚上完阶梯,就看到一个女门房走出来。

"帕米诺骑士在吗?"我问。

从老门房看我的那种惊异表情我就知道,老帕米诺肯定过世一段日子了。

"那小帕米诺先生呢?帕米诺骑士的儿子!"我又说。

那个老女人自顾自地嗫嚅着什么,我没听清,我只知道一口气上了那么多阶梯,我需要停下来喘口气。帕米诺的居所就在我面前。

"他们可能在用晚餐!"我想,"三个人其乐融融地享用丰盛的晚餐!再过几秒,我就要敲开这扇门,把他们的生活搞得天翻地覆!看,命运的双手已经准备好了!"

我将门铃绳拽在手中,轻轻一拉,心也顿时跳到了嗓子眼儿。房间里没有一丝声响,绝对的寂静中,我只能听到门铃的回音。

我只觉得热血上涌,耳朵轰鸣,仿佛那门铃是在我的脑子里响动。

过了几秒,我开始加大手上的力度。这时,我听到门的那边传来佩斯卡特尔寡妇的声音：

"谁在敲门？"

有那么一会儿，我一句话都说不出。我用手按住前胸，以免心从胸腔里跳出来。然后我才用沙哑的声音一字一句地回道：

"马提亚-帕斯卡尔！"

"谁？"里面的人又问。

"马提亚·帕斯卡尔！"我提高了声音。

老妖婆自然是吓得魂不附体——我听到她慌忙走下大厅，仿佛后面有鬼在追她。

我能想象此时客厅里的情形。家里唯一的男人帕米诺肯定会被推出来开门！

我再次拉动门铃。

帕米诺打开门，而我就笔直地站在他面前，昂首挺胸。

他惊恐地后退了几步。我大叫着走向前：

"我是马提亚·帕斯卡尔！从阴曹地府来找你们了！"

帕米诺瘫坐在地板上，身体压在手上，眼睛里满是惊恐和不解。

"马提亚！你……你……"

这时，佩斯卡特尔寡妇举着一盏灯跑进来。一看到我，她就惊声尖叫起来。我用脚关上门，并接住从她手中滑落的灯。

"闭嘴！"我冲她嘘道，"你真以为我是鬼吗？"

"你还活着！"她喘着粗气说道，脸色苍白，双手扯着自己的头发。

"是的，我还活着！"我高兴极了，"尽管你发誓说我死了，对吧？说我淹死在——那儿了！"

"你从哪儿来?"她惊恐不已地问。

"我从水渠里来呀,你个老妖婆!"我咬牙切齿地回道,"这是你的灯,拿着,看清楚!我是谁?你还没认出来吗?还是说你仍以为他们在水渠里发现的那个男人就是我?"

"那不是你?"

"告诉你!你个老妖婆!我活得好好的!还有你,米诺,你在那儿做什么?站起来!罗米尔达在哪里?"

"哦,哦!"帕米诺一边爬起身,一边呻吟道,"孩子……我怕……她在给孩子喂奶!"

"什么孩子?"我问。

"我们的小女儿!"

"哦,那个杀人犯!那个杀人犯!"佩斯卡特尔尖叫起来。

我说不出话来,这个消息让我整个人都呆住了。

"你们的小女儿?一个婴儿?哦,我亲爱的先生……"

"妈妈,请你先进去看看罗米尔达!"帕米诺请求道。

可惜为时已晚。罗米尔达已经站在门口,她裙子的扣子是解开的,一个小婴儿在她怀里吃奶,头发乱糟糟的,好似太过匆忙从床上爬起来。她一看到我,就大叫起来:

"马提亚!"

接着,她就瘫倒在帕米诺和佩斯卡特尔怀里。

他们将罗米尔达抱进房间,只留我一个人抱着那孩子站在客厅!

因为灯被拿走了,大厅里漆黑一片。我抱着一个嗷嗷待哺的小婴儿站在那儿,只听见她喃喃的哭声,鼻间隐约能闻到她口中的奶气。我不知所措,只知道罗米尔达刚才的那声惊呼是因为我,而她也是我怀里这个小孩儿的母亲,但这不是我的孩子。我的孩子?她讨厌我的孩子!从来都没有爱过我的孩子!所以,我不怜悯她,我不怜悯他们任何一个人!她只为自己着想,迫不及待地再嫁,而我却……

怀中的小孩儿不断啜泣,嘤咛不断。我怎么能让她停下来?

"嘘,小家伙!嘘,小家伙!你是一朵水仙花!你是一朵水仙花!"我轻拍她的背,抱着她轻轻地晃动。小家伙渐渐地安静了下来。

这时,帕米诺的声音隔着客厅传来。

"马提亚!把孩子抱过来!"

"小声点,你个冒失鬼!可别把孩子再吵醒了!"

"你把她怎么了?"

"生吞活剥了!你以为我会把她怎么样?她被吓哭了,我刚把她哄睡着。看在上帝份儿上,可别再把她弄醒了!罗米尔达在哪儿?"

帕米诺迟疑地看着我,他好似一只被主人抓在手里的狗,既怀疑又恐惧,说:

"罗米尔达?你问这做什么?"

"因为我有几句话要跟她说!"我不耐烦地答道。

"她晕过去了,你刚看见的!"

"晕过去了?胡说!我来把她叫醒!"

闻言,帕米诺挡在我面前,不让我过去。

"哦,马提亚,求求你!听着,我很怕……你怎么会还活着呢?你去了哪儿,你究竟去了哪儿。哦,听着,你能不能跟我谈?"

"不行!"我怒吼道,"这是我跟她的事情。你算哪根葱?这事跟你一点儿关系都没有?"

"你说这话什么意思?"

"很简单！我是她的原配，现在我回来了，她跟你的婚姻关系也就无效了！"

"无效？怎么会？那孩子呢？"

"孩子！孩子！"我冷酷地嗫嚅道，"我死了才不到两年，就迫不及待地再婚，还有了孩子！真为你们感到羞耻！嘘，小家伙！嘘，小家伙！妈妈很快就来了！你告诉我往哪边走，是这个房间吗？"

还没等我进门，佩斯卡特尔寡妇就像只秃鹰一样拦在我面前。我把孩子换到左手，右手重重地推了她一把。

"管好你自己的事！那才是你的女婿！你要是想找麻烦，跟他找去！我不认识你！"

罗米尔达哭得很伤心，我抱着孩子俯身弯向她。

"罗米尔达，你来抱着她！哭？怎么，你很难过吗？因为我还活着？你想我死，对吧！你看着我，看看，我是活的还是死的？"

她试图抬起泪眼婆婆的眼睛，泣不成声地说：

"哦，马提亚！怎么会这样？你……你过得还好吗？"

"我还好吗？"我反唇相讥，"你问我过得还好吗！显然你过得很好！那么快就嫁作他人妇了，现在还有了孩子，然后又假惺惺地问，'哦，马提亚，你过得还好吗？'"

"喂？"帕米诺大叫一声，将脸埋进手掌中。

"可你，你去哪儿了？你一个人跑了！你故意装死！你抛弃了自己的妻子！你……"是佩斯卡特尔寡妇在指手画脚。

我抓住她的手腕，不让她动："听着，老太婆！"我恶狠狠地说，"你最好别管这件事，要是让我再听到你开口说话，我发誓一定让你的宝贝女婿和那个孩子……我会让你后悔，哪怕犯法，你明白吗？你知道法律是怎么规定的吗？第一配偶若还活着，第二段婚姻就宣告无效！所以罗米尔达要回到我身边！"

"我的女儿……回到你身边？你真是疯了！"佩斯卡特尔惊惧万分地喊道。

但帕米诺已经没了气势。

"妈妈，亲爱的妈妈！"他请求道，"请你别再说话，看在上帝的份儿上，请你安静点！"

接着，佩斯卡特尔就开始对着帕米诺开火，说他愚蠢、无能、胆小怕事，说他一点都不中用！

我在一旁听得直想笑。

"擦干你的眼泪。"我定了定神，命令道，"就让他当你的女婿吧！我可不会傻到再要你这样一个丈母娘！可怜的帕米诺！哦，米诺，我的老伙计！原谅我叫你蠢蛋，可你也听到了，你的岳母也是这么叫你的，并且我敢说罗米尔达——我们的妻子——也是在心里这么想你的。是的，她也是这么看你，愚蠢，无能，弱智，反正就是这些词！罗米尔达，是吗？你说老实话，哦，亲爱的，现在别哭了！来吧，笑一个，为你的丈夫们笑一个，行吗？你知道哭多了对孩子也不好！我还活着，就是这么一回事。反正我很高兴。'打起精神来'，曾经有一个醉汉这么对我说过！打起精神来，帕米诺！你觉得我真的会让你的孩子从小没有母亲吗？不，我绝对不会这么做！我拿性命保证。我已经有个没有父亲的儿子了。罗米尔达，还记得吗？我有一个儿子，他是马拉格纳的儿子，而你有一个女儿，她是帕米诺的女儿。扯平了。以后我们要让这两个孩子结为夫妇。不管怎样，你现在应该不会那么讨厌那个男孩儿……我们换个话题吧！你和你母亲是凭什么认定水渠里的那个倒霉鬼就是我的?"

"哦,我也觉得是!"帕米诺说,他言语中流露出一丝愤怒,"所有人都这么认为!不只是罗米尔达和她母亲!"

"那你们的眼光可还真是好呀!那个人真的跟我那么像吗?"

"身材一样!头发和胡须也一样!穿的是黑色衣服,并且你又失踪了那么久……"

"抛家弃子,是吗?这么说来,你们都忘了是那个老女人把我赶出去的。反正,我已经回来了,并且我口袋里装满了钱。如你们所愿,我过了两年漂泊的生活。感谢上帝,这两年让那个我也过过一段好日子。你们这些人忙着在这儿订婚,举行婚礼,渡蜜月,操持家务,抚养孩子……而逝者已逝,对吗?生活还得继续!"

"那你现在打算怎么样?"帕米诺咆哮道,"现在怎么样?"

罗米尔达起身将孩子放进摇篮。

"我们换个房间说吧。"我建议道,"小姑娘又睡着了。还是不要吵醒她的好!我们到那边说去!"

餐厅的桌子上已经摆好了菜肴。帕米诺面如死灰并浑身颤抖地坐在椅子上,他睁着两只死鱼眼睛,不停擦着额头上的汗,梦呓似的说:

"还活着!他还活着!我们要怎么办?我们会变成什么样?"

"哦,干嘛担心那个?"我不耐烦地吼道,"我们肯定会解决这件事的!"

这时,罗米尔达总算收拾好了情绪,参与我们的谈话。我坐在椅子上,借着明亮的灯光看她。她还是和以前一样漂亮,甚至,比我第一次见她时还要光彩照人!

"让我看看你!"我说,"米诺,你不介意吧?看看又有什么关系呢？她也是我的妻子，你知道的，跟你相比，她可能更多算是我的妻子！哦，我不是有意冒犯你，罗米尔达！看，米诺吓成那样子。不过，我不会咬他脖子的，我不是鬼！"

"这个我接受不了！"米诺气冲冲地说。

"他开始紧张了。"我冲罗米尔达眨眼道，"过来，米诺，老伙计，别担心！我不会横刀夺爱的，这次我说到做到！不过，要是你不介意的话……"

话音未落，我快速朝罗米尔达走去，并在她脸上响亮地亲了一口。

"马提亚！"帕米诺绝望地尖叫一声。

我大笑起来。

"嫉妒了，哈？"我说，"嫉妒我了！这就对了！事情总有个先来后到。不管怎样，罗米尔达，忘了这一切，忘了吧。你看，我特意来这儿……原谅我，罗米尔达，行吗？我来这儿，亲爱的米诺，你应该感谢我把她带走。不过我这个人很公平，我不想强行把她带走，我要把她从你身边偷走。因为我看到你和她相爱，哦，是的，她是一个梦，如同梦一样美好，还记得吗，当我们第一次遇见她时？哦，可怜的姑娘，我不是有意要引你哭的，不过过去的时光真好啊，可惜已经永远逝去了。但没有关系，现在你又生了女儿，就让我们把这一切都忘了。当然，我不会给你制造麻烦，我怎么是那种人呢？"

"可这段婚姻……是无效的？"帕米诺哭着问道。

"你还在乎这个？"我回他说，"这是法律的规定。不过谁说要把法律扯进来呢？我可不会！我甚至不会费那个麻烦去取消我的死亡证明，除非我真的碰上了经济问题。只要让大家看到我还活着，我就满足了，我不再假死，我是真的死过一次了。而且你们是公开结婚的，这一年多来，你们是公开以夫妇身份生活的。所以，你们继续过你们的日子！谁还会多此一举去管罗米尔达第一段婚姻呢？逝者已逝。罗米尔达从前是我的妻子，而她现在是你的妻子，是你孩子的母亲！这几天人们或许会有很多流言，大家都会说起这个话题。我说的对吗？我亲爱的丈母娘？"

佩斯卡特尔一时没反应过来，她皱着眉点头。但帕米诺却变得越来越紧张，他问：

"可你要在米拉格诺定居？"

"当然！我可能隔一段时间就会过来喝杯咖啡或跟你喝杯酒！"

"哦，不行！"佩斯卡特尔寡妇跳起脚叫道。

"他在开玩笑！你看不出来吗？"罗米尔达说，她始终不愿看我的眼睛。

我又大声笑起来。

"你瞧，罗米尔达！"我取笑道，"你妈妈怕我们会再次做爱……我们要不就成全一次？不过，我怕可怜的米诺承受不了……既然他不想让我到家里来，要不我就到街上去，在你的窗子下头……你觉得怎么样？我们可以偶尔云雨一番……"

此时帕米诺气得直跳脚，他叫喊着：

"我受不了了！"他叫道，"怎么可以这样！这怎么行！"

紧接着，他又说：

"你别忘了，你要是还……活着，她不会做我的妻子！"

"你们就假设我死了！"我平静地回答。

帕米诺急得不行："这种事我假设不来！"

"哦，那就别假设了！可你认为我会破坏你们的生活吗？除非罗米尔达要求我这么做。毕竟,她是唯一有决定权的那个……嘿,罗米尔达,你说句话!我跟他,哪个长得更好看一些?"

"我还在想法律的事!"帕米诺几乎是尖叫着说。

罗米尔达紧张地看着他。

"好吧,"我说,"现在看来,我更有权利说话。我要看看我这漂亮迷人的妻子跟你生活在一起,做你的妻子!"

"可罗米尔达——"帕米诺嚷道,"从此,她又不能算作我真正的妻子!"

"胡说!"我回道,"我来这儿就是来跟你讲和的。我把妻子让给你!我向你保证,绝不打扰你,就这样你还不满足吗?罗米尔达,快收拾你的东西,我们走吧……就我们两个人,渡蜜月去!我们会过得很开心,何必为这种事情烦心呢?帕米诺不是能给你幸福的男人,他满脑子都是法律条文。我看,他非得让我真投河而死才甘心!"

"不是,我没那么想!"帕米诺无助地说,"不过你们走吧!离开这个地方,住到其他地方去,走得远远的!看在上帝的份儿上,别再让人看见你!因为我还得在这儿生活……"

我站起身,轻轻将手搭在帕米诺肩头。我告诉他我已经到奥列格利亚拜访我的哥哥,所以现在应该所有人都知道我没死的消息,最迟明天早上也会知道。然后我又补充道:

"可你又让我再次离开,并且要住得远远的。你肯定是在开玩笑,老伙计!打起精神来,你是一个好丈夫,别做无谓的担心了。你跟罗米尔达的婚姻已经是板上钉钉的事实,所有人都会站到你那一边,更何况现在你们还有了小孩儿。至于我,我发誓,我不会打扰你们的生活,哪怕是咖啡我都不会来喝一杯。你们如此相爱,你们其乐融融,你们把幸福建立在我的死亡之上。忘恩负义的家伙！我敢说，你们当中没有一个人去我的坟头献一个花圈或摆上一束花。我猜得没错吧？哼，老实说，你有没有去？"

"可你也把我们耍了个够呛，不是吗？"帕米诺耸耸肩，不甘示弱地叫道。

"我耍你们？根本没那回事。我的确死了，我的灵魂早就死了——不跟你开玩笑，告诉我，你到我的坟前看过吗？"

"没……没有……我没勇气去。"帕米诺结结巴巴地说。

"可你却有勇气背着我跟我的妻子搞到一起，你个浑蛋！"

"那你自己呢？"米诺反驳道，"是你先把她从我身边抢走的，不是吗？"

"我？"我惊讶地嚷起来，"你又来了？难道你就不明白，当年是她不愿嫁给你？难道你要逼我再复述一遍她当年说你的话吗？她说你是胆小鬼，娘娘腔，笨蛋。罗米尔达，你来说句公道话，现在他控诉我不把他当朋友！不过到了现在，这又还有什么重要呢？他是你的丈夫，所以我们还是算了吧。但那并不是我的错，你必须承认！明天我就去看那个可怜人，他躺在冰冷的坟墓里头，没有一个人为他送花，没有一个人掉泪！告诉我，他的坟头至少会有块墓碑吧？"

"有！"帕米诺连忙回答，"镇上给他立了一块……我那可怜的父亲，你记得的……"

"是的，我知道……葬礼就是他主持的。要是那个可怜人能听见的话……那悼词呢？"

"我不清楚，悼词是小云雀杜撰的……"

"小云雀写的！"我叹息道，"那个伟大的诗人！难道……哎，算了，我们还是别说这个了。现在我想知道你们怎么那么快就结了婚，要知道当时我还尸骨未寒的呀。看在上帝的份儿上，难道你就不能为我说句话？看，时间越来越晚了，马上就要天亮了。等到天亮，我就会离开，就当作我们从来没认识过。这最后的几个小时，别再浪费了，你回答我……"

罗米尔达耸耸肩，她瞥了帕米诺一眼，紧张地扯动嘴角。她垂下眼，盯着自己的手掌，说："我能说什么呢？当然，我很抱歉……我哭了的……"

"而你根本就配不上她的眼泪！"佩斯卡特尔寡妇插嘴道。

"谢谢，亲爱的妈妈！"我回道，"那你哭了吗？我不要多了，你的眼睛那么好看，只要替我流几滴眼泪就够了。可惜呀，那么好的眼睛，却认错了人，真是让人羞愧，是吗？"

"我们当时进退两难，"罗米尔达低声道，"要不是帕米诺的话……"

"哦，你真好，米诺！"我附和道，"不过马拉格纳那个浑蛋一点都不愿意帮你？"

"一个子儿都不帮！"佩斯卡特尔嚷道，"而他竭尽全力地帮我们！"说着，她指了指帕米诺。

"或者说，或者说……"米诺试图纠正，"可怜的父亲，你还记得他吧……考虑到罗米尔达当时艰难的处境，他便伸出了援手，后来……"

"后来，他就同意了你们的婚事！"

"哦，他从没反对过！他想让我们都留下和他一起生活，可两个月前……"

米诺于是讲述了父亲是怎样过世的，讲了老人对罗米尔达和小孙女的疼爱，讲他的死让镇上的人多么悲痛。

我听得不耐烦，便问起斯克拉斯提卡姑妈，她跟老帕米诺很处得来。佩斯卡特尔仍介意姑妈糊在她脸上的面粉，听到姑妈的名字，她在椅子上坐立不安。帕米诺解释说他已经两年没有见过斯克拉斯提卡姑妈，不过他知道她还活着，并且过得挺好。

"那你这两年多来发生了哪些事？"他话锋一转，"你到哪儿去了？都在做些什么？"

于是，我避重就轻地将这两年的经历简单说了下，遇到的那些人和碰到的事情自然绝口不提。之后，我们又聊了些其他的事情，直到天色大亮，我提出告辞。由于一夜未睡，再加上情绪的跌宕起伏，所有人都变得疲倦。罗米尔达坚持要亲手为我泡一杯咖啡，说让我暖暖身子。当她把咖啡递给我时，我们的眼神相遇，她的嘴角浮起一抹略带伤感的笑容。

"和往常一样，没加糖，可以吧？"

罗米尔达在我眼里看见了什么？反正，她很快就别过了眼。看着破晓的天光，一股乡愁突然萦绕我的心间。我不无苦涩地看向帕米诺。

手中的咖啡冒着热气，芳香的味道扑鼻而来。

我抬起杯子，缓缓啜了一口。

"我能先把行李寄存在这儿，等确定了接下来要去的地方时再来取，可以吗？"我问帕米诺，"不用多久，我就会过来取的！"

"哦，当然可以，当然可以！"米诺慌忙应承，"其实，你也不用再麻烦跑一趟，我可以派人给你送过去。"

"包不重！"说着，我斜眼看了罗米尔达一眼。

"对了，"我转向她，"你那儿还留着我的东西吗？衬衫，袜子，内衣之类的……"

"没有了。"她难过地回答，做出一个无奈的手势，"我把那些东西都丢了，你明白的，那样子的一个悲剧……"

"谁想得到你还会再回来呢？"帕米诺说。

可我明明看到帕米诺此时正系着我以前的那条旧领带！

"那好吧！"我说，"那就再见了？祝你们好运！"

我最后看了一眼罗米尔达，但她还是不愿和我对视。

我只注意到她跟我握手时手有一点抖动：

"再见了，再见！"

一走到街上，我顿时感觉很失落和孤独，我无处可去，无家可归，甚至连目标都没有——尽管我已经回到了家乡，回到了这从小长大的地方。

不过，我还是向前走着，焦急地看我见到的每一个人。怎么回事？怎么没有人认出我？我还是那个我呀！至少也得有人小声嘀咕，说我和已故的马提亚·帕斯卡尔很像呀！

"要是他的眼睛再斜一点儿，我肯定会以为那是马提亚！"应该要有人这么说。

可什么都没有。没有人认出我，因为他们已经完全忘了我，完全想不起我！我的出现根本引不起人们的好奇，更不用说让他们惊讶了。

我之前还想着我的出现会引起地震似的惊动，当我出现在街上时，一定会造成交通堵塞！可我失望了，我突然觉得很屈辱，那种痛苦和愤恨是语言无法表达的。只有一段时间的消失，就被人完全遗忘。我现在算真正明白死亡的意义了。没有一个人怀念我，没有一个活着的人想起过我。我宁愿从没活过！

我在米拉格诺的大街上来来回回走了几遍,可还是没有一个人注意到我。我很受伤,真想回帕米诺家去,告诉他我后悔跟他的约定了。为什么不向他讨债呢?现在镇上没有一个人认识我,这太让人难过了。可是,罗米尔达如何会愿意跟我走呢?更何况我也不知道要把她带到哪儿去。就算要带她私奔,我也先得找个地方住。于是我决定到镇公所去一趟,并将我的名字从死亡名单上抹去。可在去镇公所的路上,我突然又改变了主意,转而朝博卡蒙扎图书馆走去。

我在老地方碰到了一个老朋友,唐恩·艾利戈·佩乐格里诺图,他一开始同样没认出我。可后来唐恩·艾利戈跟我说,他其实第一眼就认出了我,但他想等确认之后再和我拥抱。

唐恩·艾利戈说:"我就觉得那不可能是你!你总不能让我像个疯子一样地拥抱一个只是长得像你的人吧!"

唐恩·艾利戈确实是第一个真诚欢迎我的人,这真的让人感觉很温暖。他坚持要把我拖到村子里去,要改变镇上那些人留给我的冷漠印象。

一开始我真的很生气,可后来唐恩·艾利戈把我带到布里西格的药店,然后是联合咖啡馆,他骄傲无比地宣布,我没死,还活着。

这个消息似一把野火让整个村子沸腾起来,所有人都争相来看我,争先恐后的问我问题。

"所以'鸡笼'庄园水渠里发现的那个男人不是你?可要不是你的话,又是谁呢?"

我不知道有多少人问了我这个傻问题,他们轮流问,好似都不敢相信自己的眼睛。

"所以,真的是你?"

"不然还有谁呢?"

"你从哪儿来?"

"另一个世界!"

"你这两年都做什么了?"

"装死!"

我决定就用这几句话来回答他们的问题。总之,他们的好奇心持续了好多天。

只是《小报》的总编辑小云雀就不那么走运了,他不得不再次来采访我。为了让我说出一切,他还带来了两年前刊登我讣告的那份报纸,试图以此打动我。但我对他说,那份讣告我早已倒背如流,因为《小报》在另一个世界的发行量也很大。

"你是说在天堂?"

"当然不是!是另一个地方!有一天你自己会亲眼见到的!"

最后他提到了我的悼词。

"哦,是的,非常感谢你!某个下午我曾从坟墓里出来,看了一眼!"

至于他那个星期天写的重头报道,我也就不想再多说了。总之那篇报道刊登在星期日版上,大字标题是:

"马提亚·帕斯卡尔还活着"。

除了我的那些债主外,只有少数几个人没当面对我表示恭喜,巴提斯塔·马拉格纳就在其中。不过,有人告诉我,两年前听到我自杀的消息时,他表现得很悲痛。我死了,他悲伤;我死而复生,他同样悲伤。至于原因,我很清楚。

最后,我住到了斯克拉斯提卡姑妈家里,她坚持让我跟她住在一块儿。不知怎的,我的冒险经历竟让她看得起我了。姑妈安排我住在母亲过世的那间房子里，我一天的时间要么是待在房间，要么就是到图书馆去跟唐恩·艾利戈待在一起。

唐恩·艾利戈还没完成他的书籍整理工作。

"在艾利戈的帮助下，我用了六个月左右的时间完成了这个离奇的故事。他看完了整个故事，但还是愿意帮我保守秘密。我们就这段经历的重要性讨论了很多，我经常对他说，我还是不明白把这些事说出来对别人有什么好处。

"你看啊，首先，"他说，"你的故事体现了在法律的界限之外，若除去那些或悲或喜的遭遇和经历，我们根本就没办法活下去，帕斯卡尔。"

不过我对他说，我并不这么认为。因为不管是从法律的角度还是从私人生活的角度，我的生活都未回归正常。我的妻子成了帕米诺的妻子，而我也不确定自己究竟是谁！

在米拉格诺的公墓群中，在那个投水而死的可怜人的墓碑上，仍然镌刻着小云雀的悼词：

> 遭受厄运的
> 马提亚·帕斯卡尔之墓
> 曾任图书管理员
> 心地善良性格开朗
> 愿他在此安息
> 市民捐立

我在那个人的坟前放了一个花圈，并且时不时地会到他的坟头看

看,好似躺在里面的就是我自己。也经常会有人从很远的地方来拜访我,有的时候在大门口碰到,就会有人问:

"不过,请你说说,你究竟是谁?"

通常,我还耸耸肩,冲他眨眨眼,答:

"这个,怎么说呢?我猜,我是已故的马提亚·帕斯卡尔!"